D1139051

Een liefde in Luxor

Kate Pullinger

Een liefde in Luxor

Vertaald uit het Engels door
Regina Willemse

DE GEUS

31. 10. 2011

Deze uitgave is tot stand gekomen met een bijdrage van
The Canada Council (Ottawa)

 Canada Council
for the Arts

De vertaalster ontving voor deze vertaling een werkbeurs van het
Nederlands Letterenfonds

Oorspronkelijke titel *The Mistress of Nothing*, verschenen bij McArthur &
Company, Toronto, Canada
Oorspronkelijke tekst © Kate Pullinger, 2009
Nederlandse vertaling © Regina Willemse en De Geus bv, Breda 2011
Omslagontwerp Berry van Gerwen
Omslagillustratie © Getty Images/Roger Viollet
ISBN 978 90 445 1682 1
NUR 302

Wilt u het gratis magazine *Geuzennieuws* met informatie over onze
nieuwe uitgaven ontvangen, ga dan naar www.degeus.nl en meld u aan.

DEEL EEN

Het leven

EEN

Eerlijk gezegd was ik voor haar geen echt mens.

Ik was geen complete persoon en die manier van denken, of liever gezegd, die onnadenkendheid noopte haar, nee, stelde haar in staat te doen wat ze heeft gedaan. Ze hield van me, dat staat vast, dat wist ik en daarvan was ik altijd overtuigd geweest, maar het bleek dat ze van me hield als van een lievelingshuisdier. Ik maakte deel uit van de achtergrond, het decor; als ze gasten ontving, was ik een nuttig rekwisiet. Ze behandelde haar personeel goed en ik was haar het dierbaarst; ik deed alles voor haar in die laatste jaren. Op mij was de keus gevallen om haar te vergezellen op haar laatste, lange reis. Maar ik was geen echt mens voor haar, geen ware ziel met het inherente vermogen om te deugen of te falen. Mijn fout was dat ik dit niet inzag, dat ik dit niet van meet af aan begreep. Toen ik een misstap beging, werd ik weggestuurd, was ik van geen nut meer voor haar. Nee, erger nog, ik werd verwijderd, weggesneden alsof ik een deel van haar vreselijke ziekte was geworden, een rottend, kwaadaardig en overbodig lichaamsdeel dat eraf moest. Dus werd ik geamputeerd. Ik werd op straat gegooid, een nutteloze klomp vlees en botten, afgesneden van het fysieke lichaam.

Maar nee, dat is al te erg, dat is al te dramatisch. Ik neig niet zo naar drama, hoewel mijn situatie dat wel rechtvaardigde.

De waarheid is dat ze me haatte omdat ik gelukkig was. Ze haatte me omdat ik de liefde vond terwijl de liefde haar had verlaten. Ze haatte me omdat ik een gezin stichtte terwijl zij het hare had verloren. Ze haatte me omdat ik leefde terwijl zij de dood in de ogen keek. En ze kon die gevoelens niet erkennen. Hoe zou iemand kunnen erkennen dat hij zich zo voelde? Daarom kwam het haar beter uit mij te behandelen alsof ik de empathie, het weldoordachte mededogen en de edelmoedigheid, de monterheid en humor die ze haar mede-mens schonk, niet waard was. Ik was onwaardig.

Maar dat is niet waar mijn verhaal begint. En belangrijker nog, dat is ook niet waar mijn verhaal eindigt; zij was niet mijn einde. Toen ze me eenmaal had weggestuurd, had ze geen controle meer over me. Nee.

Mijn verhaal begint in Engeland, in Esher, in 1862, lang-geleden en heel ver weg van waar ik nu woon.

TWEE

Welnu. Ik ben een openhartige vrouw en ik zal mijn verhaal onomwonden vertellen.

Milady stortte onder het diner in.

Al haar favoriete heren waren er: meneer George Meredith, meneer Alfred Tennyson, meneer Arthur Taylor. Ze zag er prachtig uit met haar glanzend zwarte haren, waartussen de grijze als zilveren draden glinsterden in het kaarslicht, en een van haar Perzische sjaals om haar schouders. Maar lijkbleek, zo bleek dat ik het had kunnen weten. Toen ik eerder die dag haar kamer had betreden, had ze net een zware hoestbui; ze draaide zich om en gebood me weg te gaan. Ze hield vol dat ze zich goed voelde. Sir Duff Gordon zal wel boos op me zijn, omdat ik ben meegegaan in haar bedrog, maar ik wist hoe ze zich verheugde op de avond; ze is de laatste tijd niet sterk genoeg geweest voor soirees. Ze geeft bijna voortdurend bloed op; als ik haar slaapkamer binnenkom, ruik ik de scherpe lucht.

Maar wacht: zo is ze niet, milady, zo is ze in het geheel niet, niet echt. Ze is geen doorschijnende invalide die scheef in haar stoel hangt alsof ze ieder moment dood kan neervallen. Milady is sterk, ze is flink, ze is ontwikkeld en dol op discussies, avontuurlijk, charmant en onderhoudend en groot van ziel. Men neemt nota van lady Duff Gordon. Men herinnert

9

zich haar. Als zij een kamer betreedt, verandert die kamer, de lampen branden feller, het vuur knappert en knispert en de vonken vliegen eraf, dames gaan meer rechtop zitten, mannen nemen een kordatere houding aan en er is altijd wel iemand in het gezelschap die zegt, alsof het absoluut gezegd moet worden: 'Daar is ze! Lucie!' Milady is heel geliefd, zelfs bij degenen die gek van haar worden, zelfs bij degenen – haar schoonmoeder bijvoorbeeld – die vinden dat haar gretige geest te mannelijk is en dat ze onmogelijk een goede echtgenote kan zijn.

En ik wist dat ze die dag niet sterk genoeg was om een soiree te houden. Maar ik hield me koest en bleef dicht in haar buurt. Toen ze halverwege de maaltijd begon te hoesten, stapte ik vlak achter Cathy met haar dienblad de kamer binnen. Milady, wier ogen traanden van de poging de hoestbui te bedwingen, gaf me een kleine wenk, een gebaar dat ik meteen begreep. Ik hielp haar weg van de tafel. Niet dat een van die hoge heren door zou hebben dat ze hulp nodig had, hoor. Milady ging fier rechtop staan, glimlachte en zei: 'Heren, excuseert u mij enkele minuten', alsof ze werd weggeroepen om toe te zien op iets van huishoudelijke aard. Omdat het duidelijk was dat ze de trap niet op kon, bracht ik haar – niet voor het eerst – naar de keuken. Ik hielp milady plaats te nemen op een stoel, Kokkie gaf me een doek en ik zette een kom met stomend water op haar schoot.

Het was vreselijk. Het was weer zo'n aanval waarbij ze zo erg hoestte dat het leek alsof haar longen zich zouden losscheuren in een poging haar borst te ontvluchten. Slijm en braaksel met daarin dunne bloederige sliertjes. Ze hoestte aan één stuk door en daarna begon ze te rochelen en werd haar ademhaling zo zwak dat ik dacht dat ze zou flauwvallen, al was het maar om even respijt te hebben. Ze wilde niet dat ik haar behandelde; happend naar adem worstelde milady zich erdoorheen. Na een poosje was de aanval over, en daarmee die smerige hoest. Rillend van de kou, doordat haar lichaamstemperatuur als gevolg van de koorts flink was gezakt, bleef ze nog even zitten. Enkele minuten en een slokje bouillon later was ze weer op de been en stond ze haar sjaal te schikken. Ik liep met haar mee terug naar de eetkamer, waar de gasten inmiddels aan het dessert zaten. Ze wuifde me weg alsof ik haar had lastiggevallen (wat ik niet erg vond) en zei tegen meneer Meredith: 'En, George, wat heb ik gemist?' Toen hij zijn zorgen uitte over haar gezondheid – meneer Meredith lette altijd goed op milady – zei ze: 'Het was Rainey; ze was wakker geworden uit een nare droom en het lukte het dienstmeisje niet haar te kalmeren.' Ik zag dat meneer Meredith haar niet geloofde, maar dat hield hij wijselijk voor zich.

Toen ik later nogmaals naar binnen keek, zat ze een sigaar te roken en haar stelling zo geanimeerd te verdedigen dat geen enkele gast die voor het eerst op bezoek was, geloofd zou hebben dat milady ziek was. Haar echtgenoot, sir Alick, glimlachte en knipoogde naar me alsof hij wilde zeggen: kijk haar nou. Is ze niet geweldig?

Onze eerste reis begon twee jaar geleden, in 1860. Op aandringen van dokter Izod, die met grote stelligheid beweerde dat het klimaat van Esher te guur was voor milady, brachten we de winter dat jaar op het eiland Wight door. Het was een ellendige tijd. Ik vroeg me vaak af of dokter Izod ooit op het eiland Wight was geweest, want het was er droog noch licht noch warm en het leek bovendien in geen enkel opzicht op een oord waar milady genezing zou kunnen vinden. We slopen door de gangen van het smakeloze hotel, dat nog net niet geheel verloederd was, al scheelde het weinig, terwijl milady in bed lag en we hadden allemaal het gevoel, milady incluis, alsof ze op het punt stond dood te gaan.

De winter daarop scheepten we ons in voor onze eigen odyssee, helemaal naar de meest zuidelijke punt van Afrika en weer terug. Alleen wij tweeën: een dame en haar dienstbode. Voor een groter gevolg was geen geld. De familie Duff Gordon zit altijd krap bij kas, al zegt milady dat ze het iets ruimer hebben gekregen sinds sir Alicks overstap van het ministerie van Financiën naar de belastingdienst in Somerset House, en daarvan kan ik getuigen. Mijn loon wordt tegenwoordig bijna altijd op tijd betaald. En dus gingen we op avontuur, een schitterend wild avontuur. Ik vond het geweldig op dat schip, ik vond de havensteden geweldig en alle bezienswaardigheden, die naarmate we verder naar het zuiden reisden steeds exotischer werden. Ik vond het het leukst als we ver op zee waren en er geen land te bekennen was, geen bomen, geen gebouwen, geen mensen, alleen water, het schip, mijn mevrouw en ik. 'Mis je ons huis in Engeland niet?' vroeg ze me op een dag. 'De andere bedienden? Het gezelschap?'

Ik glimlachte. Ik kon wel zien dat ze haar gezin miste. 'Helemaal niet', zei ik. 'Ik mis helemaal niets van Engeland.'

Milady lachte. 'Nou,' zei ze toen, 'je bent een wonderlijk schepsel, Sally Naldrett, maar voor mij ben je perfect.'

Ik moest ook lachen, maar om eerlijk te zijn was ik opgelucht dat ik weg was uit Esher, weg van het geroddel en venijn, de andere bedienden, die me te veel op de lip zaten. Ik vond het fijn om op mezelf te zijn, ik vond het fijn om als enige voor milady te zorgen, ik vond het fijn om weg te zijn van de vrouwelijke personeelsleden met hun eisen en de mannelijke met hun nutteloze verwachtingen. 'Ik zou met alle liefde voor altijd op zee blijven', zei ik tegen milady.

Maar die tocht, waar ik zo'n immense voldoening uit had geput, had niet aan lady Duff Gordons behoeften voldaan. Al dat reizen over zee, al die duizenden mijlen water, terwijl ze eigenlijk heldere, droge lucht nodig heeft, droge zonnewarmte; eigenlijk zou ze haar longen in de zon te drogen moeten leggen en tot diep in hun binnenste verwarmen, dat is wat ik denk, zodat ze eens en voor altijd kan ophoesten wat haar ziek maakt.

En dus keerden we opnieuw terug naar Engeland, na een heel jaar aan boord van het schip. Voor milady was het weerzien heerlijk. Daar in de Victoriahaven stond haar hele familie: sir Alick, wuivend met een witte zakdoek, haar oudste dochter, mejuffrouw Janet, die tegenwoordig mevrouw Ross heette en hoogzwanger was van haar eerste kind; jonker Maurice, die groot geworden was, bijna dertien; en juffrouw Urania – Rainey – die inmiddels al ruim drie was. Milady stoof het schip af alsof ze een van de leeuwen was die de kapitein benedendeks vervoerde, een leeuw die nu uit zijn kooi werd losgelaten. En ik dacht: O, kijk toch hoe milady haar gezin heeft gemist! Waarom heb ik niet gezien hoe ze haar gezin miste toen we weg waren? Eerst leek het alsof Rainey haar moeder niet meer kende, deze bleke vrouw met de geur van zeezout in haar haren, maar in het rijtuig bleef het meisje onafgebroken staren naar haar moeder, die niet kon ophouden te vertellen over Afrika, krokodillen, olifanten, leeuwen en alle wonderen die we hadden gezien, en na verloop van tijd liet ze zich van haar vaders knie glijden en klom bij haar moeder op schoot. En toen stopte milady met praten en glimlachte breeduit.

Dat was afgelopen juni. Bij alles wat er in de paar korte weken daarop gebeurde, bleef milady glimlachen tegen juffrouw Rainey. Maar ik kende het oordeel van de dokter al voordat hij het uitsprak: ons jaar in het buitenland had geen genezing gebracht. Ons jaar in het buitenland had niets veranderd. De ziekte heeft lady Duff Gordon stevig in haar greep; ze kwijnt weg, ze raakt uitgeput en dat betekent dat we haar uiteindelijk zullen kwijtraken.

Ik verlang wanhopig naar een oplossing. Iedereen verlangt wanhopig naar een oplossing, maar diep in ons hart weten we dat genezing niet mogelijk is. Ze zeggen het allemaal en ditmaal luider dan voorheen: lady Duff Gordon zal een volgende winter in Engeland niet overleven. Zowel meneer Meredith als dokter Izod heeft het tegen haar gezegd en dokter Quail is uit Londen hiernaartoe gekomen om het milady persoonlijk op het hart te drukken: om in leven te blijven, moet ze vertrekken. Ze moet opnieuw haar geliefde omgeving verlaten, haar grote, gezellige huis vol boeken, folders, papieren en eindeloze luidruchtige en vrolijke discussies; ze moet haar trouwe echtgenoot verlaten en haar dierbare kinderen en naar een oord reizen waar het werkelijk warm en licht en droog is in de vreselijke, donkere maanden november, december, januari, februari en maart; zelfs in april kan het nog bitterkoud en nat zijn in Engeland. Ik had nooit gedacht dat je van het weer, hoe smerig en grauw ook, kon doodgaan, maar een volgende winter zal milady de das omdoen.

Daarom moet ze hier weg. Haar koers is bepaald. En ik moet haar opnieuw vergezellen op haar reizen. Milady en ik gaan naar Egypte.

Ik fluister het nog een keer, dat schitterende woord: Egypte.

Ik ben lady Duff Gordons dienstbode; ik ben dertig, een hoge leeftijd voor een alleenstaande vrouw. Ik vermoed dat ik al enige jaren geleden een oude vrijster ben geworden, al is het precieze moment waarop dat gebeurde, me ontgaan. Ik maak al meer dan tien jaar deel uit van de huishoudelijke staf van de familie Duff Gordon en dat zijn goede jaren voor mij geweest. Daarvóór was het pure armoe. Mijn zus Ellen en ik werden al op heel jonge leeftijd wees; onze ouders, winkeliers in Battersea, kwamen om toen hun trein bij Clapham uit de rails liep. Wij logeerden op dat moment bij onze tante in Esher – onze ouders waren onderweg om ons op te halen – en daar bleven we. Maar tante Clara kon het zich niet veroorloven voor twee extra kinderen te zorgen, of ze wilde het eenvoudigweg niet; ik heb nooit geweten wat dichter bij de waarheid lag, maar ik heb zo mijn vermoedens. Daarom moesten we in de huishouding gaan werken, ik nog datzelfde jaar en Ellen een jaar later. Mijn eerste betrekking was keukenhulp bij een eenvoudige familie in Esher; ik sliep op de grond in de bijkeuken en mevrouw Hartnell, de huishoudster (tevens kokkin), sliep op de keukentafel. 'Net als de koningin', verkondigde ze altijd lachend. Mevrouw Hartnell was een opgewekte, vriendelijke vrouw, die snel en efficiënt kon werken, en ik had het goed in dat huis. Omdat ik snel leerde, verkaste ik naar een ander huis, een tree hoger op de stevige ladder der dienstbaarheid, en daarna, toen de familie Duff Gordon naar Esher kwam en haar intrek nam in het huis dat lady Duff Gordon The Gordon Arms noemde, kreeg ik de kans te solliciteren naar een betrekking in dat huis, dat zo veel luisterrijker was. Ik solliciteerde en werd aangenomen en ik werk er nog steeds.

Ik werk hard, maar milady is een zeer dankbare werkgeefster; alles wat ik voor haar doe, is precies goed, althans, die indruk geeft ze me. Op mijn vrije dag – eens per maand als we thuis zijn, tenzij milady zo ziek is dat ze me niet kan missen – zet ik mijn muts op en neem de trein naar Londen. Milady zegt altijd dat een vrouw van mijn leeftijd het recht heeft in haar eentje naar Londen te reizen en daar ben ik het roerend mee eens. De trein naar Londen, een wandeling door de stad – alleen die woorden al toveren een glimlach van genoegen op mijn gezicht – de herrie, de geuren, de mensen. De trap van het museum in Bloomsbury op, door de tentoonstellingsruimtes, de gangen met glazen vitrines aan weerszijden, langs de giraffe, die zo'n lange nek heeft dat je je eigen nek verrekt als je naar hem opkijkt, langs de messen, munten, kelken en urnen in de overvolle vitrines, tot ik op mijn bestemming ben: de zaal met Egyptische beelden. Ik ga zitten en sluit mijn ogen, zodat ik nog niet te veel zie; ik wil mijn enthousiasme niet bederven door te snel te veel te zien. Ik ben helemaal hierheen gekomen om te kijken en als ik er dan eenmaal ben, kan ik het nauwelijks verdragen. Als ik mijn ogen opendoe, zie ik ze: de farao's, hun goden, de hiërogliefen, de geheimen van dat oeroude land in steen gecodeerd.

Ik heb een favoriet. De eerste keer dat ik zijn knappe, langwerpige gezicht zag, dacht ik dat het een vrouw was. Maar nee, het was een man, een immense farao. Amandelvormige ogen, zwartomrand als die van een kat; als ik erbij zou kunnen, zou ik met mijn hand zijn wang strelen, zijn lippen en dan zijn enorme kin, zodat ik de stenen botten kon voelen onder de gladde, koele, stenen huid. Ik staar hem aan en hij staart terug. Ik moet om mezelf lachen: hij is de man van mijn dromen.

Ik kom hier al heel lang. Ik weet niet waarom. De andere dienstmeisjes, die het allemaal maar raar vinden, vragen weleens: waarom ga je helemaal naar de stad om in een museum te zitten? De meesten van hen zijn er nooit geweest en zullen hun levensdagen eindigen zonder er ooit te zijn geweest. Ik weet nooit wat ik moet antwoorden. Ik heb het een keer geprobeerd, tegen de kokkin. Ik zei: 'Omdat het mysterie me aantrekt.' Ze keek me aan alsof ik een vreemde taal sprak. En is het geen speling van het lot: mijn bezoeken aan deze zaal door de jaren heen en het feit dat we nu naar Egypte gaan? Een fantastische speling van het lot, dat nu eindelijk eens in mijn voordeel uitvalt.

Na de beeldenzaal ga ik de vitrines met mummies bekijken. Deze zaal brengt me in verwarring, hoewel ik er ook door aangetrokken word. Ergens vind ik het niet netjes om de doden uit hun graftombes te halen en tentoon te stellen, maar toch kan ik mijn ogen er niet van afhouden. Ik ben even opgewonden en nieuwsgierig als het eerste het beste schooljochie, en er is daar bijna altijd wel een meute dringende schooljochies. Ik sta stil, als een palmboom in de buiten zijn oevers getreden Nijl, terwijl zij om me heen wervelen. Ik staar naar de opschriften bij de vitrines en probeer de informatie te ontcijferen: Thebe, vrouw, circa achtentwintig jaar oud. O, denk ik, maar ietsje jonger dan ik.

Een keer werd ik in de mummiezaal aangesproken door een man: hij had zelf ook een gezicht als een lijk en ik schrok zo van zijn verschijning dat ik niet hoorde wat hij zei en evenmin in staat was antwoord te geven. Hij zal me wel voor een imbeciel gehouden hebben of voor een buitenlander of beiden. Ik ben niet gewend om door mannen te worden aangesproken, in ieder geval niet door mannen die ik niet ken. Misschien was hij zelf wel een buitenlander, een Egyptenaar met heimwee, die naar zijn landgenoten kwam kijken. Misschien wilde hij iets van me. Ik weet het niet; ik ben weggelopen.

Als ik uitgekeken ben in de Egyptische zalen van het museum – alsof ik daar ooit uitgekeken zal zijn! – loop ik via Covent Garden weer naar het station Charing Cross en ga terug naar Esher. Terug naar The Gordon Arms. Terug naar milady.

Lady Duff Gordon. Lucie. Hoewel ik haar natuurlijk niet bij haar voornaam noem. Maar het is een mooie naam, Lucie, mooi en voornaam, absoluut het tegenovergestelde van mijn naam: Sally. Saai. Simpel. Net een hondennaam, zei ik toen we klein waren altijd tegen mijn zusje Ellen, die dan begon te giechelen. Een dienstbodennaam.

Er bestaat een portret van milady. Het lijkt echt op haar. Niet hoe ze er nu uitziet, nu ze mager en grijs is, maar hoe ze vroeger was, de echte lady Duff Gordon. Toen meneer Henry Phillips het schilderde, logeerde hij bij ons in The Gordon

Arms. Hij had zijn knie gebroken bij een val van de trap op het Waterloo Station en was tijdens zijn herstel aan huis gebonden. 'Henry verveelt zich', hoorde ik milady tegen sir Alick verklaren; hij had haar een briefje geschreven waarin hij zijn beklag deed. (De vrienden van milady schreven haar altijd als ze zich ergens over wilden beklagen. 'Half Londen neemt jou in vertrouwen', zei sir Alick vaak.) 'Laten we hem vragen hier te komen logeren.'

Meneer Phillips stelde zijn doek met behulp van katrollen en touw zodanig op dat hij milady kon schilderen terwijl hij met zijn been omhoog op de bank lag; hij rinkelde met een belletje als ze verse thee en koekjes wilden, en dat gebeurde nogal eens. Hun geroddel en gelach galmden door het hele huis en de andere dienstboden en ik kibbelden over wie er aan de beurt was om het dienblad naar binnen te brengen. Toen het portret tentoon werd gesteld in de Royal Academy, gingen milady en sir Alick erheen om het te bezichtigen en ze vonden het grappig, vertelde milady me later, ze vonden het allebei grappig haar zo vereeuwigd te zien. 'Maar ik was ook geschokt, Sally,' zei milady de volgende dag bij het ontbijt tegen me, 'het was alsof meneer Phillips diep in mijn ziel had gekeken.' Ze zweeg.

'Je bent een meesterwerk', had sir Alick gezegd.

'Ik ben een gezellige dikkerd. Het was gênant om zo gezien te worden: gapend naar mezelf; alsof je in het openbaar in de spiegel staat te staren. Wat een ijdelheid.' Maar iedereen kon zien dat ze het leuk vond.

En nu hangt het in de salon en iedere keer als we er langslopen, werpen we er een blik op, en af en toe zie ik milady ernaar kijken en dan is het net alsof ze denkt: ja, dat ben ik. Dat ben ik echt. Gezond, jong en vol leven en levenslust.

Ditmaal doet niemand alsof het verlaten van huis en haard iets tijdelijks is. Milady's enige zoon, Maurice, gaat naar Eton, de baby, mejuffrouw Rainey, naar milady's tante Charlotte, en sir Alick gaat bij meneer Taylor in Londen logeren, waar hij dichter bij zijn kantoor is. Als iedereen ergens anders zit, is The Gordon Arms niet langer nodig, daarom hebben ze de huur opgezegd. Vertrekken is een heel andere onderneming als je geen huis meer hebt om naar terug te keren. Er is een hoop werk rond het leegruimen van het huis en het inpakken van de bagage van de kinderen. Milady en ik zijn allebei blij met het werk; het leidt onze gedachten af van het afscheid dat iedere dag naderbij komt.

Milady's oudste kind, mejuffrouw Janet, ofwel mevrouw Ross – ik ben nog niet echt gewend aan haar nieuwe naam, hoewel 'mevrouw' inderdaad goed bij haar past – is er ook en helpt mee. Dit is een foutje in de planning. Kokkie moppert altijd dat mejuffrouw Janet milady niet waardeert. 'Nu niet en nooit niet', zegt ze. 'Al sinds ze klein was, is dochterlief teleurgesteld in mama, alsof milady niet aan haar verwachtingen heeft voldaan. Ik heb nog nooit zoiets meegemaakt!' zegt Kokkie terwijl ze afkeurend haar hoofd schudt. En ze heeft gelijk: mevrouw Ross zou liever zien dat milady conventioneler was. Dat moeder en dochter zo weinig mogelijk met elkaar van doen hebben, lijkt me verstandig; ze hebben hoe dan ook weinig met elkaar gemeen.

Milady regelt het verkeer vanaf de canapé, maar ze is weer zo verzwakt dat ik probeer haar het werken te beletten. Mevrouw Ross is heel goed in het weggooien van dingen en nu we aan het inpakken zijn, wordt duidelijk dat het huis tot de nok toe vol staat met dingen die niemand wil. 'Waarom bewaart u al die rotzooi toch, mama?' vraagt mejuffrouw Janet; kasten vol gebarsten en gebroken servies, linnengoed dat zo versleten is dat het niet meer versteld kan worden. En dan knikt mijn mevrouw en maakt een gebaar met haar hand alsof ze wil zeggen: gooi het allemaal maar weg. Het is schokkend zo'n degelijk huishouden als dit zo onttakeld te zien; kennelijk omringen we ons voortdurend met allerhande rommel en troep waarvan we op enig moment zeker meenden te weten dat we die nodig hadden. Zelfs de boeken lijken niet langer de moeite waard om te bewaren, al hebben we milady's eigen werk, de veertien romans en historische verhalen die ze beroepsmatig uit het Frans en Duits heeft vertaald, in dozen gestopt, die we bij sir Alicks bezittingen hebben gezet. Het tekende milady dat ze besloot deze boeken niet mee te nemen naar Egypte. 'Nieuwe bezems vegen schoon', zei ze tegen me.

Mevrouw Ross is getrouwd met Henry Ross, een bankier, een 'handelsman' in mevrouw Ross' eigen woorden, en ze wonen in Egypte, in Alexandrië, een grote stad aan de monding van de Nijl, een gegeven dat milady heeft gesterkt in haar besluit naar Egypte te gaan. Maar aangezien de mediterrane zeelucht in Alexandrië niet droog genoeg is voor milady's welzijn zullen we ons daar niet vestigen. 'Alexandrië is te vochtig voor u,' zegt mevrouw Ross, 'te benauwd.' Ik ben ervan overtuigd dat ze opgelucht is. Mijn zus Ellen is de dienstbode van mevrouw Ross en ze is nu met mevrouw Ross hier bij ons in Esher, waar ze mij helpt het huis leeg te ruimen. 'Alex is best een aardige stad,' zegt Ellen, 'het lijkt wel wat op Marseille, maar dan smeriger. Er wonen nog andere Engelsen en andere Engelse dienstboden.' Dit zegt ze om mij gerust te stellen, maar ik hoef niet gerustgesteld te worden. Ellen brengt samen met de familie Ross de zomer in Engeland door; aangezien mevrouw Ross in de herfst hier zal bevallen, zullen milady en ik lang voor hen in Egypte aankomen. Maar het doet me hoe dan ook deugd dat er over een poosje twee Naldretts tegelijk in Egypte zijn. Mijn zus en ik hebben een aantal jaren samen bij de Duff Gordons in huis gewoond en sinds mejuffrouw

Janet is getrouwd, mis ik haar nabijheid.

Het is niet aan mij commentaar te leveren op milady's diepste gevoelens, maar ik kan zien dat ze zwaar terneergeslagen is door de ontmanteling van haar huishouding, haar gezin. De artsen hebben verklaard dat na twee jaar Egypte – twee jaar! – er misschien enige verbetering in haar gezondheid zal optreden. Ieder afscheid is even pijnlijk als het vorige en voor milady is het zowel een lichamelijke als een emotionele pijn; het tast haar conditie aan, waardoor haar hoest verergert. 'Wanneer zal ik mijn kinderen weerzien?' verzucht ze, meer tegen zichzelf dan tegen mij, als we een lijst opmaken van de enorme, wankele stapels dozen en koffers die gereedstaan voor transport. 'Zal Rainey me nog herkennen?' Omdat ik geen idee heb wat ik daarop moet antwoorden, zeg ik zacht: 'Niet piekeren, niet tobben.' Maar de woorden klinken zelfs mij hol in de oren.

Op de overgebleven bedienden na is hier niemand om mij het allerbeste te wensen, en omdat we ons allemaal even bezwaard voelen, heeft niemand de behoefte of het verlangen om officieel afscheid te nemen. Zij verliezen hun werkgever en daarmee hun werk. Maar ik niet. Ik heb een geheim: voor mij is dit afscheid iets vreugdevols. Ik laat Esher achter me. Ik laat het huis en de mensen die er wonen en werken achter me. Het is bijna alsof ik mezelf achterlaat, mijn eigen vertrouwde ik.

Niets bindt mij hier. O, ik ben dol op Esher, ik ben dol op Kokkie en op Cathy en op Esther, die in het chique huis verderop in de straat werkt. Zoals iedereen altijd zegt: Engeland in de lente is een lust voor het oog, en ik zal mijn uitstapjes naar de stad en het museum zeker missen. Maar het reizen met milady heeft in mij een verlangen naar de wijde wereld gewekt.

Mijn leven in The Gordon Arms is heel beperkt. Mijn voornaamste zorg bestaat uit het mijden van mensen, het mijden van gesprekken. Niet dat ik me geneer of verlegen ben, verre van dat. Het mijden van mensen: om precies te zijn, het mijden van mannen. Mannen willen altijd iets van je, ze stellen eisen, ze lopen je voor de voeten, zoals die man in de mummiezaal van het museum in Bloomsbury, ze dringen zich aan me op. Maar een dienstbode moet trouw zijn aan haar mevrouw; een dienstbode trouwt niet. En als ze onverhoopt toch trouwt, blijft ze geen dienstbode. Maar ik heb er geen enkele behoefte aan milady in de steek te laten.

Ik was eerder vandaag bezig met milady's reisuitzet; ik wil dat haar kleren perfect in orde zijn voordat we vertrekken. Doordat ze de hele zomer is blijven afvallen – Kokkies pogingen om haar te laten aankomen zijn helaas mislukt – moet er heel wat worden ingenomen en vermaakt. Laura, een jong dienstmeisje, hielp me daarbij. Ze was pas een paar maanden in dienst, maar nu al onderwerp van veel geroddel en gissingen, het soort praatjes dat ik mijn hele leven heb proberen te vermijden, het soort praatjes dat ik niet zal missen als ik weg ben. Het was een babbelkous en ik luisterde amper naar haar.

'Ben je niet bang?'

'Hè? Wat zei je?'

'Ben je niet bang?'

'We zijn al eerder op reis geweest, milady en ik.'

'Maar niet om ergens te gaan wonen. Niet om in zo'n vreemd land te gaan wonen', zei Laura.

'Ik ben niet bang.'

'Het zou niets voor mij zijn.'

'Jij hebt je avontuurtjes liever in de steeg hierachter', zei ik. Ik bedoelde het luchtig, maar het meisje keek me geschrokken aan en barstte tot mijn schaamte in snikken uit.

'Ik wist het niet', zei ze.

'Wat wist je niet?'

'We maakten alleen maar een beetje lol, ik wist niet dat

het zulke …' – het kostte haar moeite het juiste woord te vinden – 'gevolgen zou hebben.'

Ik legde mijn arm om haar tengere schouders en we gingen op bed zitten. Het was milady's bed, maar ik wist dat ze dat gezien de omstandigheden niet erg zou vinden. Ik liet Laura huilen en klopte haar op de rug. 'Wat is er gebeurd?' vroeg ik, maar eigenlijk wist ik het al.

'Ik ben … O.' Ze keek me met een diepe blos op haar gezicht aan.

'Is hij bereid met je te trouwen?' Ik bespaarde haar de vernedering te moeten zeggen wie het was.

Ze schudde haar hoofd. 'Hij is weg.'

'Weg? Waarheen?'

'Ik weet het niet', zei ze. 'Het is te laat. En nu het huis dichtgaat, zal hij me nooit kunnen vinden.'

Toen ik me realiseerde in wat voor een hachelijke situatie ze zich bevond, liep er een nauwelijks te bedwingen huivering over mijn rug. 'Een hachelijke situatie' was nog te mild uitgedrukt, een ramp was het. Hoe moest ze een andere dienstbetrekking vinden? En als ze al een andere dienstbetrekking vond, hoe kon ze die houden als de baby kwam? Hoe moest ze zich in leven houden? Ik keek naar haar en zag mezelf; dat is precies de reden waarom ik blij ben uit Esher weg te gaan; dat is precies de reden waarom ik blij ben uit Engeland weg te gaan. 'Laten we met milady gaan praten', zei ik.

'O nee,' zei het meisje, 'dat kan ik niet, ik …'

'Je moet lady Duff Gordon alles vertellen. Ze helpt je wel. Ze laat je echt niet aan je lot over. Kom.' Ik trok haar omhoog. 'Kom mee.' Ik gaf Laura een van de schone linnen zakdoeken van milady en nam haar mee naar beneden, naar milady.

Het is niet zo dat ik bezwaar heb tegen mannen. Het is niet zo dat ik bezwaar heb tegen het huwelijk. Ik heb heus wel aanzoeken gehad, te veel om op te noemen zelfs. En een paar daarvan kwamen van mannen in wier armen ik best had willen vallen. 'Je bent een schoonheid', zeggen ze, en dan beschrijven ze mijn huid, mijn haar, mijn figuur. Alsof ik nooit in de spiegel heb gekeken. En onder hen waren knappe, niet onbemiddelde mannen: George Dawson, de kuiper, en Robert Smith van de brouwerij. Maar ik heb ze afgeslagen. Ik kan haar niet in de steek laten; milady heeft me meer nodig dan zij. Ik kan haar niet in de steek laten. En bovendien, als ik met George Dawson trouwde en lieve baby's van hem kreeg, zou ik dan iets van de wereld zien, zoals nu met milady?

En zo nemen we een voor een van iedereen afscheid: vaarwel, vaarwel, vaarwel. Voor milady zijn Sarah Austin, haar geliefde moeder, en de andere lady Duff Gordon, sir Alicks moeder, er. En meneer Meredith, meneer Tennyson, meneer Taylor en alle goede, trouwe vrienden van milady. En haar kinderen. Sir Alick vergezelt ons op het eerste deel van de reis; het afscheid van hem zal het laatste en zonder enige twijfel het moeilijkste zijn voor milady.

Op 20 augustus vertrokken we naar Eaux Bonnes. We hadden gehoopt dat het nog een tijdje warm en zonnig zou zijn in de Franse Pyreneeën, maar toen we aankwamen was het al fris en, wat erger was, het regende. Milady schreef aan haar moeder: *Het goede water van Eaux Bonnes klettert allemaal uit de lucht.* Ze werd vrijwel meteen ziek. Aangezien ze al zwak was en door het reizen nog verder verzwakte, was regenachtig weer ongewenst, schadelijk zelfs. Ik deed alles wat ik kon om het haar zo aangenaam mogelijk te maken, maar de koorts en het bloedspuwen kwamen niettemin terug. Ik zorgde er goed voor milady en sir Duff Gordon zo veel mogelijk met elkaar alleen te laten, omdat ik wist dat ze heel lang niet samen zouden zijn, maar sir Alick was rusteloos en nerveus, hij moest binnenkort terug naar zijn werk in Londen en maakte zich zorgen om zijn vrouw en de reis die ze voor zich had. Milady was al heel lang ziek, maar ergens verwachtte sir Alick nog altijd dat ze op een goede dag weer de oude zou zijn en even extravagant als vroeger. Ik kon het aan hem zien en ik voelde het zelf ook zo; iedereen die haar kende, had datzelfde gevoel. En toen ze niet beter werd, steeds maar niet beter werd, reageerde sir Alick met een soort onderdrukte verbijstering en afschuw, die hij voor zijn vrouw verborgen trachtte te houden, maar die voor mij en iedereen die er niet blind voor was, maar al te zichtbaar was.

Uiteindelijk was milady voldoende op krachten om van Eaux Bonnes door te reizen naar Marseille, waar zij en sir Alick ten slotte afscheid van elkaar namen. Op het station probeerde ik niet mee te luisteren, ik probeerde mezelf af te sluiten van het afscheidstafereel en zo veel mogelijk afstand te houden, maar uiteindelijk viel er weinig te beluisteren.

'Dag, Alick', zei milady.

'Dag, lief', antwoordde sir Alick.

En toen liep hij weg, stapte in de trein en zwaaide en ik zag hoe milady zich vermande, zoals ze al heel vaak had gedaan. Wij reisden door naar de havenstad Livorno in Italië, waar het aanmerkelijk warmer was en milady haar ledematen kon strekken in de zon. We moesten een paar dagen wachten tot de Byzantine, het stoomschip waarop we passage hadden geboekt naar Alexandrië, zou vertrekken. Tegen die tijd voelde milady zich al een stuk beter. Ze is heel anders dan alle andere zieken die ik ooit heb meegemaakt; als ze zich goed voelt, lijkt ze heel vitaal en jeugdig en dan kan ik niet geloven, dan kan niemand geloven dat de ziekte haar na verloop van tijd weer zal vellen, haar weer zal dwingen haar stoel en haar bed op te zoeken. Dat gebeurt echter wel, dat gebeurt altijd. Maar in Livorno voelde ze zich goed en was ze opgewekt, wat goed

uitkwam, want zowel milady als ik weet dat Italianen, ten on-
rechte, geloven dat de kwaal waaraan zij lijdt besmettelijk is.
Dat soort patiënten wordt geweerd uit hun kuur- en herstel-
lingsoorden. Daarom moet ze er goed uitzien en doen alsof ze
gezond is, ook al is ze dat niet.

DRIE

De bons waarmee het schip de kade raakte, gaf me een lichte schok, een sprankje leven: eindelijk, Egypte! Ik wendde me tot mijn mevrouw, die naast me aan de reling uitkeek over de stad, waarboven vuile strepen hingen van de rook en de hitte, en ik zei: 'We zijn er.'

Ze glimlachte. 'Ze zeggen dat Alexandrië niet het echte Egypte is.'

'O, nee, milady?' zei ik, en hoewel ik dat al wist, was ik toch teleurgesteld.

'Het is een tussenstad, tussen mediterraan, Afrikaans en Europees in, vol spookmonumenten die al lang zijn verdwenen.'

Zonder goed te begrijpen wat ze bedoelde, keek ik milady aan, omdat de toon waarop ze het zei harder was dan ik had verwacht. Gedurende de reis had ze net zo opgewonden geleken als ik nu we naar zo'n plaats uit de oudheid gingen. Weer bedacht ik wat ze allemaal had achtergelaten. Door de aankomst op onze bestemming moest zij daar ongetwijfeld ook aan denken.

'Maar je hebt gelijk, Sally,' zei ze terwijl ze zich naar me toe draaide en haar hand op de mijne legde alsof ze me gerust wilde stellen, 'we zijn er. In Egypte.'

Onze eerste tocht door de stad vervulde ons allebei met afschuw; niets van wat we vorig jaar in de Kaapkolonie hadden gezien, had ons hierop voorbereid. Smerigheid. Armoedige kindertjes die om geld bedelden telkens als het rijtuig bijna tot stilstand kwam, wat gezien de vreselijke opstoppingen in de smalle straten regelmatig gebeurde. Een van de kinderen kwam te dichtbij toen het rijtuig zich weer in beweging zette en ik zag hoe een man hem van de weg sleurde naar een veilige deuropening, waar hij hem begon af te rossen met een slipper, die hij speciaal daarvoor van zijn voet had getrokken. De taal gleed glibberig, onhandelbaar, vol onbekende vormen en grommende, hijgerige klanken langs onze oren. 'Daar leer ik nooit een woord van!' zei ik, en terwijl het rijtuig zich weer schokkend in beweging zette, zag ik milady verbleken alsof haar kostbare, tijdens de zeereis herwonnen gezondheid door het raampje naar buiten was gevlogen, de harde blauw-witte lucht in.

In het appartement van de familie Ross was het koel en stil. Het was een vreemde gewaarwording om daar helemaal alleen te zijn – ik sliep iedere nacht in het bed van mijn zus en milady nam haar intrek in haar dochters slaapkamer – maar ik was blij dat ik nu geen opdrachten hoefde aan te nemen van mejuffrouw Janet, zoals in Engeland, en ik vermoed dat milady er net zo over dacht. Er was echter niemand om ons te verwelkomen, niemand om onze reis te vergemakkelijken; de familie Ross had geen vast personeel in Alexandrië. Het was niet bij mejuffrouw Janet opgekomen een hulpje te regelen voor ons en milady had er niet aan gedacht erom te vragen. We zouden het alleen moeten zien te redden. Op het dakterras, aangelegd door haar schoonzoon, kon milady rusten; ze kon er brieven naar huis schrijven, lezen en kaarten bestuderen om onze bootreis over de Nijl naar het zuiden uit te stippelen. Ik wist dat ze van de overtocht en de exotische groep medereizigers op het schip, een Italiaans operagezelschap, vier oosterse dames en een charmante, onderhoudende Spaanse

28

consul, had genoten, maar nu we er waren, werd ze stil en zwaarmoedig. Ik zag dat ze zich zorgen maakte over wat er van ons moest worden hier in Egypte en na een paar volstrekt mislukte uitstapjes in de smerige maalstroom van Alexandrië, gaf milady het op en trok zich terug. Behalve het dakterras was er ook een leeskamer met een verzameling boeken die mejuffrouw Janet, ik bedoel mevrouw Ross, uit Engeland had laten verschepen; daar bracht milady meestal de dag door, om 's avonds te verkassen naar het dakterras. Ik was blij te zien dat ze zich terugtrok; op straat heersten overduidelijk allerlei ziektes en overal waar ik liep, hoorde ik mensen vrijwel net zo hoesten als zij.

Alexandrië was, zoals mevrouw Ross ons al had gewaarschuwd, een schimmelige stad, waar de zeelucht voor een zoutige aanslag op de huizen had gezorgd. Ik baande me een weg door de straten, waarlangs Europese huizen met indrukwekkende, witte gevels stonden en waar ik af en toe een glimp opving van Egyptische interieurs in oranje, rode, goudgele en groene tinten. Het dakterras van meneer Ross was keurig netjes, heel Engels en het stond vol lommerrijke, groene planten, terwijl de hofjes waar ik – zo vaak als ik kon – naar binnen gluurde, heel kleurrijk waren, met vreemde bomen vol bloemen, waarvan de zoete geur door de stank van de stad heen sneed. Er waren nauwelijks echte bezienswaardigheden, aangezien de historische monumenten van Alexandrië uit louter geruchten en vermoedens bestaan – spookmonumenten, zoals milady zei, niets meer en niets minder – hier zou misschíén het graf van Alexander de Grote zich bevinden; de vuurtoren van Pharos, een van de wonderen van de antieke wereld, had hier waarschíjnlijk ooit gestaan, maar er was niets meer van te zien. Wat je hier wel had, was de vreemdst denkbare mengelmoes van culturen, die allemaal trachtten iets te verkopen: een gehaaide Italiaanse kapper naast een Syrische bakker met een steenoven, een schitterende Franse banketbakkerij met vlak voor de glanzende glazen deuren een troep kakelende boerinnen die sinaasappels kochten en verkochten.

In mijn eentje ging ik eropuit om inkopen te doen op de markten en in winkels, maar vaak kwam ik verslagen en met lege handen thuis, met een hele meute ongezeglijke kinderen achter me aan. Op straat keken mensen me glimlachend aan, maar ik had geen idee of ze me groetten of uitlachten. Ik was nog nooit op zo'n door en door vreemde plek als deze geweest.

Op een dag, net toen ik op het punt stond weer zo'n tocht naar de markt te maken – misschien zou het me dit keer lukken een paar aardappels te bemachtigen – stonden er opeens onaangekondigd twee vrienden van meneer Ross voor de deur: meneer Hekekyan Bey, een Armeense heer van stand, opgeleid in Engeland, gekleed in een Engels pak en op zijn hoofd een rode fez met een donkerblauwe zijden kwast, een wonderlijke combinatie die hem op de een of andere manier goed stond, en meneer William Thayer, de Amerikaanse consul-generaal, een knappe jongeman met een open, vriendelijk gezicht. Ze hadden de grootste pret om milady's verhalen over onze mislukte pogingen ons aan te passen en te overleven en toen ik zag hoe milady opstoof in reactie op hun gelach, besefte ik voor de zoveelste keer dat ze om te gedijen andere mensen nodig had. Hoe zou ik het ook kunnen vergeten? In gezelschap is ze op haar best; zodra ze er waren, leek het alsof ze vrijer begon te ademen. Iemand om mee te praten, iemand om uit te horen, te overreden en mee te discussiëren, iemand om het leven interessanter te maken. En hier hadden we niet één, maar twee heren, die beiden meer dan bereid waren haar te vermaken en zich te laten vermaken. Toen meneer Thayer milady vroeg wat ze van Alexandrië vond, zei ze: 'Is dit niet de stad waar Cleopatra zich van het leven beroofde?'

Beide mannen moesten lachen. 'Wat u nodig hebt, lady Duff Gordon, is een dragoman', verklaarde meneer Thayer.

'Een wat?' vroeg milady.

'Een tolk, een gids, een factotum', zei hij, het laatste woord duidelijk articulerend.

'O,' zei milady, 'zullen we ons daarmee ...' ze keek naar mij toen ik het dienblad met koffie neerzette, 'minder wanhopig voelen?'

'Ja', zei meneer Thayer beslist. 'In dit land kun je met geen mogelijkheid reizen zonder een Egyptenaar aan je zijde. Ik weet de perfecte man.'

En nog voordat milady zich had kunnen afvragen of ze zo iemand wel echt nodig had en of ze zich dat kon permitteren, was het geregeld en kwam hij dezelfde dag nog bij ons terug met een jonge Egyptenaar. 'Mevrouw,' zei meneer Thayer met een zwierig gebaar, 'meneer Omar Aboe Halaweh, vader van de zoetigheden.'

'Pardon?' zei milady lachend. 'Zoetigheden?'

Meneer Omar Aboe Halaweh stond er met een enigszins onthutste blik bij en ik vroeg me af in hoeverre hij begreep wat er gebeurde. Hij keek aandachtig naar meneer Thayer en mijn mevrouw en ik nam de gelegenheid te baat om hem eens goed te bekijken. Hij was iets jonger dan ik, misschien midden twintig, al was dat moeilijk te zeggen. Hij was slank; alle Egyptische mannen zijn slank, behalve als ze rijk zijn, dan zijn ze dik. Hij was keurig gekleed, zijn kleren waren netjes en schoon. Zoals alle Egyptenaren was hij keurig geschoren en zijn huid zag er buitengewoon glad uit. Hij deed me aan iemand denken en dat gevoel bleef aan me knagen tot ik het opeens wist: de man die ik altijd bezocht in het museum, mijn stenen farao. Plotseling had ik het warm, mijn keel werd dichtgesnoerd en hart sloeg over. Ik moest blozen vanwege mijn rare gril en hoopte dat niemand naar me keek.

'Aboe Halaweh, vader van de zoetigheden,' herhaalde meneer Thayer met zijn gladde, welluidende Amerikaanse accent, 'dat is de vertaling van zijn naam. Hij stamt uit een geslacht van banketbakkers in Caïro. En men heeft mij verzekerd dat hij zelf ook heel lekker kan koken. Ik herhaal: meneer Omar Aboe Halaweh.'

Daarop maakte meneer Aboe Halaweh een mooie, diepe buiging, kwam breed lachend weer overeind en haalde een prachtig ingepakte doos honinggebak achter zijn rug vandaan, het soort dat ik graag had willen kopen. Sinds onze aankomst had ik slechts met de allergrootste moeite iets te eten kunnen maken voor milady; we leefden vooral op verse dadels van de markt en een plat soort brood met spikkeltjes zout en specerijen erop, dat op mysterieus bevel iedere ochtend door een kind aan de deur werd gebracht en dat heerlijk was, hoewel het niet geheel de honger stilde. Het idee om een dragoman in dienst te nemen die kon koken, bezorgde me bijna een flauwte van de honger, die ik de afgelopen dagen had genegeerd. Ik had maaltijden overgeslagen en net gedaan alsof ik al gegeten had, opdat er genoeg was voor milady. Maar toen kwam meneer Omar Aboe Halaweh ons te hulp en daarna ging alles veel makkelijker.

Het sollicitatiegesprek was kort en zakelijk; milady nodigde meneer Aboe Halaweh uit even bij haar te komen zitten en terwijl zij zich met elkaar onderhielden, interrumpeerde meneer Thayer af en toe om, waar nodig, te vertalen en verder de loftrompet te steken over de dragoman. Ik bracht thee, afkomstig uit de voorraadkast van de familie Ross (als ze terugkwamen uit Engeland, zouden ze hun voorraden flink moeten aanvullen, vreesde ik). Meneer Aboe Halaweh bleek tamelijk goed Engels te spreken en meneer Thayer verklaarde dat hij een zeer bedreven onderhandelaar was, iets wat onontbeerlijk was in dit land, waar, zoals me was opgevallen, over alles te marchanderen viel.

En zo kwam hij bij ons. De volgende dag verhuisde hij naar het appartement van de familie Ross. En mijn Egyptische vorming nam een aanvang.

'"Hallo" is *es salam aleikum*', zegt hij.

We zitten samen op het terras van het Shepheard Hotel. Milady is naar boven gegaan om even te rusten voor het diner. Het licht van de avondzon is rozerood, vol stadsvuil en rook van de open vuren. Caïro, beneden ons, is bijna rustig.

'*Salam* betekent "vrede". Het is een groet, een manier om hallo te zeggen. *Es salam aleikum*. Maar je kunt ook *ahahlen* zeggen. En daarop antwoord je met *ahahlen weh sahahlen*.'

Ik doe een poging; de woorden in mijn mond voelen aan alsof ze vol lucht en tegelijkertijd vol aarde zitten. Al had ik deze begroetingen op de markt vaak gehoord, dat maakte het nog niet makkelijker om de woorden zelf uit te spreken.

'Mijn naam is mejuffrouw Naldrett', zegt meneer Aboe Halaweh en ik onderdruk de neiging om te giechelen; hij fronst theatraal. 'Anna *ismi* mejuffrouw Naldrett.'

'Dat is makkelijk', zeg ik. 'Anna ismi. Is mij!'

'*Weh enti?*' zegt hij.

'Pardon?'

'Weh enti? En jij? *Enti* voor een vrouw en *Enta* voor een man. Weh enti?'

Ik begin te blozen, al weet ik dat hij niet echt mijn naam vraagt, die kent hij al. 'Anna ismi mejuffrouw Naldrett. Mejuffrouw Sally Naldrett', antwoord ik zorgvuldig.

De kleine boot vaart stroomopwaarts. En terwijl we via de Nijl naar het zuiden reizen, de hitte tegemoet, weg van de Middellandse Zee, weg van alles wat Europees is, word ik verliefd. Milady en ik worden beiden verliefd. Niet op een persoon. We worden verliefd op de rivier en het land dat ze voedt en onder water zet, de Nijl en de mensen.

Er zijn ongemakken. Natuurlijk zijn die er, dit bootleven is zo anders dan ons andere leven, ons vorige leven, het leven van de salon, de ziekenkamer, de keuken en de tuin. De kleren die we dragen – de hooggesloten rijglaarsjes, de handschoenen, de mutsen, het ondergoed, het korset – zijn ongeschikt. Ik zit in mijn kleine, lage hut naar de dingen te staren die netjes opgevouwen in mijn valies liggen; wat kan ik dragen waar ik niet in stik? Als ik aan de kinderen denk – kleine jongetjes, zo dun als de rietstengels langs de rivier – die ik gisteren aan de waterkant zag spelen, zeg ik zachtjes tegen mezelf: 'Ik zou ook wel in mijn blootje willen rondrennen!' En dan moet ik stilletjes lachen om die gedachte. Maar ik moet me aankleden en uiteindelijk maak ik een keuze. Bruine mousseline, hooggesloten; in Engeland was deze jurk, die ik van milady had gekregen, een van de beste, sterkste die ik ooit heb gehad. Ze had hem maar een of twee keer gedragen, in een tijd waarin ze een maatje groter was dan ik; het was niet milady's gewoonte om geld te verspillen aan kleding, maar ze vond de jurk niet mooi, ze vond de kleur bruin niet mooi en toen ze hem aan mij gaf, zei ze: 'Ik snap niet wat me heeft bezield.' Ik ben weliswaar langer dan mijn mevrouw, maar ik heb de jurk zodanig vermaakt dat hij me paste, en de kleur staat goed bij mijn donkere haar en bruine ogen. Nu sta ik naar het kledingstuk te kijken en ik vraag me af of ik misschien ventilatiesplitjes in de stijve stof moet snijden om mijn lichaamswarmte te kunnen afvoeren, de verschrikkelijke hitte die mijn lichaam produceert. Het zou herfst zijn hier, net als in Engeland, maar zo'n herfst heb ik nog nooit meegemaakt. Meneer Aboe Halaweh ziet er altijd zo fris uit, ik vraag me af hoe hij dat klaarspeelt. Hij loopt er beslist niet slonzig bij, hij ziet eruit om door een ringetje te halen, hij schenkt evenveel aandacht aan zijn kleding als ik aan die van milady; zijn lange blouse, zijn brede broeksband, zijn in ruime plooien vallende broek, zijn nette vest – zijn *sudeyree*, zegt hij tijdens een van onze taaluitwisselingen. Zelfs bij zonsopgang ziet hij er netjes uit, volkomen toonbaar, zelfs als de zon ondergaat achter de witte heuvels, aan het einde van de zoveelste lange, hete dag.

Die witte heuvels die ik, als ik mijn ogen sluit, afgetekend zie tegen de donkere wanden van mijn hut, dat is de woestijn, zeg ik bij mezelf. De woestijn. Het woord alleen is al beangstigend. Daar eindigt het weelderige groen, daar kan de Nijl in al haar overvloed niet komen. Soms, als de zon zinderend boven onze boot staat, de Zint el-Bahrein (ik laat de woorden steeds opnieuw in mijn mond heen en weer rollen) en ik een plekje zoek om eraan te ontsnappen, een plekje waar ik kan gaan liggen uitrusten zonder het gevoel te hebben dat ik in brand sta, soms, als ik over het water en over de ontgonnen akkers uitkijk en die witte heuvels zie, ben ik bang, bang voor de woestijn in heel haar bleke uitgestrektheid, de Egyptische woestijn, bevolkt door de doden, met mortuaria, tempels, mummies in graftombes, begraven arbeiders, en dan moet ik mijn blik afwenden.

Maar voorlopig ben ik veilig, veilig en gelukkig, nu we stroomopwaarts varen met de Zint el-Bahrein, die meneer Aboe Halaweh heeft gehuurd toen we Alexandrië verlieten en doorreisden naar Caïro, o, Caïro! Werkelijk, wat een chaos, wat een licht. Moesten we een boot huren? Meneer Aboe Halaweh regelde er een. Moesten we voorraden inslaan? Ook die regelde hij en bovendien mocht ik mee op zijn tochten naar de verschillende markten. Hij nam milady en mij mee op excursie door de straten van de stad, weg van het Shepheard Hotel, dat vochtig was en overvol en net zo naar kool rook als het hotel op het Isle of Wight, hij nam ons mee door smalle steegjes, waar de zon wordt tegengehouden door huizen met vele verdiepingen, met zogenaamde windvangers, erkers van houten traliewerk, die zo gebouwd zijn dat ze het minste of geringste briesje naar binnen lokken. We zagen de grote middeleeuwse moskee, Ibn Tulun, waar we toekeken hoe onze dragoman zijn schoenen uittrok, zijn voeten waste en knielde om te bidden, en Khan el-Khalili, de enorme bazaar, waar milady tegemoet werd getreden als een bezoekend hoogwaardigheidsbekleder. We dronken Turkse koffie, zoet en sterk, en milady stelde heel veel vragen, als een overenthousiast kind dat alles wilde zien, horen, proeven en ruiken, en ik voelde me net zo. Meneer Aboe Halaweh wees de weg in Caïro, waardoor we een glimp opvingen van het echte Egypte, het Egypte waar we beiden verlangend naar hadden uitgezien, eeuwenoud en modern tegelijk, afgesloten en open, vol herrie, hitte, groei en verval. Meneer William Thayer vergezelde ons op sommige van de uitstapjes en pas in zijn aanwezigheid werd milady weer echt zichzelf, levendig en enthousiast als altijd. We leidden haar rond op een ezel die we George hadden genoemd ('Hij doet me aan meneer Meredith denken', beweerde milady) en we namen ook een jong ezelmennertje in dienst dat Hassan heette. De arme Hassan werd al snel het zoveelste slachtoffer van onze aanvallen op de Arabische taal en al na één dag met ons nam hij de gewoonte aan om bij alles wat hij zag de Arabische woorden op te dreunen. 'Maya', zei hij, wijzend naar mijn kopje water. 'Nahr', herhaalde hij, wijzend naar de Nijl.

's Avonds trokken we ons terug in het hotel, waar milady de gebeurtenissen van de dag beschreef in brieven naar huis. Ze schreef iedere dag aan sir Alick, aan haar moeder en aan haar vrienden zonder de moeite te nemen te wachten op een antwoord voordat ze aan een nieuwe brief begon. 'Het kan wel weken duren voordat het antwoord hier is', zei ze. 'Zo lang kan ik niet wachten met vertellen wat we allemaal hebben gezien.' Het leek alsof het schrijven van die brieven aan het einde van de dag even belangrijk, zo niet belangrijker was dan de dag zelf, alsof die brieven naar huis haar werk geworden waren, ter vervanging van al het andere schrijfwerk dat ze in haar leven had gedaan.

Meneer Hekekyan Bey nodigde milady uit voor een diner in zijn huis net buiten Caïro, een ommuurde veste, omringd door akkers. In de schemerige, koele salon, waar antiquiteiten – stukken van bewerkte friezen, kleine beeldjes, gebeeldhouwde hoofden – als oude bakstenen lagen opgestapeld tegen de muren, keek ik hoe de vrouw van meneer Hekekyan Bey voor milady de Egyptische manier van eten demonstreerde: zittend op de vloer, met gekruiste benen, rond een gemeenschappelijke grote, platte schaal. Ze hield alleen haar rechterhand omhoog. 'Met deze hand,' zei ze, 'zonder bestek', en vervolgens gebruikte ze het platte brood als een soort schepje. Ik zag meteen dat deze manier van eten – intiem, ontspannen, exotisch en praktisch tegelijk – milady zou aanspreken. 'Heel efficiënt', zei ze lachend, waarna ze met grote smaak begon te eten, alsof eten op zich een noviteit was.

Ook al deden het gezelschap en het avontuur haar goed, toch verergerde haar hoest weer tijdens de rit van meneer Hekekyans huis terug naar Caïro. Het was de afgelopen dagen iets koeler geworden. 'We moeten naar het zuiden,' zei ze, 'naar Boven-Egypte, daar is de lucht zuiver, heet en droog.'

'Meneer Aboe Halaweh helpt me wel met de voorbereidingen', antwoordde ik. 'We kunnen morgen vertrekken.'

Milady knikte instemmend en sloot haar ogen.

En zo verlieten we Caïro. Zonder dat we de piramides in Gizeh hadden gezien; die moesten wachten tot we terug waren, ondanks mijn ongeduld, maar ik wist dat dat zou worden gecompenseerd door wat we onderweg te zien zouden krijgen.

In Egypte is alles zo volslagen vreemd, zelfs de maan en de sterren zien er anders uit, ongewoon, alsof milady en ik naar een andere planeet zijn vertrokken in plaats van naar een ander land.

Maar voorlopig – jawel – zitten we op de *dahabiya* en varen we de Nijl op.

De taal die de bemanning spreekt, zit vol vloeiende melodieën. 's Ochtends vroeg, nog voordat ik helemaal wakker ben, hoor ik de mannen zingend langs de deur van mijn hut gaan – wat een geluid om bij wakker te worden – en hoor ik het water kabbelen onder mijn kleine raampje. Iets later roepen de mannen naar elkaar, van de achtersteven naar de boeg, van de ene boot naar de andere, en dan luister ik. Milady en ik speuren naar woorden, daarin doen we voor elkaar niet onder, we luisteren ingespannen, we zuigen de taal op en trachten de mannen na te praten. We leren iedere dag een paar nieuwe woorden – *chai*, thee, *aowah*, koffie, wat lijkt op *aiwah*, dat 'ja' betekent, maar net iets anders klinkt – woorden die je inademt en van onder uit de keel terugblaast, die we tegen elkaar uitspreken, waarbij we elkaars accent en klemtoon corrigeren, en die we vervolgens gretig vergelijken met het Engels van meneer Omar Aboe Halaweh. *Es salam aleikum. Bekaam? Sjoekran. Insjallah. Alhamdoellilah.* Mijn huishoudelijke taken op de boot zijn aanzienlijk lichter nu we een dragoman hebben en ik ervaar een soort nieuwe vrijheid die me verbijstert. Als we op een middag samen naar de Nijl zitten te kijken, vraag ik hem mij het alfabet te leren. 'O, maar mejuffrouw Naldrett,' zegt hij op milde toon, 'ik kan niet lezen en schrijven.' Ik probeer mijn verbazing te verbergen, ik bedenk dat in Engeland veel mannen in vergelijkbare posities ook niet kunnen lezen en schrijven en dat ik het geluk heb gehad dat milady mij deze vaardigheden heeft bijgebracht, zoals ze me ook boeken heeft gegeven.

En dus gaan we samen door met het uitwisselen van woorden alsof het blikken zijn. Het leven is één grote les in vocabulaire geworden, wat ik zowel leuk als vermoeiend vind.

Ik ben niet gewend zo nauw samen te werken met een man. Wassen, koken, schoonmaken, zorgen voor milady; ik ben niet gewend dat een man daar net zo handig in is als ik. Het had een grote aanpassing moeten vergen, een enorme hoop moeilijkheden moeten opleveren om ons hier in Egypte staande te houden, maar in plaats daarvan is een situatie ontstaan waarin ik milady niet meer voor mezelf heb. Hij bekommert zich niet om de vraag of iets mannenwerk of vrouwenwerk is; voor hem is een taak een taak, iets wat af moet. De gedachte komt bij me op dat ik, als ik zou willen, ook achterover kan leunen en hem zowel voor mij als voor milady kan laten zorgen, maar dat ligt niet in mijn aard. In plaats daarvan merk ik tot mijn verbazing dat ik zijn gezelschap prettig vind. Ik leer meneer Aboe Halaweh hoe wij de huishouding doen en meneer Aboe Halaweh leert mij hoe het er in Egypte aan toegaat. Ik zal altijd de dienstbode van mijn mevrouw zijn, er zullen altijd dingen zijn die ik wel en meneer Aboe Halaweh niet kan doen, maar zolang we hier in Egypte zijn, op een boot op de Nijl, kunnen we ons niet redden zonder hem. Dat was ons door het verblijf in Alexandrië en Caïro wel duidelijk geworden: zonder meneer Aboe Halaweh zouden we niet overleven. We zouden omkomen van de honger en dan sterven van eenzaamheid, of sterven van eenzaamheid en dan omkomen van de honger, afhankelijk van welke ramp ons als eerste zou treffen.

Vreemd eigenlijk. Ons duo, milady en ik, op een uniek avontuur, is in mijn visie tamelijk soepel uitgegroeid tot een trio.

We zijn in de benauwde kombuis; die is keuken, bijkeuken, voorraadkamer en werkruimte ineen. Ik haal diep adem en sta rechtop naast hem. Ik ben er bijna aan gewend het zweet continu langs mijn rug te voelen druppelen, als een klein riviertje dat de Nijl voedt.

Hij houdt zijn blik gericht op het platte brood dat hij aan het maken is; hij wil per se iedere dag vers brood bakken, omdat het brood van de scheepskok niet goed is, zegt hij, en het zijne oneindig veel beter. Hij heeft gelijk. 'Mejuffrouw Naldrett, gaat u alstublieft zitten. U wordt anders erg moe in deze hitte.'

'Maar ik kan misschien iets leren', zeg ik.

Als ik naar hem kijk, zie ik dat er een glimlach om zijn mond ligt.

Ik sla hem gade. Ik kan er niets aan doen, ik staar voortdurend naar alles en iedereen in dit land. Als hij zich door het vertrek beweegt, vang ik zijn geur op; hij ruikt altijd erg schoon. Ik bedenk dat dat misschien komt doordat hij als moslim geen alcohol drinkt; anders dan Engelsen is hij 's ochtends nooit katterig of slaperig. Hij kijkt op van zijn werk, het werk dat we delen. Zijn ogen zijn snel, donker en toch stralend, en hij zag dat ik naar hem stond te staren, maar hij laat geenszins merken dat hij me betrapt heeft. In plaats daarvan glimlacht hij. Zijn gezicht verandert, alsof hij glimlacht met heel zijn wezen. En ik … ik glimlach achteloos terug, want er is geen reden om hier op deze plek op je hoede te zijn; het huishouden in Esher, met zijn roddels en kwaadwilligheid, is hier duizenden kilometers vandaan, niemand kan me hier zien. De krappe omstandigheden op de klamme en bloedhete dahabiya, het zand dat door ieder kiertje naar binnen kruipt als het waait, het ongedierte dat ik tegen de oever op zie klimmen en zich telkens als we naderbij komen weer hoopvol in het water laat glijden … dat alles vervaagt.

De dahabiya. Ik fluister de naam nogmaals zachtjes voor me heen: Zint el-Bahrein. Lang en smal, stevig, met een enorm wit zeil. Meneer Aboe Halaweh en de kajuitsknecht hebben de grootste moeite hem schoon te houden, met enig succes. De bemanning bestaat uit elf mannen, inclusief de *Reis*, de kapitein, en zijn stuurman. Meneer Aboe Halaweh zegt dat alle leden van de bemanning uit Boven-Egypte komen, uit Assoean. Ze zijn zonder uitzondering slank en lenig en toen milady en ik voor het eerst aan boord kwamen, in de Boelak-haven in Caïro, stonden ze in hun blote, bruine bast keurig op een rij langs de kade, onberispelijk gekleed in een nieuwe broek van witte Egyptische katoen. Een parade van halfnaakte mannen. Toen ik naar hen keek, dacht ik: dit is allemaal zo wonderlijk. Het kostte me de grootste moeite om niet te lachen. Alles in Egypte is zowel verontrustend als vermakelijk.

Voordat we de haven uit waren gevaren, had milady de Reis een Engelse vlag en een Amerikaans vaantje aan de mast laten bevestigen als teken voor de vertegenwoordigers van de consul dat we hen langs de Nijl zouden treffen. Ieder hoekje en gaatje op de boot is volgestouwd met voorraden, die we op onze tochten naar de lawaaiige markten van Caïro hadden ingeslagen: niet alleen eten en drinken, maar alles wat we mogelijkerwijs nodig zouden kunnen hebben. Zo hebben we een draagbare badkuip, tapijten, een voorraad kaarsen voor zes maanden, linnengoed, een enorme koperen ketel. Ik maakte de ene lijst na de andere, controleerde alles keer op keer, overlegde met milady en meneer Aboe Halaweh: we mogen niets vergeten. Voorlopig wonen we op deze boot, voorlopig is dit ons thuis. Maar het is wel een heel ander thuis dan ik ooit heb gekend.

Wat verandert er als je alles achterlaat? Als je alles wat je vertrouwd is, achterlaat, niet alleen huizen en straten en nat, winderig winterweer, maar ook echtgenoten, kinderen, vrienden? Voor mij: de trein naar Londen op mijn vrije dag en de thuiskomst erna. De tak van de eik die tegen het dak van de stal tikt. De postbode die komt aanlopen door de steeg. Niets daarvan is mij gevolgd naar Egypte. Betekent dit dat ik niet meer dezelfde persoon ben? Betekent dit dat ik ook veranderd ben?

De Nijl: groen, een dik, stroperig soort groen, als melk die uit een enorme groene koe stroomt, vaak bruin, omgewoeld, vol draaikolken, af en toe helder tot op de bodem, glinsterend als glas, nooit blauw. 's Nachts is het water zwart, de diepte onpeilbaar. Het ruikt – ik snuif de lucht diep op – naar vegetatie, naar gras en zelfs af en toe naar een Engelse tuinvijver, wat ik heel vreemd vind. Op sommige dagen stinkt de rivier, maar die lucht drijft snel weg. Soms staar ik minutenlang in het water, dan wil ik mijn vingers erin dopen, mijn tenen erin laten hangen, zoals ik mannen op andere boten zie doen, maar dat kan niet: de boot ligt te hoog op het water en bovendien zou ik mijn schoenen dan moeten uitdoen en mijn kousen uittrekken, ik zou mijn handschoenen moeten uitdoen, mijn muts losspelden en mijn parasol moeten neerleggen.

Bovendien zijn er krokodillen. Op onze eerste dag zag ik er een langs de oever kruipen en toen we voorbijvoeren, liet hij zich in het water glijden alsof we een prooi waren.

Als de bemanning de Zint el-Bahrein naar de oever manoeuvreert, zijn er gelukkig ook veel andere dingen te zien, zo veel dat het mijn gedachten afleidt van de hitte.

Maar de eerlijkheid gebiedt me te zeggen dat de tocht voor milady zwaar is. Haar gezondheid is gestaag verslechterd sinds de dag waarop we uit Esher vertrokken. De zeereis was te vochtig, Alexandrië te klam, Caïro te smerig, te druk. Het Shepheard Hotel was te duur – zoals altijd is geld milady's eerste zorg – ongerieflijk en erger nog, benauwd. 'Dat vreselijke hotel,' zei milady later, 'ik kon niet wachten tot we er weg konden! Nu we naar het zuiden varen, kan ik weer op krachten komen', beweert ze met enige twijfel in haar stem.

'Zeker', antwoord ik.

Maar een paar dagen na ons vertrek uit de Boelak-haven kan ze amper lucht krijgen, iedere inademing kost evenveel moeite, het voortdurende bloedspuwen put haar volledig uit en geen van mijn gebruikelijke trucs – bedrust, warm drinken, frisse lucht, inzwachtelen, stoombaden – werkt.

Het is avond. Meneer Aboe Halaweh komt het dienblad met milady's avondeten weghalen; ze heeft geen hap gegeten. Ik zit aan het voeteneinde van haar ligstoel en wrijf haar voeten. 'Ze zijn zo koud, Sally,' zegt ze, 'het lijken wel ijsklompen. Alsof mijn bloed er niet meer bij kan.'

'Laat me u behandelen', zeg ik.

Milady schudt kreunend haar hoofd.

'Mejuffrouw Naldrett heeft me verteld dat ze u beter kan maken, *sitti*', zegt onze dragoman. Hij noemt haar sitti Duff Gordon – 'sitti' betekent 'dame' – of gewoon 'sitti', wat milady leuk vindt. 'Ik stel voor dat u zich door mejuffrouw Naldrett laat behandelen.'

We draaien ons allebei om en kijken meneer Aboe Halaweh aan. 'Is dat een bevel?' vraagt milady.

Ik ben te verbaasd om iets te zeggen.

'Ik vermoed van wel,' vervolgt ze, 'de eerste van vele ongetwijfeld, nietwaar, Omar?'

Met zijn brede lach weet hij ons over te halen.

En dus behandel ik haar. Nu we aan boord van ons tijdelijke huis zijn en milady in alle comfort kan uitrusten en vanaf de dahabiya languit van het uitzicht op de oevers kan genieten, staat ze me toe haar te behandelen.

Maar de behandeling zelf is verschrikkelijk: aderlaten met

een laatkop. We zijn er geen van beiden dol op. Ik heb de wrede methode vorig jaar geleerd van dokter Izod in Esher, voordat we naar de Kaap afreisden.

Hij had de behandeling zelf bijgesteld door een diepe snee te maken alvorens het verhitte glas erop te zetten. 'Er is misschien geen goede, betrouwbare arts daar waar jullie heen gaan, meisje', had hij gezegd. 'We vertrouwen lady Duff Gordons leven aan jou toe.' Ik schrok me halfdood – zonder het te laten merken natuurlijk – want ik had mijn positie nog nooit op deze manier bekeken: als hoedster van milady's leven.

Ik reinig het speciaal ontworpen, puntige en vlijmscherpe scalpel, dat zuiver en alleen voor dit doel in Londen is aangeschaft. Meneer Aboe Halaweh is standby; hij staat op enige afstand van de stoel waarin mijn mevrouw ligt en heeft zich half naar de deur gedraaid om haar privacy te bewaren, maar is klaar om zonodig te helpen. Ik heb de laatkop, die ik in een ketel met kokend water heb verwarmd, klaarstaan; hij is vrij heet, zo te voelen, maar niet zo heet dat haar huid erdoor verbrandt, hoop ik. Ik ben van plan er boven de rechterborst in te gaan, boven de long waarin, zo te horen, het meeste vocht zit, waar de verstopping het ergst is. Ik ga snel te werk, ik maak milady's blouse los, trek haar ondergoed opzij, ontbloot haar borst; dit is pas de tweede keer dat ik deze handeling zonder hulp uitvoer en ik wil dat mijn bewegingen overtuigd, resoluut en precies overkomen. Als ik opkijk en milady's blik ontmoet, knikt ze me kalm toe; we hebben afgesproken dat ze niets zal zeggen, om te voorkomen dat ze weer gaat hoesten. Ze neemt een grote teug brandy voordat ik begin. Ik laat het scalpel zakken, druk er hard op en maak de snee, anderhalve centimeter lang en misschien een centimeter diep. Rondom het mes welt bloed op. Milady geeft een harde schreeuw en dan rolt haar hoofd opzij. Meneer Aboe Halaweh doet een stap naar voren, maar ik verzeker hem dat het in orde is. 'Ze is flauwgevallen. Dat is een zegen.'

Snel pak ik de glazen laatkop uit, die zo heet is dat ik hem niet met blote handen kan aanraken; ik pak hem met de doek beet, zet hem op de snee en druk er stevig op om de aderlating te stimuleren. De zuigende werking vangt aan en terwijl de kop begint af te koelen, vult hij zich met bloed.

'Hou de kaars erbij, alstublieft', zeg ik en meneer Aboe Halaweh gehoorzaamt. 'Kijk', zeg ik, waarna hij zich vooroverbuigt om het beter te kunnen zien. Ik ben blij dat hij geen klein hartje lijkt te hebben. 'Etter' – witte draadjes die in het donkere bloed zweven – 'pus. Ziekte. Die wordt nu uit haar getrokken. Dat is wat we willen.'

'Weet u zeker dat sitti Duff Gordon hiervan zal opknappen?' vraagt meneer Aboe Halaweh aarzelend. Hij gelooft duidelijk niet dat een dergelijke behandeling effectief kan zijn.

Ik merk dat mijn hand begint te trillen. Ik heb moeite de kop op zijn plaats te houden en ben bang dat ik de zuiging ophef die ik heb gecreëerd. In eerste instantie vind ik zijn vraag belachelijk, maar dan zie ik er de logica van in. 'Nee', antwoord ik. 'Ik weet niet zeker of lady Duff Gordon hiervan zal opknappen, meneer Aboe Halaweh. Maar dit is wat ze mij geleerd hebben, zo moet ik haar op advies van haar Engelse arts behandelen. En lady Duff Gordon en ik waren het met hem eens; aderlaten, meneer Aboe Halaweh, is een noodzaak.'

Tot mijn opluchting knikt hij en ik kan de kop stevig blijven vasthouden tot hij vol bloed en andere lichaamsstoffen zit.

We reizen naar het zuiden. De bemanningsleden bewegen zich met een enorm gemak van voor naar achter. De rivier stroomt nu door een smalle, steile kloof, waardoor er een soort nachtelijk duister intreedt dat ik nooit eerder heb meegemaakt, alsof de rotswanden vooroverbuigen en elkaar hoog boven ons hoofd raken. Daarna strekt de vallei zich weer breed voor ons uit als een arcadisch landschap. 'Bijbels', verkondigt milady vanaf de provisorische slaapbank op het dek en ik moet inderdaad aan Mozes denken, alsof hij in zijn rieten mandje met ons meedrijft. Milady vindt het heerlijk aan dek, in de schaduw van de luifel die de bemanning heeft opgehangen, waar ze naar de mannen op de boten en naar het landschap kan kijken; ze is nu echt aan de beterende hand en de wond van het aderlaten heelt goed. In Caïro had meneer Aboe Halaweh iemand willen inhuren om gedurende de reis met een waaier naast haar te staan, maar daar wilde ze niets van horen. 'We moeten zuinig zijn', verklaarde ze. Ze laat zich achteroverzakken in de schaduw als van het water een klein zuchtje wind af slaat, niet genoeg om wie dan ook te verkoelen, maar alle beetjes helpen tenslotte. Ik loop de boot op en neer. Ik vraag milady of ik verstelwerk kan doen, ook al weet ik dat dat er niet is. 'Scheurwerk,' zegt milady, 'we zouden onze kleren moeten openscheuren, zodat ze wat prettiger zitten.' Met iedere mijl die we verder naar het zuiden varen, wordt haar ademhaling lichter en enkele dagen later pakt ze de brieven naar huis weer op. Als ze schrijft, is ze gelukkig en als ze omringd is door haar vrienden en familie en er een groot feest van maakt, is ze het allergelukkigst, dat is waar, maar als ze bij hen weg is, zijn haar brieven naar huis haar familie.

Midden in de nacht word ik opeens wakker. Wat is er aan de hand? Wat is er anders? Dan realiseer ik me: ik heb het niet warm. Ik hoef mijn nachtjapon niet van mijn huid af te pellen. Er staat een bries, een echte bries, die door het kleine raampje naar binnen komt en onder de deur van de hut door wegglijdt. Welke maand is het eigenlijk, vraag ik me af, en ik moet diep nadenken voordat ik het me herinner. November. Ik sla een sjaal om mijn schouders en volg de bries naar buiten, naar het dek van de dahabiya. Ik loop naar voren en deins geschrokken achteruit als ik ergens op stap. Een half wakkere Egyptische vloek, gevolgd door iets wat klinkt als een verontschuldiging. Overal liggen mannen te slapen, het dek is bezaaid met mannen, opgerold als tapijten in de soek. In de wind waait hun haar op en gaat weer liggen. Als ik een plekje heb gevonden om te zitten, haal ik langzaam en diep adem en verwonder me erover dat ik hier midden in de nacht zit, omringd door slapende mannen, en dat ik het volstrekt normaal vind. De lucht is fris, schoon en zo puur dat ik opeens het gevoel heb dat ik mijn hele leven tot nu toe naar adem heb gesnakt. Geen wonder dat mijn mevrouw eindelijk aan de beterende hand is. Het is een maanverlichte, milde nacht; de rivier is breed en de oevers zijn weids. Een eenzame os loopt met ons mee. Egypte slaapt, zoals het eeuwenlang heeft geslapen.

De boot drijft stil op het water en het duurt even voordat het tot me doordringt dat we afgemeerd liggen. In de afgelopen twee jaar hebben we veel bootreizen gemaakt. Maar dit kleine zeilvaartuig is anders dan die andere boten; deze boot is onze boot, deze reis onze reis. En op dit moment besef ik dat ik, ondanks de onzekerheid, ondanks milady's ziekte en onze verbanning uit Engeland, gelukkig ben. Hier op de nachtelijke Nijl, in het witte Egyptische maanlicht, ben ik gelukkig.

VIER

En zo reisden we verder naar het zuiden en nog verder, naar Boven-Egypte en vervolgens naar Nubië. We bezochten alle grote monumenten: de tempels van Abydos en Edfu, Luxor, Karnak en Dendera; we rondden de beroemde bocht in de rivier bij Aboe Simbel en kwamen oog in oog met de vier gigantische beelden van Ramses II, zittend tegen de rotswand met het zand tot aan hun knieën. 'Hierbij vergeleken', zei milady ernstig, 'zijn wij zo … tijdelijk', en daarna, terwijl we van de dahabiya af klauterden, moest ze om zichzelf lachen. We voeren helemaal naar het zuiden, naar Wadi Halfa, voordat we rechtsomkeert maakten en ons de rivier weer af lieten zakken. Het was alsof ik iedere dag opnieuw een bezoek bracht aan het museum in Bloomsbury, met dit verschil dat het hier zonnig was en zanderig en veel lichter en alles veel en veel groter dan alles wat ik me in Great Russell Street had kunnen voorstellen. Ik bestudeerde de ruïnes en deed mijn best meer aan de weet te komen over de cultuur en de religie van het oude volk, maar ik merkte dat ik voortdurend werd afgeleid door het Egypte van nu, door het land om me heen, dat leefde, ademde en niet opgegraven hoefde te worden. Ik werd hierin gesteund door milady, die veel nieuwsgieriger was naar de mensen, de moderne Egyptenaren – de *fellahin*, hun moeders en zussen, vaders en ooms, waar ze vandaan kwamen,

48

waar ze heen gingen – dan naar welke half vergane oudheden ook. Ook al sprak ze nog maar een paar woorden Arabisch, ze schroomde niet om met iedereen die we ontmoetten in gesprek te gaan; net als in Engeland lukte het haar meteen om erachter te komen wie wie was in een familie. Mensen vonden haar altijd aardig, milady had het vermogen om iedereen die ze ontmoette, van de hoogste piet tot het armste onderkruipsel, het gevoel te geven dat hij of zij van enorm belang voor haar was. Iedereen had wel een verhaal en milady wilde al die verhalen horen. Dientengevolge bezochten we algauw meer baby's en ouden van dagen dan tempelruïnes en graftombes, we dronken zoete thee en aten allerlei vreemde dingen, die zowel scherper als zoeter smaakten dan alles wat we ooit hadden geproefd. En het gekke was – althans voor mij – dat ik evenveel van die bezoeken genoot als milady.

Ik was verbaasd over deze verandering, deze nieuwe richting van mijn blik, verbaasd dat ik mijn amateurstudie van Isis en mijn ooit welgemeende nieuwsgierigheid naar de ware betekenis van de hiërogliefen liet varen voor een uitbreiding van mijn kennis van Egyptische landbouwmethoden. Het ging zelfs zover dat ik, als ik gevraagd werd te kiezen tussen een bezoek aan de ruïnes in Kom Ombo of een wandeling door het levendige dorp ernaast, voor het dorp koos, iedere keer weer.

En zo, overvoerd door tempels en zand en kleine nederzettinkjes, waar vrouwen en kinderen ons tegemoet renden en verwelkomden alsof we farao's waren op onze laatste reis stroomopwaarts, arriveerden we in Luxor, waar we dachten: ja, hier blijven we een tijdje. Op weg naar het zuiden hadden we het dorp kort aangedaan en bij die gelegenheid had milady het plan opgevat er terug te keren en Luxor als verblijfplaats te kiezen. Alexandrië was te klam, Caïro te druk. Tijdens dat eerste bezoek hadden we het Franse Huis bezichtigd en vervolgens had milady inlichtingen ingewonnen omtrent de huur.

'Dit is het,' zei ze, 'Sally, Omar, dit is onze bestemming.'

Luxor. De naam zelf voelde warm aan in mijn mond. Weldadig. Milady noemde het Thebe, wat de Griekse naam was en 'de meest uitgelezen plaats' betekende, zei ze. En dat was het ook, dat vond ik meteen, op de dag dat we aankwamen: de meest uitgelezen plaats.

We ontscheepten ons en al onze bagage werd van de Zint el-Bahrein naar de wal gebracht: alle tassen, dozen, hutkoffers, kratten, kisten, alles wat meneer Aboe Halaweh en ik in Caïro hadden gekocht, alles wat milady had meegebracht uit Esher. De ezelmenners dromden om ons heen en we vertrokken in konvooi, langs de oever naar het dorp, onder de enorme tempelpoort door, langs de machtige stenen pilaren, waarvan sommige nog overeind stonden en andere dwars over elkaar heen lagen, langs de rode lemen hutten die erin, erover, erop en erlangs waren gebouwd, langs ezels, kippen, kinderen, puin, grind, aarde, zand, alles kriskras door elkaar. Onder schril geroep van de dorpsvrouwen, een soort *oel-oel-oel*, leidde meneer Aboe Halaweh onze rommelige karavaan naar het huis, het Franse Huis. Dat zo heette omdat het eigendom was van de Franse consul, die zo vriendelijk was geweest het aan milady te verhuren.

Het Franse Huis rees boven de andere bebouwing aan de zuidkant van de onder het zand bedolven tempel uit, net als de eenzame witte toren die in het Towercomplex in Londen nog overeind stond nadat alle andere gebouwen waren ingestort. Het was verreweg het aanzienlijkste huis in het dorp; in enkele ramen was zelfs glas gezet en een paar kamers hadden een deur. Toen we een maand geleden langs Luxor waren gekomen, had de Franse consul milady verteld dat het huis in 1815 was gebouwd door de Britse consul, Henri Salt. Salt was opzichter geweest bij veel opgravingen en had ervoor gezorgd dat heel wat Egyptische oudheden in de musea van Europa belandden. 'Dit zal jou interesseren, Sally', zei milady. 'Belzoni, de beroemde Italiaanse avonturier, heeft hier een poosje gewoond, evenals Champollion, de Fransman die de Steen van Rosetta heeft ontcijferd.'

'De Steen van Rosetta!' zei ik huiverend van opwinding.

'En de Franse schrijver Gustave Flaubert een poosje', voegde milady eraan toe.

'En Madame Bovary?' vroeg ik. Milady had een exemplaar van de roman meegenomen, in het Frans, dat ik niet had gelezen, niet kon lezen.

Milady lachte. 'Wij zullen trachten geen aanstoot te geven.'

Hoewel we al eerder naar het huis waren gaan kijken, voelde ik me bijna angstig toen we de ruwe stenen trap naar de deur op liepen. Hier ga ik wonen, dacht ik steeds, en het lijkt in niets op een huis in Esher. Zowel mijn mevrouw als ik was opgelucht dat we nu afstapten van de Zint el-Bahrein; hoewel we enorm hadden genoten van de boot en ons varend bestaan op de Nijl, was het goed om weer vaste grond onder de voeten te hebben, om niet langer dag in dag uit de toerist uit te hangen. Ik bleef even staan om op adem te komen en deed een stap opzij om de dragers erlangs te laten en tegelijkertijd draaide ik me om om te zien wat er achter me lag. 'Kijk!' riep ik zonder me erom te bekommeren of er iemand was die me kon verstaan. Maar er was niemand; meneer Aboe Halaweh was alweer terug bij de rivier om toezicht te houden op de ontscheping, milady was nog onderweg op haar ezel, met een kind voor zich en een ander achter zich, terwijl ze alle drie moeite deden om er niet af te vallen. Ik onderdrukte de neiging een praatje aan te knopen met de jongen die op dat moment langsliep met een enorme kist op zijn schouder; mijn Arabisch was nog niet goed genoeg om uitdrukking te geven aan mijn gevoelens en bovendien was het misschien niet netjes om een dorpsjongen zomaar aan te spreken. De

Nijl, de meest aanbedene van alle rivieren, strekte zich voor me uit, een tableau van heuvels, palmbomen en groene akkers met daartussen de brede strook glinsterend water. Ik voelde me zo overweldigd dat ik in de lach schoot, niet omdat ik de rivier voor het eerst zag, ik had er de afgelopen dagen tenslotte op gewoond. Maar waarom had de Theems nooit dit soort gevoelens bij me gewekt?

De begane grond van het huis was donker, zonder ramen, de vloer lag vol zand; hier hadden tot voor kort dieren gestaan, kippen en geiten wellicht, waardoor er een scherpe lucht hing. Er was geen voordeur, in plaats daarvan was er een gapend gat. 'Ja', zei meneer Aboe Halaweh. Hij stond inmiddels lichtelijk buiten adem naast me; ik had hem niet horen aankomen. 'We hebben een deur nodig; ik zal ervoor zorgen', momenteel zijn geruststellendste Engelse uitdrukking: 'Ik zal er onmiddellijk voor zorgen, mejuffrouw Naldrett.' De kale, oneffen trap op – zonder leuning – en toen stonden we in het licht.

Het was alsof we uit een grot kwamen, alsof we van de negende eeuw direct in de negentiende stapten. We bevonden ons in een grote kamer met aan beide zijkanten ramen met luiken en aan de voorkant een klein balkon op het noordwesten, vanwaar je een schitterend uitzicht op de Nijl had. Aan de achterkant was er een groter terras, waar ik nu op stapte; het lag in de schaduw van grote palmen, die van de grond af oprezen. Beneden me zag ik een ommuurde, dicht beplante tuin, die me bij ons eerste bezoek niet was opgevallen, en daarachter keek je uit over oranje en groene heuvels. Ik was er al bijna aan gewend om overal waar ik keek een schitterend landschap te zien, bijna, niet helemaal. Toen ik me omdraaide om een opmerking over de tuin te maken tegen meneer Aboe Halaweh, zag ik dat hij alweer was weggelopen en tegelijkertijd hoorde ik dat hij me riep.

Milady stond nog buiten, onder aan de trap, lachend van

opwinding. Nadat meneer Aboe Halaweh de kinderen had weggejaagd en haar van de ezel af had geholpen, nam ik haar mee naar binnen, de trap op. Ze zei niets over de staat van de begane grond – als ik op deze reis iets van haar geleerd heb, is het hoe belangrijk het is om over dingen heen te kunnen stappen – en toen we op de eerste verdieping kwamen, zei ze: 'O, wat prachtig. We zullen hier gelukkig zijn, Sally, jij en ik.'

'Ik denk het ook, milady.'

'Er moet worden schoongemaakt', zei meneer Aboe Halaweh.

'Ik vind het in zijn huidige staat al mooi', antwoordde ze.

Hij sputterde tegen. 'Veel te stoffig. Slecht voor de borst.'

'Zeg, wie is hier eigenlijk de deskundige op het gebied van mijn gezondheid?' zei milady lachend. 'Je klinkt net als Sally, Omar.'

Meneer Aboe Halaweh boog en zei dat hij vond dat wij buiten wat moesten gaan rusten terwijl het huis een grondige schoonmaakbeurt kreeg.

Het huis lag vol stof en zand, aangezien er ruim drie jaar niemand had gewoond, en voordat milady kon reageren en mij de moed in de schoenen kon zinken bij de taak die voor ons lag, begon er een enorme stoet fellahin binnen te stromen; achter elkaar kwamen ze de trap op, tot er minstens twintig jongemannen stonden. Ik werkte mijn mevrouw halsoverkop de trap af, naar de ommuurde tuin, terwijl de mannen als een zwerm werkbijen aan het opruimen en schoonmaken sloegen; ze klopten kleden uit, legden ze op hun plaats, sjouwden divans de trap op, renden heen en weer met bagagekisten. Meneer Aboe Halaweh schreeuwde bevelen en milady en ik moesten gaan zitten en van het uitzicht genieten, wat we dan ook deden, ver weg van alle stof en bedrijvigheid. En toen waren ze opeens weg en was het stil en schoon en zalig rustig in het Franse Huis, alsof we er al weken woonden. We gingen terug naar binnen. Meneer Aboe Halaweh maakte thee en milady installeerde zich in de kamer die nu haar salon was om zich te onderhouden met haar eerste gast uit Luxor: Moestafa Aga Ayat, handelaar, vertegenwoordiger van de consul en welgesteld man, die het legertje schoonmakers bleek te hebben geregeld. Hij had zijn kleine zwartharige dochtertje meegenomen, dat met haar popje op het kleed ging zitten spelen, en toen milady haar een foto liet zien van haar eigen kleine Rainey, nam ze die in haar handen en gaf er een kusje op.

De eerste nacht in het huis was ik onrustig. Ik was eraan gewend geraakt aan boord van de Zint el-Bahrein te slapen, ik was eraan gewend om 's nachts de rivier te horen en het bed onder me te voelen bewegen. Ik was er inmiddels aan gewend om steeds verder te reizen, almaar verder te reizen, om alles te zien wat er te zien was. We waren weer aan land en ik was er niet geheel van overtuigd dat ik dat prettig vond, ook al had ik er tegen het einde van de reis naar verlangd. Ik stond op en stak een kaars aan. Ik zou een brief schrijven aan mijn zus Ellen, die inmiddels wel terug zou zijn in Alexandrië met de familie Ross en hun nieuwe baby. Het flakkerende kaarslicht zette de gewitte muren in een glanzend gouden gloed. Buiten, aan de andere kant van de luiken, kon ik vleermuizen af en aan horen vliegen. Ik wist zeker dat milady ook wakker was en in haar kamer een brief naar huis zat te schrijven. Ik sloeg de sjaal om die ik samen met meneer Aboe Halaweh op de markt in Caïro had gekocht, een Arabische sjaal van zachte, fijngeweven katoen; het was het eerste waar ik zelf over had onderhandeld, al had meneer Aboe Halaweh me uiteraard geholpen. Toen ik de luiken opende, vlogen de vleermuizen, die aan de dakrand hingen, weg. Koele nachtlucht stroomde de kamer in. Ik veegde het zand weg dat zich op de vensterbank had verzameld. Het was een zeer heldere nacht en toen ik opkeek, slaakte ik een kreet van verbazing en sloeg meteen mijn hand voor mijn mond, hopend dat niemand me had gehoord. De maan stond hoog boven de Thebaanse heuvels en de hemel was blauw en zwart, indigo, bezaaid met sterren. De rivier was zwart, de palmbomen stonden er roerloos bij en in Luxor was het stil. Ik had nog nooit zoiets moois gezien. Ik bleef uit het raam staan staren, totdat de oproep tot gebed mijn mijmering onderbrak.

Ik sloot de luiken – ik voelde de verleiding ze open te laten, maar dacht aan de vleermuizen – en ging weer liggen. In de kamer ernaast hoorde ik meneer Aboe Halaweh opstaan en ik stelde me voor hoe hij zijn mutsje opzette en zijn bidkleedje uitrolde. Het verbaasde me hoe vroom hij was, hoe vroom alle mannen leken te zijn die we hadden ontmoet (Egyptische dames hadden we tot nog toe eigenlijk niet ontmoet, alleen dorpsvrouwen en bedoeïenen; meneer Hekekyan Bey en zijn vrouw waren Armeens). Milady en ik bewonderden het verplaatsbare karakter van de islam, met zijn simpele dictaat: keer je naar Mekka. Op de dahabiya had ik af en toe gewild dat ik een van de bemanningsleden was, dan had ik mijn schoenen kunnen uittrekken en me op mijn knieën laten zakken. In Engeland had ik nooit veel opgehad met godsdienst, evenmin als mijn mevrouw; eerlijk gezegd had ik haar schoonmoeder zelfs een keer horen zeggen dat milady buitengewoon goddeloos was. Milady had erom gelachen, een raar gezicht getrokken en een blik gewisseld met haar man. Maar in Egypte was de islam zo'n natuurlijk onderdeel van het leven, zo goed geïntegreerd in het leven van alledag dat ik er meer van wilde weten, dat ik hem beter wilde begrijpen. Ik moet het meneer Aboe Halaweh vragen, bedacht ik, dan kunnen we religie en religieuze gebruiken toevoegen aan mijn Egyptische vorming.

De tijd ging snel. Iedere dag hadden we het druk; er was altijd wel iets te doen en de omstandigheden waren primitief, zij het niet zwaar. De huishoudelijke staf breidde zich uit: we hadden nu onze eigen waterdrager, Mohammed, die iedere ochtend minstens een uur lang met zijn *balaas* op zijn hoofd, een stenen pot om water te vervoeren, heen en weer liep naar de Nijl om de *ziir* te vullen, een enorme stenen watervoorraadkruik, net zo groot als ik, die op de begane grond in een hoek stond. Een jongetje dat Achmed heette, had zichzelf tot *bowab* benoemd, portier en manusje-van-alles, en maakte zich verdienstelijk als loopjongen van meneer Aboe Halaweh. Klussen die je in Esher in een paar minuten deed, konden in Luxor wel een paar uur duren. Het gevecht tegen het zand was, voor mij althans, het meest urgent. Ik begon iedere dag met vegen, waarvoor ik milady van de ene kamer naar de andere joeg, tot het stof en het vuil voldoende waren neergedwarreld.

'Dit is echt nergens voor nodig, Sally', zei ze.

'Wel waar', hield ik vol. 'Als we er niet voortdurend tegenaan gaan, liggen we straks levend begraven!'

Milady lachte en ik hoorde meneer Aboe Halaweh ook lachen. Hij stond tegen de muur geleund en ik keek naar hem om. 'Hou op,' zei ik, 'het is niet om te lachen.'

'Sally,' zei milady, 'als Omar ophoudt met lachen, is het alsof de zon achter een wolk verdwijnt.'

Hij probeerde streng te kijken, maar dat lukte hem niet.

'Wacht maar af,' zei hij, 'dit is nog niets. 's Winters waait de halve woestijn soms hierheen.' Maar daarna gaf hij Mohammed de extra taak om iedere ochtend te vegen en Mohammed maakte een speciale bezem van palmbladeren voor me, waarmee ik aan het eind van de dag mijn eigen slaapkamer kon vegen.

Overdag was het nu iets koeler, hoewel de temperatuur rond het middaguur nog aardig kon oplopen, en 's nachts was het bijna fris. Na een paar weken begonnen we ons thuis te voelen in het Franse Huis. De grote kamer met de balkons aan voor- en achterzijde was de salon. Aan de ene kant lag milady's slaapkamer, aan de andere kant de keuken, al leek die in niets op de keukens waarin ik voorheen had gewerkt: een open vuur onder een schoorsteen van aangestreken klei, een lang, stevig werkblad, dat meneer Aboe Halaweh door een plaatselijke timmerman had laten maken, de koperen pannen en de enorme ketel die we in Caïro hadden gekocht. Als het 's avonds wat was afgekoeld, zaten we met ons drieën bij het flikkerende licht van kaarsen en lampen aan de tafel te werken, milady schreef brieven, ik deed naaiwerk en meneer Aboe Halaweh maakte eten. In de salon was glas in de vensters gezet; vanuit de keuken keek je door het ruitloze venster direct uit op het dorp en op de moskee aan de andere kant van de tempel. Achter dit vertrek hadden meneer Aboe Halaweh en ik onze kamers. Zowel milady als ik had een houten bed, een Europees bed dat speciaal voor ons was gemaakt door de plaatselijke timmerman, met dekens die we uit Engeland hadden meegebracht, terwijl meneer Aboe Halaweh op zijn Egyptisch op een dikke mat sliep die hij iedere avond uitrolde.

Het werd Kerstmis. Ik had meneer Aboe Halaweh gevraagd voor milady de honingkoekjes te maken die ze zo lekker vond en ik legde er een paar van in een klein sandelhouten kistje dat ik in Caïro had gekocht. 'Jullie twee proberen me altijd vet te mesten,' zei milady toen ze het openmaakte, 'alsof ik een dikke gans ben die jullie straks gaan opeten.' En het was inderdaad waar dat er in ons huishouden enorme hoeveelheden Egyptische honing doorheen gingen, de zoete, zwarte stroop die de plaatselijke bevolking van suikerriet maakte, maar we vonden hem allemaal heerlijk, in de thee, op brood, in de zoete broodjes en koekjes die meneer Aboe Halaweh bijna iedere dag bakte. Milady deed me een setje briefpapier cadeau dat ze speciaal uit Londen had laten komen. Ze had een dikke stapel post uit Engeland gekregen: brieven van zowel sir Alick als haar moeder en briefkaarten en tekeningen van Maurice en Rainey. 'Kijk,' zei milady terwijl ze me de kaart liet zien, 'Rainey heeft haar naam leren schrijven.' Daarna liet ze weten dat ze niet gestoord wilde worden en trok ze zich de rest van de dag terug in haar kamer. Tegen lunchtijd zette ik het dienblad met milady's eten voor haar deur en klopte zachtjes. Met het avondeten deed ik hetzelfde. Daarna ging ik verder met mijn eigen Kerst: de zon scheen, de Nijl glinsterde en golfde en in heel Luxor was er niets van een kerstsfeer te ontdekken, helemaal niets, en ik merkte dat ik me vreemd opgewekt en moedig voelde, zonder een spoortje heimwee naar de zware, sombere kerstrituelen in Engeland. 's Middags ging ik een poosje in de tuin zitten. In Esher zou ik nooit de tijd hebben gehad om naar de felblauwe lucht te kijken, om te pauzeren en in de geurige bloesems van de al enigszins verlepte jasmijn te knijpen die over de tuinmuur groeide, om een citroen van de citroenboom te plukken en hem tussen mijn handpalmen heen en weer te rollen om de geur op te wekken. Moet je je voorstellen! Dat je op kerstdag buiten zit in het warme zonnetje alsof je de koningin van de Nijl bent. Meneer Aboe Halaweh had me vast in mezelf horen lachen, want even later kwam hij aanlopen met twee glazen van zijn scherpe, zoete citroenlimonade en kwam bij me zitten.

'Sitti Duff Gordon mist haar familie', zei hij.

'Ja. Heel erg. Haar dochtertje is nog maar vier.'

Meneer Aboe Halaweh schudde het hoofd. 'Waarom is ze niet hier bij de sitti?'

Ik keek onze dragoman aan en besefte welk een enorme kloof er gaapte tussen het leven van milady en dat van hem. 'Het is beter voor haar om in Engeland te blijven.'

Hij knikte. 'Mijn dochtertje Yasmina is nu zes', zei hij. 'Ze woont met haar moeder, Mabroeka, bij mijn ouders in Caïro.'

'U zult haar wel missen. Hen allemaal.'

'Ziet u wel?' zei hij alsof hij mijn gedachten had gelezen. 'We lijken op elkaar, milady en ik, we zijn allebei ver bij onze familie vandaan.'

'Ik dacht dat ik dichter bij mijn zus Ellen zou zijn nu we allebei in Egypte wonen, maar Alexandrië lijkt bijna net zo ver van Luxor als Engeland.'

'Maar u bent niet eenzaam', zei hij.

Ik keek hem aan. 'Hoe bedoelt u?'

'Ik kan zien dat u niet eenzaam bent', zei hij. 'U vindt het leven hier leuk. U hebt lady Duff Gordon om voor te zorgen. U hebt het huishouden te doen. U hebt mij. U bent gelukkig.'

Ik schrok een beetje van de vertrouwelijkheid van ons gesprek. Ik haalde diep adem en rook citroen en jasmijn. 'Daar hebt u gelijk in', zei ik.

Hij pakte de schaal koekjes die hij mee de tuin in had genomen en bood ze me aan. 'Gelukkig kerstfeest, mejuffrouw Naldrett', zei hij.

'Insjallah', antwoordde ik.

Meneer Aboe Halaweh trok een Arabische privéleraar uit het dorp aan voor milady, omdat hij dacht dat ze baat zou hebben bij conversatielessen met een man die beter opgeleid was dan hij. Al na een paar weken in Luxor was het de gewoonste zaak van de wereld dat we gasten ontvingen en meneer Aboe Halaweh had zich aangewend nieuwkomers met een zwierig gebaar aan te kondigen voordat hij de keuken in stoof om thee te zetten. Toen hij de privéleraar de salon binnenleidde, zat ik bij het raam te naaien en lag milady languit op een van de divans te werken aan haar draagbare schrijftafel. Ik had ze niet de trap op horen komen. Opeens stonden ze in de kamer. 'Sjeik Yoessoef', klonk de aankondiging van meneer Aboe Halaweh en hij maakte een buiging naar de sjeik terwijl de sjeik een buiging naar milady maakte. 'Sitti Duff Gordon', verkondigde hij plechtig. 'Maar ik zit helemaal niet!' fluisterde ze soms tegen mij, maar niet vandaag; de aanwezigheid van sjeik Yoessoef, een kaarsrechte jongeman, een *alim* of moslimgeleerde, stemde tot ernst.

Aanvankelijk waren we sceptisch over de keus van meneer Aboe Halaweh. De sjeik, opgeleid aan de grote El-Azharmoskee in Caïro, was een geleerd man, dat stond buiten kijf. Maar iemand die zo vroom was en die geen woord Engels sprak? Maar als sjeik Yoessoef de kamer binnenkomt, straalt hij vriendelijkheid en een soort heilig licht uit. Hij is heel knap en lang, hij heeft verfijnde gelaatstrekken en is zeer voorkomend. Nadat hij die eerste middag was vertrokken, wendde milady – 'goddeloos' en pragmatisch als altijd – zich tot mij en zei: 'Je kunt zijn heiligheid voelen, vind je niet, Sally? Ik ben diep onder de indruk van mijn nieuwe leraar.'

Nu komt sjeik Yoessoef iedere middag, behalve op de moslimsabbat, naar het Franse Huis om een uur of zo met milady te praten. Aan het begin van de les moet ik thee brengen, maar daarna mogen ze niet meer gestoord worden. Het enige boek dat milady van hem mag lezen – terwijl milady's eerste vraag als het op leren aankomt, altijd is: 'Wat kan ik lezen?' – is de Koran, die hij in zijn geheel uit het hoofd kan opzeggen. Milady zei dat het in het begin lastig was. Sjeik Yoessoef stond erop haar volgens een grondige methode les te geven, heel anders dan het soort aanwijzingen dat ik van meneer Aboe Halaweh ontvang. En soms, als we ons voorbereiden op zijn komst, sluit ze haar ogen, grijpt mijn hand en fluistert: 'Geef me kracht, Sally.' Maar zoals met iedere taal waaraan ze haar volle aandacht geeft, maakt ze snel vorderingen, vanaf de basis tot het discussiëren over religieuze en filosofische onderwerpen. Ik hoor het Arabisch van milady in toenemende mate vloeiend en klassiek worden, terwijl mijn Arabisch van praktischer aard blijft. Meneer Aboe Halaweh heeft liever niet dat ik het accent van de fellahin uit Luxor imiteer, maar ik vind het Arabisch dat zij spreken een directheid en accuratesse hebben die ik bewonder.

Milady draagt inmiddels ook iets aan mij over van wat zij leert van het geschreven Arabisch; ik heb – en dat vind ik een hele prestatie – het alfabet uit mijn hoofd geleerd door de letters over te schrijven op een vel papier, om er vervolgens achter te komen dat de letters, afhankelijk van de plek waar ze in het woord staan, een andere vorm krijgen als ze aan elkaar worden geschreven; sommige letters hebben wel drie of vier heel verschillende vormen. 'En dat is nog maar het begin', zegt milady. 'Wacht maar tot we bij de klinkers komen!' Je schrijft natuurlijk ook nog eens achterstevoren, van rechts naar links. Het is zo ingewikkeld dat we de helft van de tijd volkomen perplex staan en de andere helft moeten lachen.

De consuls die milady heeft ontmoet tijdens onze reis hebben voor een reeks nuttige aanbevelingen gezorgd in heel Egypte. Sinds we hier zijn neergestreken, heeft milady kennisgemaakt met alle vooraanstaande mannen van het dorp, onder wie ook de consul van Groot-Brittannië, België en Rusland: Moestafa Aga Ayat. Ze zeggen dat hij de rijkste man van Luxor is. Milady heeft alweer het soort salon in het leven geroepen dat ze in The Gordon Arms zo regelmatig hield, maar in plaats van in het Engels te discussiëren met meneer Thackeray en meneer Carlisle vindt het debat plaats in het Arabisch, waarbij milady haar mannetje staat en slechts nu en dan verduidelijking hoeft te vragen aan meneer Aboe Halaweh, die vrijwel altijd in de keuken ernaast aan het werk is en als een schildwacht over het gezelschap waakt. De rode wijn en port die in Esher werden gedronken, zijn vervangen door thee en bij sommige gelegenheden dikke zwarte koffie, die meneer Aboe Halaweh me heeft leren maken; milady's sigaar is vervangen door de nargileh. Ik sta er zelf verbaasd van hoeveel ik begrijp van het gesprek, dat ik probeer te volgen als ik van de ene kamer naar de andere loop in het Franse Huis. Meestal werk ik met meneer Aboe Halaweh in de keuken, al heb ik alle taken die met koken te maken hebben aan hem afgestaan. Het heeft echt geen zin om vreemd eten te maken met vreemde ingrediënten als alles wat meneer Aboe Halaweh maakt zo verrukkelijk is. Noch milady noch ik mis de zachte eieren met geroosterd brood en de niervetpudding die Kokkie altijd maakte in Esher.

Deze mannen behandelen milady heel respectvol en hoffelijk, ook al zijn we ons er zeer van bewust welk een vreemde eend in de bijt zij is in Luxorse kringen, als zo'n groot woord tenminste van toepassing is op het dorpsleven: een vrouw, getrouwd, maar niet vergezeld door haar man, die geen kinderen bij zich heeft, een zieke die tevens avonturier is, die over een levendige intelligentie beschikt en snakt naar discussie. Een paar keer per week verzamelen de mannen, sjeik Yoessoef, Moestafa Aga, de magistraat, Salim Effendi, en anderen, zich in milady's salon om, onderuitgezakt op divans en kussens, met elkaar te praten. Soms blijven ze tot laat in de avond zitten en dan wachten meneer Aboe Halaweh en ik in de keuken tot milady ons vraagt haar te helpen met het verversen van de pijp of om rond te gaan met de koekjes die meneer Aboe Halaweh eerder die dag heeft gebakken.

'Sally, kom eens', roept milady van tijd tot tijd als ze wil dat ik haar help een punt te verduidelijken. 'De koningen en koninginnen van Engeland zijn toch geen goddelijke wezens?' Ze wendt zich weer tot de mannen. 'Ze zijn van vlees en bloed, zoals u en ik. Zo is het toch, Sally?' zegt ze over haar schouder.

Ik glimlach en zeg: 'Jawel, mevrouw, net als u en ik.' De mannen lachen ook en ik ga terug naar de keuken.

Gelukkig ben ik het er altijd mee eens als milady me vraagt iets te bevestigen wat de Egyptenaren absoluut niet kunnen geloven of ter wille van het debat hartgrondig ontkennen. Maar goed, welke dienstbode zou haar mevrouw afvallen ten overstaan van geacht gezelschap?

Op een ochtend kwam ik milady's kamer binnen en zag dat ze al op was; we hadden al een tijd geleden de Egyptische gewoonte aangenomen op te staan voordat de zon opkwam. Deze ochtend had ze zich al aangekleed.

'Dit is het,' zei milady met een zwierige beweging en een pirouette, 'dit is mijn nieuwe mode.'

'Lady Duff Gordon', was alles wat ik kon uitbrengen.

'Wat vind je ervan?' vroeg ze terwijl ze nog een pirouette maakte. Ze droeg het meest uitzonderlijke kostuum dat ik ooit had gezien. Ze had een Egyptische broek aan, een loshangende mannenbroek van bruine katoen, die bij de enkels was dichtgebonden, daaroverheen een lang wit hemd, een eenvoudig mannenhemd, en sandalen aan haar blote voeten. Dat was het.

Ik was zo verbluft dat ik niet wist wat ik moest zeggen.

'Toe, Sally. Hoe zie ik eruit?'

Ik moest iets zeggen. 'U ziet eruit als een geleerde Egyptische sjeik', zei ik.

Milady drukte haar handen tegen elkaar en maakte een plechtige buiging. 'Insjallah', antwoordde ze. Daarna pakte ze haar sjaal, drapeerde hem over haar haren en sloeg hem vervolgens om haar hals. 'Voor het fatsoen.' Ze keek me aan. 'Je mag best lachen, hoor. Geen enkel probleem.'

Er ontsnapte een lach aan mijn lippen, één korte blaf was alles wat ik mezelf toestond, uit angst dat ik niet meer zou kunnen stoppen. 'Het is zo ... praktisch', zei ik. Tijdens de reis over de Nijl hadden we onze kousen en onderrokken al aan de spreekwoordelijke wilgen gehangen, maar het zou nooit bij me opgekomen zijn om verder te gaan dan dat, al werd het nog zo heet.

'Het is een stuk aangenamer zo', zei milady. 'Maar dit is de echte openbaring.' Ze pakte het korset, dat ze op de divan had neergegooid, en wapperde ermee in mijn gezicht.

'Uw korset!' zei ik dodelijk geschrokken. Als het fatsoen het had toegestaan, zou ik zijn gaan zitten.

Milady opende haar reiskoffer, wierp het zwaar verstevigde kledingstuk erin en sloeg het deksel met een klap dicht. 'Vanaf vandaag blijft mijn korset daarin, lieverd. Ik heb er genoeg van. Het doel van mijn ballingschap is dat ik vrijer kan ademen. Dat ding zit me daarbij in de weg', zei ze terwijl ze naar het korset in de koffer wees.

En dat was dat; zo kleedde milady zich vanaf dat moment: als een Egyptische man, een boer wel te verstaan, een fellah, en af en toe, als ze er zin in had, voegde ze daar een vleugje bedoeïenenstamlid aan toe.

We hadden in het verleden weleens discussie gehad over het korset; als milady ziek was, probeerde ik haar er altijd van te weerhouden het te dragen, maar het was voor haar een principekwestie geweest: we moeten ons niet naar de ziekte gaan gedragen, we moeten ons door de ziekte niet tot compromissen laten dwingen. Nu had ze toch een manier gevonden om zich van het korset te ontdoen. 'Ik heb zo ver gereisd en ik ben nog steeds niet dood,' zei ze tegen me, 'dan is nu het moment gekomen waarop ik mag dragen wat ik wil. Vind je ook niet, lieve Sally?'

Op dat moment voltrok zich een verandering in mijn leven, een verandering die dieper ging dan een nieuwe garderobe, hoe wild die ook was. Doordat milady haar Engelse kleren afwierp, leek het alsof zich op dat moment in onze relatie op onuitgesproken en onvoorziene wijze ook een kentering voltrok. Ik was niet haar gelijke, ik hoorde bij de dagelijkse gang van zaken, ik was een onderdeel van haar leven. De manier waarop ik voor haar zorgde, was zo intiem dat het leek alsof ik een deel van haar lichaam was, een hand of een voet of zo. Iets onmisbaars waaraan je niet veel aandacht schenkt. Maar vanaf dat moment voltrok zich een kentering tussen ons en veranderde ons leven.

Later die ochtend, nadat milady had ontbeten, ging ik naar mijn kamer en trok de deur achter me dicht. Ik herinnerde me nog dat milady de broek en de tuniek in Caïro had gekocht; zowel meneer Aboe Halaweh als ik was ervan uitgegaan dat het geschenken voor haar man waren. Ik had me zelfs een voorstelling gemaakt van sir Alick in die kledij. Hij zou om zichzelf lachen en zich door haar laten overhalen zich zo uit te dossen voor een van hun etentjes. Maar nu milady haar Europese kleren had afgeworpen, wilde ik dolgraag hetzelfde doen. Ik trok de bruinkatoenen jurk uit, die inmiddels verbleekt was doordat hij herhaaldelijk in de zon te drogen was gehangen. Ik trok de verschillende lagen ondergoed uit. Ik maakte mijn korset los. Net als dat van milady was het opmerkelijk intact gebleven, alsof het een soort onverwoestbaar pantser was. Vlekkerig, jazeker, de randen iets gerafeld, maar verder ongeschonden. Ik legde de baleinen in platte plooien op elkaar en vouwde het kledingstuk op. Eén moment overwoog ik het naar de keuken te brengen en het in het vuur te gooien, maar ik wist dat er een tijd zou kunnen komen waarin ik het weer nodig had. Daarom wikkelde ik het lijfje voorzichtig in een lap stof uit mijn hutkoffer en legde het op de bodem van de koffer, uit het zicht.

De volgende dag waagde ik me met meneer Aboe Halaweh naar de dorpsmarkt. Ik was sinds mijn jeugd niet meer zonder korset de deur uit geweest. De eerste keer dat ik het droeg, was op de begrafenis van mijn ouders geweest en bij die gelegenheid had ik me sterk gevoeld, gestut en gesteund door het kledingstuk, en sindsdien had ik er altijd op vertrouwd. Maar nu ik het niet droeg, hier in Luxor, had ik het gevoel dat ik volkomen naakt was en iedereen naar me keek. Mijn rug en armen leken ontspannen en bevrijd, zelfs al had ik de stijve bruinkatoenen jurk weer aan. Ik voelde me vreemd, alsof ik met het korset ook mijn ruggegraat had afgelegd en een soort kwal was geworden, soepel, poreus. Ik moest voortdurend glimlachen toen ik zo naast meneer Aboe Halaweh liep. We gingen altijd samen naar de markt, soms vergezeld door Achmed, die voor ons uit rende. Vaak hadden we tijdens deze uitstapjes de meest verhelderende taaluitwisselingen. We waren van woorden voor eten en dingen een stapje verder gegaan naar subtielere onderwerpen: religieuze rituelen, culturele observaties en lokale gebruiken. We gingen om de beurt: Arabisch op weg naar de markt, Engels op de terugweg. Het was niet ver lopen; het hedendaagse Luxor was een klein plaatsje, veel kleiner dan het in de oudheid was geweest, maar we maakten gestage vorderingen. Deze dag, mijn eerste dag zonder korset, was ik bereid om overal over te praten en opnieuw leek het alsof meneer Aboe Halaweh mijn gedachten kon raden.

'Waarom bent u niet getrouwd, mejuffrouw Naldrett?'

Ik merkte dat ik bloosde. Doordat ik er een hekel aan had om te blozen, ging ik nog meer blozen. 'Ik ben al heel lang in dienst bij milady.'

'Maar u bent geen slavin.'

Ik lachte. 'Een dienstbode heeft een bijzondere, bevoorrechte positie. Ik sta milady overal in bij. Ze heeft mij nodig om haar te helpen met haar intiemste …'

'Ik weet dat ze u nodig heeft, maar …'

'Het zou niet netjes zijn om te trouwen. Dan zou ik geen

dienstbode meer kunnen zijn. Ik zou mijn plichten niet meer naar behoren kunnen vervullen.'

'Ik ben ook getrouwd, mejuffrouw Naldrett, en ik vervul evengoed mijn plichten. Een vrouw moet een man hebben en kinderen. Wie zal er voor u zorgen als u oud en zwak bent?'

Daar had ik geen antwoord op. Ik had mijn positie nooit op die manier durven te beschouwen. Net als bij het korset en de dikke Engelse kleren die ik steeds weer aantrok, waste, verstelde en opnieuw aantrok, was het nooit bij me opgekomen het anders te doen. Ik ben gewend te doen wat me wordt opgedragen, ik zou het eng vinden om het anders te doen. 'Ik blijf bij milady tot ze me niet meer nodig heeft', zei ik behoedzaam. Toen veranderde ik van onderwerp.

'Meneer Aboe Halaweh', begon ik.

'Ja, mejuffrouw Naldrett.'

'Ik moet ...' Ik zweeg.

Hij keek me even aan. We liepen verder door het dorp.

'Ik wil ...' Weer zweeg ik.

'Wat wilt u?'

'Ik wil ... iets kopen.' Ik zweeg en keek naar de overkant van een stoffige steeg, waar net een vrouw naar buiten kwam. Ze was gekleed zoals de meeste vrouwen in Boven-Egypte, in een eenvoudig gewaad, vastgemaakt op de schouders en bijeengehouden rond het middel, dat zo gedrapeerd was dat het haar hele lichaam bedekte. Terwijl ik naar haar keek, trok de vrouw het deel van de stof dat op haar rug hing, omhoog en bedekte daarmee netjes haar hoofd.

'U wilt een dienstmeid kopen?'

'Nee!' Ik lachte, waarop meneer Aboe Halaweh me geamuseerd en verbaasd aankeek. 'Ik wil me graag kleden zoals zij. Mijn kleren, meneer Aboe Halaweh ... ik heb het altijd te warm in mijn Engelse kleren.'

'U wilt zich kleden als een fellah?'

'Nee, maar ... u hebt gezien wat lady Duff Gordon aan-had.'

'Sitti Duff Gordon draagt mannenkleren', zei meneer Aboe Halaweh glimlachend. Ik kon zien dat hij het wel grappig vond en het maar zeer ten dele afkeurde.

'Milady doet wat ze wil. Maar wat doen Egyptische dames ... wat ik bedoel, is: waar kan ik kopen wat ik ...?'

Meneer Aboe Halaweh stak zijn hand op om me de mond te snoeren. 'U kunt zich het beste net zo kleden als mijn vrouw, mejuffrouw Naldrett. Ik zal een vrouw uit het dorp vragen naar ons huis te komen', zei hij. 'Dat is het beste.'

En zo kwam het dat Oem Hanafi en haar twee dochters op een ochtend bij het Franse Huis aankwamen met een ezel beladen met manden vol balen stof. Op een met grote zachte kussens bedekte divan in de salon lag milady languit toe te kijken hoe ze mij de maat namen, heen en weer duwden en met stof omhingen. Meneer Aboe Halaweh bleef in de keuken, uit het zicht, maar wel binnen gehoorsafstand, zodat hij eventueel iets kon vertalen, terwijl de vrouwen commentaar leverden op mijn haar ('zo zacht, zo steil'), mijn huid ('zo gaaf, zo wit'), mijn figuur ('zo lang, zo sterk'), mijn Engelse kleren ('zo heet, zo dik!'). Ze kleedden me uit tot op mijn ondergoed, dat ze met groot ongeloof bestudeerden. Milady zei: 'Dat is de zwaarst verstelde, gestopte onderbroek die ik ooit heb gezien, Sally.' Meneer Aboe Halaweh vertaalde het vanuit de keuken en iedereen moest lachen, ook ik, al had ik niet de moed milady eraan te herinneren dat wat ik onder mijn kleren droeg haar afdankertjes waren. Ik trok mijn jurk weer aan en liep naar mijn kamer om het korset te halen, dat Oem Hanafi en haar dochters bestudeerden als wetenschappers die voor het eerst een nieuwe diersoort onder ogen kregen.

En daarna begon het nieuwe kleedproces. Meneer Aboe Halaweh kreeg opdracht milady's rekeningenboek te halen –

ze hield de uitgaven zorgvuldig bij – en er werd een compleet stel Egyptische dameskleren voor me besteld: twee lange, wijde hemden of tunieken, een van gekleurde krip en een zwarte; twee heel wijde broeken, die op de heupen en net onder de knie werden vastgeknoopt, de ene van gekleurde, gestreepte zijde, de andere van effen wit katoen; een lang donker overhemd met lange mouwen en knoopjes in het midden tot net onder de boezem, en een kort overhemd, voor de afwisseling, dat op dezelfde wijze werd dichtgeknoopt; een geborduurde sjaal om om het middel te strikken; een lange overjas van blauw fluweel, ofwel een *gibbeh*. 'Met zo veel kleren aan heb ik het straks net zo warm als eerst!' riep ik klaaglijk, maar milady zei: 'Stil. Je ziet er straks schitterend uit. Je kunt laagjes uittrekken naarmate de temperatuur oploopt.' Een *tarkah* om mijn hoofd mee te bedekken en een paar slippers van geel marokijnleer met hoog omkrullende punten. Bij het laatste kledingstuk stribbelde ik tegen: een lange overjurk die ik zou moeten dragen als ik het huis verliet om naar de markt te gaan, met mouwen tot op de grond. 'Niemand bedekt zich in deze mate hier in Luxor', zei ik, maar milady hield voet bij stuk. 'Je weet nooit wanneer het van pas komt om je vrijelijk door de stad te kunnen bewegen zonder dat men ziet dat je uit Europa komt, Sally, om voor een Egyptische te kunnen doorgaan; op deze manier kun je Omar onopgemerkt vergezellen.' Ik kon me geen voorstelling maken van de omstandigheden waaronder dit nodig zou zijn, maar ik maakte er geen bezwaar meer tegen. De wandeljas, de *tezyerah*, zou van paarsblauwe zijde worden gemaakt en Oem Hanafi drong erop aan er een sluier bij te doen. 'En een nieuw stel onderkleren, alstublieft', zei milady.

Ik, die in mijn hele leven nog nooit een nieuw kledingstuk had bezeten, keek sprakeloos naar de prachtige berg stof die aan mijn voeten op de grond lag, ik maakte een onwillekeurig geluid achter in mijn keel en barstte tot mijn afschuw in huilen uit. De drie vrouwen stopten met hun bezigheden en staarden me verbaasd en verontrust aan.

'Wat is er, Sally?' vroeg milady.

'Ik weet niet … ik wil niet … u moet het inhouden op mijn loon, milady.'

'Sally, ik koop deze kleren om mezelf het plezier te verschaffen jou ze te zien dragen. Het is het minste wat ik doen kan na alles wat je iedere dag voor mij doet', zei ze. En daardoor moest ik nog harder huilen.

Onder het passen had ik geen gelegenheid gehad Oem Hanafi en haar dochters even grondig te bestuderen als zij mij bestudeerden. Hun zwarte ogen waren omlijnd met kohl, hun zwarte haar was in vlechten opgestoken en ze hadden ingewikkelde hennatekeningen op hun handen en voeten. 'Vindt u ze mooi?' had de oudste dochter glimlachend gevraagd, waarna ze haar hand had uitgestoken, zodat ik hem van dichtbij kon bekijken, en ik knikte, omdat ik niet goed wist wat het juiste antwoord was. Toen de vrouwen klaar waren met meten en beraadslagen, verdween de oudste dochter naar de keuken en kwam terug met een schaaltje henna. 'O, Sally, doen!' riep milady uit en voordat ik kon besluiten of het wel zo'n goed idee was, had het meisje mijn hand gepakt en was begonnen er een patroon van ruiten en strepen op te schilderen. Meneer Aboe Halaweh kwam achter de deur vandaan, waar hij had gezeten. 'Nu bent u een echte Egyptische, mejuffrouw Naldrett', zei hij glimlachend.

VIJF

Ik had leren lezen toen ik achttien was. Mijn moeder was begonnen het me te leren toen ik nog klein was, maar toen raakte ik mijn ouders kwijt. Milady heeft het me geleerd, al betwijfel ik of ze dat nog weet; ze leert al haar huishoudelijk personeel lezen, ze zegt dat het een praktische vaardigheid is die iedere dienstbode eigenlijk moet beheersen. Het huis in Esher stond vol boeken, boeken zowel in het Duits en het Frans als in het Engels, boeken die milady had vertaald en uit-gegeven, alle boeken die ze ooit had gelezen en dan ook nog de boeken waaraan ze nog niet was toegekomen. Ze had altijd pennen en inkt en enorme stapels papier om zich heen, zelfs als ze ziek was. En hier in Egypte heeft ze in plaats van haar vertaalwerk haar brieven naar huis. Haar brieven naar huis zijn net zo belangrijk geworden als betaald vertaalwerk wel-licht geweest zou zijn, en niet alleen omdat die nog de enige schakel vormen met haar geliefde gezin; er wordt al gezegd dat ze op een dag in boekvorm zullen verschijnen.

Ik schrijf mijn zus Ellen in Alexandrië twee keer per week, net als zij mij. Haar brieven staan bol van de Britse kolonie daar en de rol van de familie Ross daarin. Meneer en me-vrouw Ross hebben gebridget met deze of gene consul, me-vrouw Ross heeft een fantastisch etentje gegeven, waarvoor al meneer Ross' collega's van de bank waren uitgenodigd.

Ellen houdt me op de hoogte van de roddels over wat de andere bedienden uitspoken, het soort praat dat ik in Engeland uit de weg zou zijn gegaan, maar waarover ik graag lees nu ik zelf een eind buiten bereik van de roddels ben. Soms is het bijna niet te geloven dat mijn zus en ik in hetzelfde land wonen; het is alsof er twee Egyptes bestaan: het land waar mijn zus woont, dat over de Middellandse Zee naar Europa kijkt, en het land waar milady en ik wonen, waar we gericht zijn op de Nijl.

We hebben maar een paar boeken hier in het Franse Huis en zodra er een nieuw pakje aankomt uit Engeland, stort milady zich er vol overgave op. Altijd wanneer er Europese gasten op bezoek komen – en nu het seizoen is aangebroken, komen die inderdaad op bezoek, soms wel twee of drie keer per week – smeekt milady hun de boeken achter te laten die ze eventueel bij zich hebben en zo vinden de romans hun weg naar mij. Onder de recente aanwinsten zijn de nieuwste boeken van de drie Georges, zoals milady hen noemt, haar grote vriend George Meredith, George Eliot en natuurlijk George Sand, al kan ik die niet lezen. Toen we nog onderweg waren, gingen we vaak samen zitten lezen, voor de gezelligheid. Milady vond het leuk om te zien wat ik las, zodat we erover konden praten; ik moest haar altijd smeken om de plot niet te verraden. Als ze een Franse of Duitse roman las, gaf ze me altijd een korte samenvatting van het verhaal. Ik was ervan uitgegaan dat er een eind aan deze sessies zou komen als we ons eenmaal in Luxor hadden gevestigd; ik had de huishouding te regelen en meer dan genoeg werk te doen. Maar meestal hoorde ik haar na haar middagslaapje roepen. 'Sally', zei ze dan, en vervolgens luider: 'Sally! Het is tijd.'

Die eerste middag ontdekte ik bij binnenkomst in haar kamer dat ze van al haar kussens ('Je kunt nooit genoeg kussens hebben, lieverd!' zei ze telkens als ze ergens op een markt een nieuwe ontdekte) een grote prachtige berg had gemaakt, waar ze middenin zat.

'Ik ben de nieuwe pasja', verklaarde ze. 'De sultana van de kussens. Ga zitten en lees voor.'

Dan ging ik zitten en begonnen we samen te lezen, dat werd de nieuwe gewoonte. Als ik dit tafereel zou hebben beschreven in een brief aan het personeel in Esher, zou niemand me geloofd hebben. Maar hier in Luxor vond ik het doodnormaal.

Als het mijn beurt was om te lezen, nam milady soms eigener beweging de borstel ter hand en begon mijn haar te borstelen, dat langer en donkerder is dan ze voor mogelijk had gehouden, beweert ze. 'Weet je zeker dat je in een vorig leven geen Egyptische bent geweest?' vraagt ze me. Als meneer Aboe Halaweh ons thee brengt, probeer ik niet eens meer op te staan om hem te helpen; van het lezen en het borstelen van mijn haar word ik zo loom. Soms probeert milady hem ertoe over te halen bij ons te komen zitten, maar hij zegt altijd hetzelfde: 'Te druk.'

Toen we na de lunch in de keuken aan het opruimen waren, vroeg ik hem een keer waarom hij nooit bij ons kwam zitten in de salon. 'Milady zou het leuk vinden als u even bij ons kwam zitten.' Maar zodra ik het gezegd had, begreep ik hoe onwaarschijnlijk het was dat dat ooit zou gebeuren.

Hij schudde het hoofd. 'Als ik bij u en lady Duff Gordon ga zitten, sta ik misschien nooit meer op.'

Ons gezellige samenzijn op de kussens eindigt als de mannen uit het dorp arriveren voor 'mijn Luxors parlement', zoals milady het noemt, en ik weer aan het werk ga. Nu we eenmaal geïnstalleerd zijn, is mijn leven hier in Luxor veel makkelijker dan mijn leven als dienstbode ooit is geweest. Aangezien het hier warm is, hoef ik geen slaapkamerkachels aan te steken en in de gaten te houden, en we leven in zulke eenvoudige omstandigheden dat mijn werk sowieso veel lichter is. Milady's kleren zijn gemakkelijk in het onderhoud; ze houdt zich aan haar nieuwe mode en draagt uitsluitend nog de wijde tuniek en broek. Wat onze gewaardeerde gasten van haar uitdossing vinden, gaat me boven de pet, maar milady voelt zich er prettig in en ademt vrijer en dat is het enige wat mij interesseert.

Wanneer de mannen en milady converseren, levert meneer Aboe Halaweh niet alleen zonodig een beknopte vertaling, maar legt me ook de strekking van de discussie uit. De politieke situatie in Egypte is complex en ondergaat snelle veranderingen en dat is iets waarover milady de mannen zwaar aan de tand voelt, wat vaak verhitte woordenwisselingen oproept. De kedive, Ismail Pasja, is een grote vernieuwer, die ik in Engeland door mevrouw Ross een zeer vooruitstrevend man had horen noemen, en dat is inderdaad hoe de meerderheid van de Frangi – het Egyptische woord voor Europeanen – hem ziet. Hij heeft grote vooruitgang geboekt bij het moderniseren van de spoorwegen, de bruggen, de wegen en de irrigatiesystemen in het land. Hier in Boven-Egypte kijkt men daar echter toch wat anders tegenaan en horen we over de werkelijke kosten van het imposante programma van de kedive: hij onderwerpt zijn volk aan herendiensten en de zweep en legt hun met immense wreedheid dwangarbeid op aan de enorme bouwprojecten. Zijn grootste ambitie is het graven van een kanaal bij Suez om een scheepvaartroute te creëren tussen de Middellandse Zee en de Rode Zee, die Europa en het Verre Oosten met elkaar verbindt en inkomsten oplevert voor het land. De aanleg is al meer dan drie jaar geleden begonnen, maar het zal nog vele jaren duren voor het af is. Dit project is echter, net als sommige andere, waanzinnig duur en er zijn enorm veel arbeiders voor nodig. De fellahin worden ontvoerd uit hun dorpen en gedwongen te werken; in sommige dorpen zijn vrijwel alle gezonde mannen weggehaald, vaak voor jaren, om zonder eten of betaling slavenarbeid te verrichten. Alle jongemannen die ons op de dag van onze aankomst onder Moestafa Aga's leiding hadden geholpen onze intrek te nemen in het Franse Huis, zijn de afgelopen weken vertrokken. 'Maar zo zal toch vast en zeker ook de grote piramide gebouwd zijn', zegt milady op een dag op milde toon. 'Ik vergoelijk het niet, verre van dat, maar wat gebeuren moet, moet gebeuren, zoals de uitdrukking luidt.'

'Sitti Duff Gordon,' zegt Sjeik Yoessoef ernstig, 'in de oudheid werkten de arbeiders met liefde en toewijding voor hun farao en voor de belofte van een beloning in het hiernamaals, maar de kedive wekt geen enkele loyaliteit.'

'Sjeik Yoessoef,' zegt milady, 'ik wist niet dat u er zulke radicale opvattingen op na hield.'

'Gezond verstand', antwoordt de sjeik en ik hoor zonder de kamer in te kijken dat hij bloost.

'Zo gezond en verstandig zal het niet lijken op de dag dat ze u komen arresteren', zegt Moestafa Aga lachend.

Omdat milady dolgraag meer wil horen over de huidige situatie en wat eraan voorafging, nemen onze gasten in steeds mindere mate een blad voor de mond. Moestafa Aga stelt zich altijd op het standpunt dat de kedive handelt in het belang van Egypte en het Egyptische volk en dat het kanaal de toekomstige rol van Egypte in het internationale handelsverkeer veiligstelt, terwijl de magistraat, Salim Effendi, en Sjeik Yoessoef er hun twijfel over blijven uitspreken of de belangen van de kedive en het Turkse rijk dat hij vertegenwoordigt werkelijk gelijk zijn aan de belangen van het Egyptische volk, ondanks de onafhankelijkheid van Constantinopel, die Ismail Pasja uitdraagt. De mannen praten met gedempte stem, alsof ze bang zijn dat iemand aan de andere kant van de muren van het Franse Huis hen afluistert, maar ze willen overduidelijk dat milady hoort wat ze te zeggen hebben. Deze discussies doen me denken aan de etentjes in Esher, waar de avond naar haar mening pas echt een succes was geweest als werkelijk alle aanwezigen op een bepaald moment door elkaar zaten te schreeuwen. In Esher was het algemeen stemrecht een bijzonder populair onderwerp geweest en zelfs ik merkte dat ik opging in het debat, al werd ik natuurlijk nooit gevraagd mijn mening te geven. In Esher was de rode wijn nog enigszins van invloed op het politieke debat, maar hier blijft iedereen te allen tijde nuchter en lijkt men de discussie zelf ontnuchterend te vinden; soms eindigen de avonden in een sombere sfeer, al beweert milady dan dat ze simpelweg uitgeput zijn van al het redetwisten. 'Ik zou het niet anders willen', zegt ze dan.

Altijd als dit soort onderwerpen aan de orde komt, en dat gebeurt steeds vaker, stopt meneer Aboe Halaweh met zijn bezigheden – kruiden fijnhakken, bonen tot moes malen, donkerrijpe tomaten wassen in een kom – en blijft heel stil staan luisteren. Ik merkte dit voor het eerst toen ik hem een vraag stelde en hij niet meteen antwoord gaf, wat voor zijn doen ongewoon is. Ik keek op van mijn werk en zag tot mijn verbazing dat hij stokstijf en bewegingloos voor zich uit stond te staren, alsof hij een adder op de vloer zag liggen. Zonder me te durven verroeren probeerde ik te zien wat hij zag, tot ik me realiseerde dat hij niet naar iets keek, maar luisterde. Daarop schudde ik me los uit de dagdroom waarin ik, kijkend naar een boot die zachtjes de Nijl op voer, was verzonken en richtte me op de discussie die in de kamer ernaast plaatsvond. Nu hij ziet dat ik het gesprek even aandachtig volg als hij, vult meneer Aboe Halaweh zijn vertaling aan met zijn eigen commentaar: onze dragoman staat volledig aan de kant van de fellahin. Dat verbaast me niets. Het is niet aan mij daar een mening over te hebben; wat weet ik van de Egyptische politiek? Maar ik heb wel de indruk dat dit soort discussies steeds heftiger wordt en steeds vaker voorkomt.

Het wordt nu met de dag warmer, iets wat me zowel inspi-

reert als ontzag inboezemt. Het verklaart de Egyptische gewoonte om voor zonsopgang op te staan, 's middags te slapen
en vroeg in de avond sociale activiteiten te ontplooien. Op
sommige dagen verlaat ik het huis en maak een wandeling
door het dorp, maar pas nadat ik milady met haar brieven
en boeken in haar kamer heb geïnstalleerd, in de wetenschap
dat ze al snel in slaap zal vallen. Ik draag mijn zomerhoed,
het laatste overblijfsel van mijn Engelse garderobe, omdat ik
de schaduw die hij me geeft prettig vind en ik nog niet helemaal gewend ben aan het dragen van een hoofddoek. Ik zal
er wel raar uitzien. Ik probeer de verschillende lagen van mijn
Egyptische kleren in de juiste volgorde aan te trekken en alles bijeen te houden met de om mijn middel gebonden sjaal,
zoals Oem Hanafi en haar dochters me hebben voorgedaan; ik
zal het wel helemaal verkeerd doen, maar de dorpelingen zijn
inmiddels aan me gewend en het is inderdaad veel koeler en
lichter dan mijn Engelse kleding ooit zou kunnen zijn.

Het Franse Huis is gebouwd op de rand van wat ooit een
enorme tempel was en de bescheiden lemen huizen eromheen
staan op lagen puin en zand. Als je goed kijkt, kun je hier en
daar overblijfselen zien van de tempelversieringen; niet ver bij
ons vandaan steekt de kruin van een enorm stenen hoofd uit
de grond en een buitenmuur van een van de hutten bestaat uit
een stuk steen waarin een ingewikkeld tableau van heren en
dames en hiërogliefen uit de oudheid is gebeiteld. De kleuren
van de verf zijn wel enigszins verbleekt, maar nog steeds duidelijk te zien en ik blijf er bijna altijd even naar staan kijken
als ik voorbijkom. Twee gestalten, een man en een vrouw, steken onder een stralende zon hun gracieuze, lange armen naar
elkaar uit; onder hun voeten de rijen hiërogliefen. Ik heb geen
idee of dit goden zijn of farao's of allebei, maar hun houding,
formeel en toch intiem, spreekt me aan, al weet ik niet goed
wat de betekenis ervan is.

Aan de overkant van de Nijl woont een Fransman, die totaal niet vriendelijk is tegen milady en niet één keer op bezoek is geweest in het Franse Huis. Ik kwam hem een keer tegen tussen de ruïnes van Karnak. Hij droeg een enorme zonnehoed, die met een sjaal onder zijn kin was vastgeknoopt, en hij zat diep geconcentreerd te tekenen. Heel even overwoog ik hem aan te spreken (via de dorpspomp was ons zijn nationaliteit al ter ore gekomen), maar hij keek zo verbaasd en vol afgrijzen naar me op dat ik wel in de grond wilde wegzakken. Hij sloeg zijn schetsboek dicht, stond op van de afgebroken zuil waarop hij zat en liep zonder iets te zeggen weg. Ik bracht hiervan natuurlijk verslag uit aan milady, wat tot gevolg had dat tijdens haar volgende salon deze man en zijn handel en wandel het voornaamste onderwerp van gesprek waren.

'Oudheidkundige Dienst', zei Moestafa Aga. 'Hij is hierheen gestuurd om me te bespioneren.'

'Wat?' zei milady.

'Mariette heeft me beschuldigd van diefstal en verkoop van oudheden! Wat een belediging!' zei Moestafa Aga, die zowat uit zijn vel leek te springen van woede en tegelijkertijd leek te willen wegkruipen van schaamte. Ik kende de naam François Mariette wel; hij was het hoofd van de Egyptische Oudheidkundige Dienst in Caïro.

'Maar het is toch waar dat u oudheden steelt en verkoopt op de zwarte markt, Moestafa Aga, mijn lieve vriend?' zei milady. 'Dat doet toch iedereen?' Milady zelf was ook voortdurend in de weer met het inpakken van dingen die we in het puin van de tempel vonden – scarabeeën, kleine beeldjes, zelfs stukjes van antieke sieraden – om ze op te sturen naar vrienden en familie in Engeland. 'Vorige week nog kwam een van de fellahin met een heel mooie zilveren ring aan die hij had gestolen op de plek van de nieuwe opgravingen', vervolgde ze. '"Het is beter dat u hem hebt dan Mariette, want die verkoopt

78

hem aan de Fransen en steekt het geld in zijn eigen zak; als ik hem niet steel, doet hij het", zei hij tegen me.'

'En wat hebt u toen gedaan?' vroeg Moestafa Aga.

'Ik heb hem gekocht natuurlijk. Kijk, dit is hem.' Ze stak haar hand uit, zodat iedereen hem kon zien. 'Hij is prachtig.'

Moestafa Aga bewonderde de ring. 'Maar u moet er niet met deze man over praten', zei hij. 'U moet hem hier niets over vertellen. Anders laat hij me arresteren.'

'Nou, u hoeft niet bang te zijn dat ik met hem praat, Moestafa; hij rende een paar dagen geleden nog weg voor Sally. Hij was duidelijk geschrokken. We vragen hem niet op de thee.'

Het werd ramadan, de heilige maand waarin van zonsopgang tot zonsondergang wordt gevast. Alle activiteiten in het Franse Huis vertraagden overdag tot een slakkengang, aangezien niemand de puf had om veel te doen, behalve ik, al merkte ik dat ik de hele dag alleen aan eten kon denken, ook al vastte ik niet. Meneer Aboe Halaweh bleef voor ons koken, wat zowel milady als ik zijn plichten te boven vond gaan, maar hij wilde niet dat we het anders zouden doen.

'Trouwens,' zei hij op een ochtend tegen me toen ik hem wilde aflossen, 'u zou haar weleens kunnen vergiftigen met uw eten.'

'Omar!' riep ik uit en ik probeerde hem een mep te geven met mijn lepel, maar hij bukte diep en ontkwam. Toen besefte ik opeens dat ik zijn doopnaam had gebruikt, nou ja, niet zijn doopnaam natuurlijk, maar zijn voornaam, en ik zei: 'Het spijt me, meneer Aboe Halaweh.' Ik boog mijn hoofd en drukte mijn handpalmen tegen elkaar, zoals hij deed als hij respect wilde uitdrukken, en ik wou dat ik een sluier had om mijn gezicht te bedekken. In Esher waren er altijd wel een paar bedienden geweest die ik nooit anders had aangesproken dan met meneer of mevrouw; sir Alick had een butler die door iedereen, ook door sir Alick, meneer Roberts werd genoemd, ook al werkte hij er al meer dan tien jaar. Sommige anderen had ik direct bij hun voornaam aangesproken en nog weer anderen hadden niet echt een naam gehad, maar werden naar hun werk genoemd, zoals Kokkie natuurlijk. Maar zodra ik Omar had gezegd, vond ik het goed klinken.

Hij haalde zijn schouders op. 'Zo heet ik. U mag me zo noemen, hoor, dat vind ik wel prettig.'

'Noem mij dan Sally, alsjeblieft', zei ik. Uiteraard bloosde ik en heel even bedacht ik dat het misschien onbetamelijk zou zijn, maar dat schudde ik snel van me af. Onze samenwerking was inniger geworden en toen we elkaar eenmaal bij de voornaam gingen noemen, was het bijna niet voor te stellen dat het ooit anders was geweest.

Naarmate de ramadan langer duurde, bleven de gasten van milady's middagsalon vaker weg en Salim Effendi en Moestafa Aga stuurden kleine cadeautjes als wierook en geparfumeerde zeep bij wijze van verontschuldiging. Het was heel stil in Luxor. Pas als de zon onderging, mocht Omar zijn vasten breken en in afwachting daarvan zette hij alvast een schoteltje met dadels en een glas water voor zichzelf klaar. Hoewel milady er niet in slaagde Omar over te halen om 's middags, als we onze leessessies hielden, bij ons op de kussens te komen zitten, stemde hij er tijdens de ramadan mee in om samen met ons de avondmaaltijd te gebruiken, omdat het zo'n bijzonder moment was. We gebruikten die maaltijd in de salon, als de met sterren bezaaide hemel boven de Thebaanse heuvels van diepblauw naar zwart kleurde. Ik bracht milady een kom water met zeep en een vingerdoekje om haar handen te wassen – reinheid wordt zeer op prijs gesteld in Egypte, zozeer zelfs dat ik inmiddels denk dat wij Engelsen waarschijnlijk nogal groezelig overkomen als we door dit land reizen – daarna haalde ik een kom water voor mezelf en ook een voor Omar. Ik stak de talloze kaarsen aan terwijl Omar het eten binnenbracht op een grote zilveren schaal, die hij op een laag krukje zette, waar we met ons drieën op kussens omheen gingen zitten. We waren beiden inmiddels gewend op de Egyptische manier te eten, waarbij je alleen je rechterhand gebruikt om de rijst en bonen op te scheppen met het heerlijk gekruide en gezouten brood dat hij bakt. We dronken er citroenkwast en thee bij en brachten heildronken uit op elkaar en op al onze mooiste eigenschappen. Milady tapte moppen, waarvan we de clou vaker wel dan niet aan Omar moesten uitleggen, waardoor ze nog grappiger leken te worden. We lachten en joelden en af en toe liet ik me door milady overhalen mijn vertolking van de dansende hoeri te doen wier show we in Edfu hadden gezien. Ik weet niet meer hoe of waardoor dit mijn vaste bijdrage aan feestelijkheden was geworden, maar het was het feitelijk wel. Dansen voor publiek, hoe klein of vertrouwd dat publiek ook was; niemand in heel Engeland zou mij daartoe in staat geacht hebben. En het vreemdste van alles was nog wel dat ik het leuk vond. Ik vond het enorm leuk. Het was een heel slechte vertolking, ik was lomp en traag, maar we moesten er altijd vreselijk om lachen. Milady en Omar lagen languit in de kussens en applaudisseerden voor me.

We waren zo op ons gemak en vertrouwd met elkaar; ik zie nu wel dat dit heel uitzonderlijk was, dat de verschuivingen en veranderingen in onze relatie ten opzichte van elkaar voor ons alle drie zonder weerga waren. Milady had haar personeel altijd goed behandeld, maar nu hadden we alle resterende plichtplegingen tussen werkgever en werknemer achter ons gelaten. Omar had zich langer aan de oude structuren gehouden dan ik, maar het leek wel alsof de toewijding die de ramadan van hem eiste, een liberteit in hem had gewekt, een nieuw gevoel van vrijheid. Voor mij was het allemaal een deel van de onwerkelijke schoonheid van het leven in Egypte.

Ik had gedacht dat Omar tijdens de ramadan een enorme eetlust zou hebben, maar in werkelijkheid leek hij naarmate de dagen verstreken steeds minder te eten en, zoals iedereen in het dorp, het leven met een toenemende futloosheid tegemoet te treden. Milady werd ziek, wat ons na de lange periode waarin ze zich goed had gevoeld zwaar viel. Niet het bekende gehoest en gespuug, maar iets anders, alsof de door het vasten veroorzaakte slaperigheid van het dorp zich ook in haar lichaam had genesteld. Ze zei dat ze zich moe voelde, doodmoe, maar ik denk dat het vooral kwam doordat ze onverwacht weer door heimwee werd getroffen. Als ik haar kamer binnenkwam, zat ze altijd naar de fotoportretten te kijken van haar kinderen en sir Alick, die haar met Kerst waren toegestuurd, of ze lag te slapen met de foto's naast haar bed, uitgespreid op haar schrijftafel.

De avonden waarop milady te ziek was om bij ons te zijn, zetten Omar en ik onze nieuwe traditie voort: we gebruikten samen de maaltijd in de salon met de ramen wijdopen naar de nacht. Niet alleen vleermuizen bevolkten de dakranden van het Franse Huis, ook zaten er kleine uiltjes, die eruitzagen als hiërogliefen die van een fries waren gesprongen; er was er een die altijd op de vensterbank ging zitten kijken hoe we aten. 's Nachts was het inmiddels warm en zacht, maar nog wel zo koel dat het een welkom contrast vormde met de hitte van de dag. Omar en ik lagen tot laat in de avond languit op de kussens te praten; ik denk dat het ons allebei verbaasde dat we elkaar zo veel te zeggen hadden. En de meeste dingen zeiden we minstens twee keer, een keer in het Engels en een keer in het Arabisch, gelardeerd met heel veel uitweidingen en uitleg. Ik had nog nooit zo vrijelijk met een man gesproken en Omar had nog nooit zo vrijelijk met een vrouw gesproken; dat weet ik omdat hij het me verteld heeft.

'Ik had mijn vrouw nog nooit gezien voordat ik met haar trouwde', vertelde hij me op een avond.

'Dat lijkt me geen slechte manier om dat soort dingen aan te pakken', zei ik. Ik merkte dat ik aan Laura moest denken, het dienstmeisje in Esher dat zichzelf zo in de problemen had gebracht. 'Hoe was dat,' vroeg ik, 'de eerste keer dat je haar zag?'

Hij schudde glimlachend zijn hoofd en toen ik zijn antwoord niet begreep, zei hij: 'In geen van beide talen heb ik daar woorden genoeg voor.'

Ik was vol verwondering over het gesprek; een man had me in vertrouwen genomen. De avondbries streek langs mijn huid, het uiltje kraste en vloog weg. Ik voelde me ver van Esher verwijderd, zo ver als maar mogelijk was. Het was alsof ik niet alleen in een ander land woonde, maar ook alsof ik in een ander lichaam huisde.

Gelukkig herstelde milady snel van deze laatste aanval, waardoor de speciale behandeling waar we allemaal zo bang voor waren, niet nodig was. Ze besloot een expeditie naar het Dal der Koningen op touw te zetten, voordat het 's nachts even heet werd als overdag. Omar had de kleine veerman ingeschakeld om ons laat in de middag over te zetten en ezels om ons te dragen als we aan de overkant van de rivier waren. Het pad naar de vallei is lang en kronkelig en eerst reden we een tijdje langs akkers, waarop de oogst rijpte. De grond is zo vruchtbaar doordat de Nijl iedere zomer buiten haar oevers treedt dat boeren twee, soms wel drie keer een ander gewas kunnen planten. Als de gerst en de linzen eenmaal geoogst zijn, zaaien ze ter afwisseling maïs, katoen en suikerriet; voor de bevloeiing gebruiken ze een ingenieus systeem van kanaaltjes, waterwegen die al in de oudheid zijn gegraven. De sterk riekende grond is zwart en vruchtbaar zo ver als de jaarlijkse overstromingen van de Nijl reiken, maar alsof er een streep is getrokken, begint pal daarachter de woestijn en wordt de grond korrelig en hard. Ik vind de abrupte overgang tussen de weelderige groene uiterwaarden en de witte rotsen tamelijk verontrustend, alsof het land waarschuwt: ga je over deze lijn, dan ben je verloren, voorbij dit punt zul je niet overleven. De moed zonk mij in de schoenen toen onze kleine stoet de vlakte achter zich liet en aan de klim naar de vallei begon, en ik moest moeite doen om mijn onrust te verbergen. Milady en Omar waren zo druk in gesprek over het landschap en de boeren die milady bij vorige uitstapjes naar deze kant van de rivier had ontmoet en gesproken – sommigen kwamen naar ons toe om ons te begroeten toen we langs hun kleine akkertjes reden – dat ze de grimmige uitdrukking op mijn gezicht niet opmerkten.

De zon begon te zakken en de heuvels werden zo rood als hete kolen in het dovende vuur van de dag; we bereikten de vallei tegen de schemering, die in Egypte een schitterend zacht, warm licht heeft. Omdat we er al langer dan een half jaar waren, vond ik eigenlijk dat ik gewend zou moeten zijn aan de schoonheid en raadselen van dit land, maar dat was ik niet, ik zou er nooit aan wennen. Het Egyptische volk woont te midden van de ruïnes van hun voorzaten en vinden de vreemde en monumentale resten van hun verleden vanzelfsprekend. Een hele vallei, hoog in de heuvels, waar de graftomben van koningen en koninginnen diep onder de grond in steen zijn uitgehakt en gevuld met rijkdommen, vervolgens zijn geopend en geplunderd, daarna opnieuw zijn verzegeld en weer zijn geopend en geplunderd. De dragers hadden toortsen meegebracht en we gingen de graftombe van farao Seti binnen. De muren waren beschilderd met verfijnde taferelen, waarvan de kleuren nog volmaakt helder waren. Omar wees naar het plafond, waarop geschilderde gieren naar de achterkant van de tombe vlogen en Seti zelf voor Re stond, de zonnegod met het hoofd van een valk. Ik was diep onder de indruk van wat ik zag; de lucht in de tombe was heel droog en de toortsen brandden zo fel dat ze een diepgeel licht gaven. Ik draaide me om en wilde voor de zoveelste keer tegen milady zeggen dat ik wou dat ik de hiëroglieven kon lezen en interpreteren, maar milady was diep in gesprek met een van de dragers. In plaats van de graftombe en de gedetailleerde, betekenisvolle versieringen te bespreken, vroeg milady, zoals ze altijd deed, de drager naar zijn gezin, hoeveel kinderen hij had, waar ze woonden, of ze allemaal gezond waren?

Toen het tijd was om naar huis terug te keren, verlieten we het Dal der Koningen en bestegen onze ezels, waarbij milady en ik elkaar complimenteerden met de verstandige keuze van onze kleding, waardoor een rit op een ezel zo niet comfortabel, dan toch op zijn minst minder gevaarlijk en een tikje achtenswaardiger was. De dragers doofden de toortsen en één moment waren we verblind door de nacht. Maar de nacht is niet donker in Egypte; de maan en de sterren schenen zo fel en de nachtelijke hemel was zo helder dat op het moment waarop we de vallei achter ons lieten, de Nijl in de verte zich aan ons toonde als een droombeeld, schitterender dan welke grafschildering ook. Voorzichtig daalden we langs het rotsige pad af en de nacht was zo stil dat hij ons deed denken aan de plaats waar we net geweest waren: het dodenrijk, een dodendal, een plaats waar de rust van de doden keer op keer was verstoord.

ZES

Het was nog steeds ramadan en naarmate de dagen verstreken, zag ik dat het Omar steeds zwaarder viel om op tijd op te staan voor het ochtendgebed, of eigenlijk om sowieso op te staan. Op een ochtend, toen ik me in het schemerlicht vlak voor zonsopgang stond aan te kleden, hoorde ik de muezzin de gelovigen oproepen vanaf de minaret van de Aboe el-Haggagmoskee aan de andere kant van het dorp. Ik was gewend Omar de oproep tot gebed te horen beantwoorden in zijn kamer naast de mijne en ik zorgde er dan altijd voor zo stilletjes mogelijk door het huis te lopen. Maar omdat ik hem deze ochtend niet hoorde opstaan, ging ik naar zijn deur en zag dat hij nog steeds diep in slaap op zijn mat lag. Aangezien ik nog nooit een slapende man had wakker gemaakt, wist ik niet goed hoe ik dat moest aanpakken. Ik deed een stap zijn kamer in en fluisterde zijn naam, maar dat had geen enkel effect. Ik deed nog een stap naar voren. Daarop zuchtte Omar en ging verliggen, waardoor zijn donkere haar over zijn gezicht viel. Toen kreeg ik een idee: ik zou de oproep tot gebed zelf opzeggen. Ik had hem zo vaak gehoord dat ik dat wel meende te kunnen, al begreep ik de woorden maar voor de helft. 'Gebed is zoeter dan slaap', zei ik in het Engels – ik kende dit deel omdat Omar me 's ochtends soms met deze woorden begroette – daarna worstelde ik me door het Arabisch, beginnend met

86

Allah akbar, Allah akbar, God is groot, God is groot.

Omar ging nogmaals verliggen, ik zag dat hij wakker werd en deed een stap naar achteren, de gang in, waar ik doorging met mijn oproep. Ik hoorde hem het beddengoed wegduwen, overeind komen, hoesten, zijn keel schrapen en water uit de kruik in de kom gieten, maar op het moment dat hij aan zijn rituele wassing wilde beginnen, stopte hij. Hij stak zijn hoofd om de deur en zag me in de gang staan. 'Ben jij nu mijn muezzin, Sally?' vroeg hij met een glimlach.

'Allah akbar, Omar', antwoordde ik. 'Allah akbar.' Daarna ging ik terug naar mijn eigen kamer, waar ik de luiken opengooide en uitkeek over de Nijl, aan de overkant waarvan de zon opkwam boven de heuvels.

De vroege hitte van dit jaar, in combinatie met de ramadan, bracht de mensen uit Luxor op het randje van de uitputting en toen de religieuze maand ten einde kwam met het Ied-al-Fitrfestival, vielen veel dorpelingen ten prooi aan een besmettelijke ziekte, die het dorp teisterde. Het eerste signaal erover kreeg ik doordat Achmed, de jongen die hier iedere ochtend aan de deur kwam om hand-en-spandiensten voor Omar te verrichten, voor de derde achtereenvolgende dag niet kwam opdagen.

'De jongen is lui, Sally', zei Omar toen ik hem meldde dat Achmed er nog steeds niet was. 'Hoe vaak hebben we hem niet in de zon zien liggen slapen, net als we zijn hulp nodig hadden?'

'Hij ligt inderdaad weleens te slapen, maar dan wel hier in het Franse Huis, waar hij weet dat we hem kunnen vinden.'

Omar maakte zich er niet druk om. Maar aangezien het helemaal niet bij Achmed paste om weg te blijven, was ik ervan overtuigd dat de jongen iets vreselijks moest zijn overkomen. Daarom ging ik er in mijn eentje op uit om hem te zoeken.

Ik wist waar Achmed woonde; zijn moeder groette mij vaak

als ik met Omar onderweg was naar de markt. Dan kwam ze haar kleine, uit één kamer bestaande hutje uit en pakte mijn hand om me eindeloos te bedanken voor het feit dat Achmed in het huis van de grote sitti Duff Gordon mocht werken. Ze was aan één oog blind en had nog maar een paar tanden in haar mond, maar ze was jonger dan ik, zoals ik tot mijn schrik besefte toen ze op een dag trots haar leeftijd meldde aan Omar. Dat gaf me de moed haar aan te spreken met Oem Achmed, moeder van Achmed, wat haar en alle anderen die meeluisterden, verrukte (het verbaasde me telkens weer hoeveel mensen er meeluisterden). Oem Achmed en Omar wisselden altijd een lange reeks begroetingen en zegeningen uit, die Omar voor me vertaalde, voordat ze mijn hand losliet en ons liet doorlopen. Onze tocht naar de markt bestond inmiddels uit een hele reeks soortgelijke ontmoetingen, waarbij zegeningen werden uitgewisseld en nieuwtjes werden doorverteld. Ik begreep dat milady en ik voor de dorpelingen heel interessante figuren waren, maar ik zag ook hoe hun gehechtheid aan begroetingsrituelen en respect hun nieuwsgierigheid overtrof; Egyptenaren waren eeuwig en altijd beleefd.

Toen ik vanochtend bij Achmeds huis aankwam en hen luid begroette – *Ahalan, ahalan*, Oem Achmed – kwam er niemand naar buiten. Ik deed een stap dichterbij. Er kwam geen enkel geluid uit het gapende gat dat als deur diende. Nadat ik nogmaals mijn groet had geroepen en weer geen antwoord had gekregen, ging ik pal op de drempel van het huis staan en gluurde naar binnen. Er hing een zware braaksel- en lijkenlucht en ik kon de neiging om ervandoor te gaan maar nauwelijks onderdrukken. Ondanks de stank had ik sterk het gevoel dat er iemand was, al kon ik in het donker geen enkele vorm of gestalte onderscheiden. Omdat ik dacht dat ik iets hoorde bewegen, boog ik me nog iets verder naar binnen; ik wilde niet zonder daartoe te zijn uitgenodigd naar binnen lopen. 'Achmed?' fluisterde ik.

Iemand tikte op mijn schouder en ik onderdrukte een kreet. Het was Mohammed, de waterdrager. 'Ik ben u gevolgd,' bekende hij, 'ik maak me grote zorgen om Achmed.' Hij sprak langzaam en zorgvuldig articulerend tegen me, in zijn duidelijkste Arabisch. 'Oem Achmed is bezweken aan de koorts', zei hij. 'Achmed is erg verzwakt. Half Luxor lijdt aan deze verschrikkelijke epidemie. U moet hem helpen', zei Mohammed en hij spreidde zijn handen. 'Insjallah, zo God het wil.'

'Waarom heb je ons dat niet eerder verteld, gisteren of eergisteren?' vroeg ik.

'We wilden niet dat Achmed zijn baan in het Franse Huis zou kwijtraken.'

'Waar is hij?'

Mohammed draaide zich om en keek naar de donkere, lage deuropening.

'Ga schoon water halen', zei ik. Daarna ging ik zonder aarzelen het kleine huisje binnen.

Het plafond was zo laag dat ik er met mijn kruin langs streek; ik rilde door die onverwachte aanraking. Ik deed drie stappen naar voren en bleef staan, zodat mijn ogen aan het donker konden wennen. Ik ontwaarde een stromatras tegen de muur rechts met daarop een stapel kleren, maar meteen realiseerde ik me dat de stapel kleren Achmed was. In een paar stappen was ik bij hem. In het zwakke licht zag ik dat hij sterk vermagerd was; hij was klein van stuk, een jaar of acht, negen, hooguit tien, en zelfs toen hij gezond was en achter Omar aan hobbelde, had hij geen gram vet op zijn botten gehad. Zijn lippen waren gebarsten, zijn kleren waren vuil en er hing een vreselijke stank om hem heen. Was hij dood? Hadden ze hem hier in zijn eentje laten doodgaan? Er stond een kruik water bij zijn hoofd. Ik overwoog een paar druppels op zijn lippen te gieten, maar vroeg me opeens af hoelang het water daar al stond, hoeveel insecten van de Nijl er zich al in genesteld hadden. Omdat ik nog steeds niet zeker wist of hij dood was of nog leefde, legde ik mijn hand op zijn voorhoofd, daardoor voelde ik dat zijn huid gloeide van de koorts; het was ondanks het vroege uur al flink warm buiten, maar de hitte die van Achmeds voorhoofd af sloeg, was schrikwekkend. Ik deed mijn sjaal af, doopte een van de punten in het water en waste daarmee langzaam en voorzichtig Achmeds gezicht. Ik trok de stapel vieze kleren van zijn lichaam af en waste met de sjaal, die inmiddels helemaal nat was, de rest van zijn lijf. Zijn armen en benen leken van magerte langer geworden, zijn ellebogen en knieën leken pijnlijke knopen en zijn ribben waren te tellen. Het was nog maar een kind, een klein kind dat het heerlijk vond om kattekwaad uit te halen en Omar enkele malen per dag op stang te jagen; hij had míjn kind kunnen zijn, dacht ik opeens, waarna ik me hardop afvroeg waar dat idee opeens vandaan kwam. 'Stel je voor, kereltje', zei ik. Hij was niet zo vies als je op grond van de stank zou denken, iemand zorgde voor hem, dat kon niet anders, en ik moest aan Achmeds moeder denken, die mijn hand vasthield als ze met Omar praatte, omdat ze zo dankbaar was voor het werk dat we haar zoon hadden gegeven. Dood. En ongetwijfeld al begraven, want moslims begraven hun doden snel.

Mohammed kwam aanlopen met schoon water. 'Help me', zei ik en we lieten hem voorzichtig overeind komen tot hij tegen de stapel vuile kleren leunde, die we als kussen gebruikten. Toen we hem verplaatsten, begon hij zwakjes te hoesten en deed zijn ogen open. *Missy*, zei hij, wat de naam was die hij voor me had gekozen. Hij bleef met gebroken stem doorpraten.

'Wat zegt hij?' vroeg ik Mohammed, waarop deze de woorden van de jongen, even langzaam en zorgvuldig articulerend als hij eerder had gedaan, herhaalde.

'Het bruine uiltje,' zegt hij, 'het bruine uiltje kwam naar zijn huis, keek hem aan en vloog weg en toen wist hij dat u hem zou komen zoeken, Missy.'

'Kijk of je hem kunt laten drinken. Ik ga lady Duff Gordons medicijnkistje halen.' Terwijl ik me bukte voor de lage deuropening, besefte ik dat ik zonder erbij na te denken en zonder het eerst in het Engels te formuleren en dan de vertaling te maken, Arabisch had gesproken.

Het leven in het Franse Huis ging die dag van kalm en traag naar dringend en snel. Er heerste een vreemde epidemie in het dorp, een maagaandoening, waarvan chronische maagpijn, verstopte darmen en verschrikkelijk hoge koorts de symptomen waren. Zonder behandeling verzwakte je, raakte je vergiftigd en ging simpelweg dood. Hoewel ik alleen naar huis was gegaan om milady's medicijnkistje te halen, stond milady erop mee terug te gaan naar Achmeds huis. 'Ik heb al heel wat zieke kinderen verzorgd', zei ze, 'en ik ken de inhoud van deze vreselijke trukendoos beter dan wie ook.' Ook tijdens onze reis met de Zint el-Bahrein, als er een bemanningslid gewond was geraakt, had ze het kistje verschillende keren tevoorschijn gehaald, omdat de kompressen, tincturen, zouten en windsels een veel geavanceerdere behandeling mogelijk maakten dan wie van die mannen, met inbegrip van de Reis, ooit had gekregen of gezien. Milady was erg bedreven geraakt in het behandelen van kleine verwondingen en aandoeningen en ook mijn eigen vaardigheid in het dokteren als zij ziek was, was inmiddels algemeen bekend.

Omar en ik protesteerden echter gelijktijdig. 'U moet hier blijven, milady, u moet niet …' We vielen beiden stil en keken elkaar hoofdschuddend en fronsend aan.

Milady sloeg resoluut haar armen over elkaar. 'Ik wil naar Achmed. We gaan samen, Sally, jij en ik.'

Milady was ontzet toen ze zag hoe Achmed eraan toe was

en hoorde wat er met zijn moeder was gebeurd. Ze stond erop hem naar het Franse Huis over te brengen, waar een bed voor hem werd opgemaakt in een koele, rustige alkoof. Daar kon hij naar behoren worden verpleegd.

Toen de dorpelingen hoorden dat Achmed daar werd behandeld, kwamen ze een voor een aan de deur van het Franse Huis om milady te vragen ook hun familieleden die door de epidemie waren getroffen, te behandelen. Moestafa Aga kwam 's middags bij ons om milady te waarschuwen dat ze daar niet aan moest beginnen. 'U zult zelf ook ziek worden', zei hij tot mijn opluchting. Misschien zou milady Moestafa Aga's raad wel opvolgen.

'Nonsens', antwoordde ze. 'We weten niet eens of deze ziekte besmettelijk is.'

'Het halve dorp is ziek!'

Zelf had ik me ook al afgevraagd hoe de ziekte werd overgebracht, maar ik had mijn mond gehouden; milady was van mening dat de dorpelingen te veel jonge maïs en groene tarwe aten en dat dit in combinatie met het godsdienstige vasten tot de ziekte had geleid.

'Ik geef ze een behandeling met wonderolie, dat reinigt het spijsverteringskanaal', zei milady.

'Lady Duff Gordon,' antwoordde Moestafa Aga – zijn gezicht stond doodernstig terwijl Moestafa Aga zelden volkomen ernstig was – 'als uw behandelingen niet aanslaan bij de fellahin, zullen ze u beschuldigen van vergiftiging of het boze oog.'

'Doe niet zo belachelijk! Is het soms beter hen met die vreselijke maagpijn te laten verkommeren? Sally,' beval milady, 'ga mijn klysma-apparaat halen.' Het apparaat, een verzameling buizen, zakken, pompen en trechters, stond in een lakense tas onder in de grootste hutkoffer; terwijl ik het uitpakte, hoorde ik milady en Moestafa Aga in de kamer ernaast redetwisten. 'We geven hun wonderolie', herhaalde ze, 'en als dat niet werkt, behandelen we hen met mijn klysma-apparaat.'

Milady en ik wisten alles van verstopping van het spijsverteringskanaal; laudanum veroorzaakte hetzelfde probleem en ik had dit dure maar doeltreffende slaapmiddel, dat voor noodgevallen in een speciaal flesje in een gevoerd houten kistje werd bewaard, bij verschillende gelegenheden aan milady moeten toedienen. En laudanum leidde steevast tot wonderolie, en als dat niet werkte, tot het gruwelijke klysma-apparaat.

De rest van de dag besteedden Omar en ik, voor zover we niet bezig waren met de verzorging van Achmed, aan het schoonmaken en opruimen van de benedenverdieping; daar zouden we de dorpelingen behandelen. Het was langgeleden dat hier voor het laatst dieren waren gehouden, maar de vloer van de raamloze ruimte was nog steeds bedekt met een laag stro en oude, ingedroogde mest; we veegden en schraapten en gooiden water op de ruwe vloer om te voorkomen dat het stof opdwarrelde. Toen ik de trap aan het vegen was, zag ik dat deze gemaakt was van oude bouwstenen van de tempel, die men hierheen had geschoven, iets wat me niet eerder was opgevallen, ook al had ik de trap vervloekt telkens als ik over de oneven treden was gestruikeld. Op de derde tree van beneden zag ik een enkele rij hiërogliefen staan. Toen ik ze aan Omar liet zien, haalde hij achteloos zijn schouders op en werkte gewoon door, alsof hij wilde zeggen: je ziet die dingen overal, ze zijn doodnormaal. En hier in Luxor is het inderdaad heel gewoon om te midden van onontcijferbare berichten uit het verleden te leven. Het was een smerig karwei, waar we het zo warm van kregen dat we beiden af en toe hoestend en sputterend naar buiten moesten, het zonlicht in, omdat we net zo naar adem snakten als milady op een van haar slechte dagen.

Die avond sleepte ik, voordat we gingen eten, het tinnen bad naar mijn kamer en vulde het met warm water; mijn lijf deed zeer en ik snakte naar een warm bad, ook al was het een zwoele avond. Ik deed er een paar druppels van de geparfumeerde olie in die ik in Caïro had gekocht om mijn huid te verzorgen; mijn handen waren zo droog dat de huid tussen mijn vingers was opengebarsten en gaan bloeden. Ik zette de luiken wijd open en keek, zittend in het stomende water, uit over de Nijl. Mijn lichaam voelde anders aan dan voorheen, alsof er geleidelijk een fysieke verandering was opgetreden doordat ik geen korset meer droeg. Ik had het gevoel dat mijn ledematen langer en rechter waren, mijn rug sterker, mijn nek soepeler en dat zelfs mijn handen tot meer in staat waren. Ik liet de zeep over mijn lichaam glijden en sloot mijn ogen. Toen ik eruit stapte, smeerde ik me in met een flinke laag olie. Ik was glibberig en schoon.

Onder het avondeten zaten we met ons drieën op onze kussens plannen te smeden voor onze noodkliniek. Milady was opgewonden over de uitdagende taak waarvoor we stonden en had, vooruitlopend op wat we nodig zouden hebben en wat aangevuld zou moeten worden, al een brief aan haar dochter, mejuffrouw Janet, geschreven met het verzoek voorraden geneesmiddelen uit Alexandrië en Caïro op te sturen. Het was al laat toen we ten slotte de kaarsen doofden en naar bed gingen. Een paar tellen nadat ik in slaap was gevallen, leek alweer de oproep voor het ochtendgebed te klinken. Ik stond op, plonsde wat schoon water in mijn gezicht, trok mijn sjaal om mijn schouders en ging naar de kamer ernaast om Omar te wekken, die opnieuw door de oproep heen was geslapen.

In plaats van op de gang te blijven staan en de muezzin na te bootsen, ging ik zijn kamer binnen. De luiken stonden open en de kamer was nog koel van de nacht, hoewel de lucht buiten al roze was en langzaam naar blauwig wit verkleurde. Hij lag op zijn rug te slapen en ademde gelijkmatig. Ik knielde naast hem neer en begon aan de oproep tot gebed.

Omar opende zijn ogen. Hij leek niet in het minst verbaasd te zijn mij daar zo dicht naast hem te zien zitten. Hij kwam langzaam overeind, strekte zijn armen boven zijn hoofd en pakte toen mijn hand. Hij streek het haar uit mijn gezicht; ik had het nog niet opgestoken. Hij streek lichtjes met zijn vingers over mijn lippen. Daarna bracht hij zijn gezicht dicht bij het mijne en kuste me.

Ik was nog nooit gekust, nooit ofte nimmer, ik had dat nooit iemand durven toestaan. Ik was mijn hele leven iedere kus uit de weg gegaan. Hij fluisterde iets in het Arabisch en streelde mijn haar en ik weifelde eerlijk gezegd geen seconde. Het was alsof ik zo lang had gewacht om me naast Omar neer te vlijen dat ik vergeten was waarom ik had gewacht. Het enige wat ik dacht, voor zover ik het me kan herinneren, was: ja, dit is het, dit is goed, dit is wat ik wil, dit is wat ik al maanden wil. Hij kuste me opnieuw en ditmaal was het een lange kus en ik schoof naar hem toe op hetzelfde moment dat hij naar mij toe schoof. Toen hij mijn nachthemd over mijn hoofd uittrok, snakte ik luidkeels naar adem, omdat ik op-eens naakt tegenover hem zat, en toen kuste hij me opnieuw om me te helpen kalmeren en zijn warme handen op mijn lichaam stelden me gerust. Hij trok zijn eigen nachthemd uit. En zo zaten we daar, op het kleed midden in de kamer, naast zijn slaapmat, terwijl de koele lucht langs ons lichaam streek, en we keken elkaar heel lang aan. Hij was prachtig om te zien; ik had nooit gedacht dat een man, een mannenlichaam, van zo'n onwerkelijke schoonheid kon zijn. Toen trok hij me naast zich op zijn slaapmat en we begonnen. We begonnen en begonnen en begonnen en het was volmaakt. Ik had nooit geweten dat het zo volmaakt kon zijn.

Milady was naar Egypte gekomen om de dood te ontlopen, maar ik had in Egypte het leven gevonden.

ZEVEN

We gingen met ons drieën aan de slag en werden bijna on-middellijk bedolven onder het werk. Milady en ik openden 's ochtends al de kliniek in het Franse Huis, omdat we de dor-pelingen wilden behandelen voordat het te warm werd. De dagen daarop nam de epidemie in hevigheid toe; iedere dag stierven er wel vier dorpelingen. Als de patiënten bij ons wer-den gebracht voordat ze door de ziekte te erg waren vergiftigd, bleek de behandeling met wonderolie in combinatie met het klysma en de daarmee gepaard gaande inwendige reiniging heel succesvol. Milady nam de rol van arts op zich, met mij als assistente, en we kwamen vanzelf in een goed werkritme. In plaats van moe te worden van de toenemende druk van het werk, bloeide milady er helemaal van op, al zorgde ik er wel voor het leeuwendeel van de lichamelijke arbeid op me te ne-men: water koken in de keuken, het water de trap af dragen, patiënten optillen, het klysma-apparaat schoonmaken en ste-riliseren. Nadat Omar en ik hadden ontdekt hoe we olie kon-den winnen uit de bladen van de enorme castorplant die in de tuin stond, was hij een groot deel van iedere avond zoet met het pletten van de bladeren in zijn vijzel. In plaats van haar te vervloeken met het boze oog, riepen de dorpelingen milady uit tot hun nieuwe *hakima* of genezer.

Uit het stroomopwaarts gelegen El-Moutaneh kwam het

nieuws dat niet alleen de mensen maar ook het vee met de ziekte was besmet en dat er per dag acht tot tien mensen en twee keer zo veel dieren stierven. In Luxor waren er alleen een paar kalveren doodgegaan. Toen ik op een middag in mijn eentje naar de Nijl liep om even weg te zijn van het huis en naar de rivier keek, vond ik dat het wateroppervlak er op de een of andere manier anders uitzag, totdat ik me opeens realiseerde dat ze vol lag met dode koeien. Er dreef zo veel dood vee in de rivier dat ik, als ik gewild had, naar de overkant had kunnen lopen zonder dat de zomen van mijn Egyptische broek nat waren geworden.

Toen ik de dag erop het balkon op liep, zag ik dat zich op het zand voor het Franse Huis een enorme massa mensen en kamelen verdrong. Ik riep milady naar buiten om te kijken; we waren allebei met stomheid geslagen over deze onverklaarbare samenkomst van mensen en beesten. Milady zag sjeik Yoessoef in de menigte en riep hem naar boven. 'De kamelen gaan naar Soedan om daar de troepen van de pasja te vervoeren', legde hij uit toen hij naast ons het tafereel stond te bekijken. 'Ze gaan in konvooi naar het zuiden. De eigenaren zullen hun dieren helaas niet terugzien.' Aangezien die eigenaren opdracht hadden gekregen om met hun kamelen twee maanden voedsel per dier te leveren, stond het hele dorp niet alleen vol met kamelen en hun zwaar op de proef gestelde eigenaren, maar ook met enorme bergen maïs en hooi. Verbittering en wrok stegen als grote zwermen zwarte vlooien op van de mannen.

'Hoe moeten ze zonder hun kamelen leven en werken?' vroeg milady.

Sjeik Yoessoef haalde, zoals hij vaker deed, betekenisvol zijn schouders op. 'Alhamdoellilah.'

Nadat de sjeik was teruggegaan naar de menigte, gingen milady en ik naar de keuken om Omar om opheldering te vragen. Hij legde uit dat al het land in Egypte eigendom is van de kedive, Ismail Pasja. 'Er bestaan geen Egyptische landeige-naren,' zei hij, 'alleen pachters, die stuk voor stuk, afhankelijk van de waarde van het land, belasting betalen. Als ze dood-gaan, kan de pacht overgaan op hun kinderen.'

'Vandaar het enthousiasme om baby's te maken', zei milady met een knikje naar mij.

'Als je geen kinderen hebt, verlies je je land', vervolgde Omar. 'De pasja kan het tegen betaling of zonder betaling van je afnemen.'

'Zonder betaling?' vroeg ik.

'Ja, in feite kan de pasja je je land afnemen wanneer hij maar wil, om het aan iemand anders te geven bijvoorbeeld, of voor een van zijn imposante bouwprojecten, of met een ander, onduidelijker doel. Ik heb het zien gebeuren, ik heb families gezien die alles was afgenomen, hun land, hun dieren, hun ...' Omar zweeg. We spoorden hem aan om door te gaan, maar dat wilde hij niet. 'We moeten u nu laten rusten, milady', zei hij. Toen boog hij en liep de kamer uit.

Milady keek me aan. 'Ik vermoed dat Omar er zekere poli-tieke ideeën op na houdt,' zei ze, 'maar dat hij zijn opvattin-gen niet met jou en mij wil delen.'

Ik knikte. Van praten over Omar kreeg ik het spaans be-nauwd.

'Of praat hij wel tegen jou als ik er niet bij ben?' vroeg ze.

'Er valt nog veel te leren', zei ik. Ik voelde dat ik begon te blozen en ik hoopte dat milady het niet zou zien. 'Er is zo veel in dit land waarvan ik nog helemaal niets begrijp.'

Omar en ik praatten inderdaad samen over de situatie in Luxor, we praatten er eindeloos over; het was niet moeilijk hem aan de praat te krijgen over Egypte, vooral als het ging over de slechte behandeling die de fellahin ten deel viel onder de pasja, en hij vond mijn nieuwsgierigheid altijd leuk. We praatten als we in het huis aan het werk waren, we praatten als we door het dorp liepen, we praatten de hele dag, iedere dag. Maar ik wilde dit liever niet aan milady toevertrouwen. Ze wist dat Omar en ik onze dagen samen doorbrachten, al waren we ook heel vaak bij haar. Maar nu had ik voor het eerst van mijn leven een geheim. Een echt geheim, niet zomaar een brokje informatie dat ik voor me hield, omdat ik iets van mezelf wilde hebben, wat dat dan ook was. En voor het eerst in al die jaren dat ik voor haar werkte, vertelde ik milady niet de hele waarheid.

'Nou,' zei milady welwillend, terwijl ze terugliep naar haar stoel op het balkon, vanwaar ze het tafereel kon gadeslaan, 'wat een geluk toch dat we Omar hebben.'

En ik spoedde me terug naar de keuken, waar ik het gesprek met Omar onder vier ogen kon voortzetten.

En het was ons geheim, ons kostelijke geheim, iets wat Omar en ik met niemand deelden. We waren milady's toegewijde bedienden. Maar 's nachts veranderde alles. Dan werd alles anders.

Na die eerste ochtend wist ik eigenlijk niet goed wat ik moest doen. Ik verkeerde een groot deel van die dag – de eerste dag van onze kliniek (en ik was dankbaar voor alle activiteit) – in een soort zelfopgewekte koortstoestand. Ik vroeg me af of ik soms zelf ziek was geworden en alles een hallucinatie was. Omar keek naar me, praatte met me en gedroeg zich ten opzichte van mij precies zoals hij de dag ervoor had gedaan; zijn eerbiedige en charmante houding had geen extra teder tintje. 's Avonds gebruikten we samen met milady de maaltijd en maakten we weer opwindende plannen voor onze kliniek. Nadat ik milady naar bed had geholpen, ging ik naar mijn eigen kamer. Ik liet één kaars branden en opende de luiken, zodat ik de Nijl kon zien, daarna maakte ik aanstalten om te gaan slapen. Ik ging op bed zitten en wreef een paar druppels olie in de droge huid van mijn handen. Ik hoorde een zacht klopje op mijn deur. En toen kwam hij mijn kamer binnen en in mijn armen en ik ervoer een gevoel van geluk dat zo groot was dat als iemand het me had beschreven, ik hem niet zou hebben geloofd.

Ik begon huwelijksaanzoeken te ontvangen van vaders van jongemannen uit Luxor en de omringende dorpen. Ik zie nu in hoe gruwelijk ironisch dat was, hoewel ik het destijds ver-bijsterend vond, alsof heel Boven-Egypte opeens had besloten notitie van mij te nemen. Ik was niet gewend dat men notitie van mij nam. Milady was degene die toeschouwers en bewon-deraars trok; eerlijk gezegd merkte ook zij, laat staan iemand anders, mij nauwelijks op en zo hoort het natuurlijk ook als je een goede, trouwe en hardwerkende kamenier bent.

Het eerste aanzoek was een direct gevolg van het werk dat milady en ik in onze geïmproviseerde kliniek deden. Toen de epidemie eindelijk over haar hoogtepunt heen was, werden we overladen met geschenken, een geweven sjaal, stenen pot-ten vol zwarte honing, een met groene tarwe gevulde en met dadels gebraden kip – verrukkelijk – van mensen die eigenlijk te arm waren om zich dat te kunnen veroorloven. Bij deze ge-legenheid echter bood een oude man uit het dorp geen bundel tarwe of maïs aan, maar vroeg of hij milady onder vier ogen kon spreken. Ik bracht hem naar boven, naar de salon. In de keuken ernaast vroeg ik Omar thee te zetten, terwijl ik mijn naaiwerk ter hand nam.

'Mijn zoon, sitti,' hoorden we de man na een paar inlei-dende beleefdheden simpelweg zeggen, 'mijn zoon voor uw Missy.'

Ik prikte met de naald in mijn vinger, waardoor hij begon te bloeden.

Omar liet het blad dat hij droeg luid kletterend op de grond vallen. We bleven allebei doodstil staan, als stenen Ramsessen, bang om te bewegen en een woord te missen.

Hoewel ik haar niet kon zien, hoorde ik dat milady hierop geen antwoord klaar had, terwijl milady juist altijd een antwoord klaar had.

De oude man in zijn schone maar versleten kleren zag milady's lange zwijgen abusievelijk aan voor interesse in zijn voorstel. 'Een vrouw heeft een man en kinderen nodig', zei hij. Hij bevond zich op onbekend terrein, hij was niet gewend om zulke belangrijke zaken met een vrouw te bespreken, laat staan een Frangi-vrouw. Ik kon de aarzeling in zijn stem horen. Er heerste veel verwarring in het dorp over de echtgenootloze sitti Duff Gordon, hoewel die verwarring inmiddels enigszins weggenomen was door milady's groeiende status als gastvrouw van regelmatige salons met belangrijke mannelijke vrienden en als hakima van het dorp. In feite was ze hard op weg een 'man' van aanzien te worden. De oude fellah zette door, ondanks zijn gebrek aan zelfvertrouwen. 'We zijn geen rijke mensen, maar we zullen Missy een goed huis bieden.'

Nu begon milady te hoesten, maar ik begreep meteen dat dit een poging was om niet te lachen. We wisten dat deze man en zijn familie heel arm waren, dat ze geen enkel bezit hadden, zelfs hun lapje grond was niet van henzelf. De zoon in kwestie kende ik ook; hij was een van de ezelmenners van het dorp, al was het afgeleefde, aftandse beest waarop hij in het hoogseizoen toeristen rondleidde, niet van hem, maar van Moestafa Aga, van wie hij het huurde.

Omar, die zichzelf inmiddels weer onder controle had, raapte het dienblad op en ordende de boel. Hij liep naar de plek waar ik zat, boog zich naar me toe en gaf me een kus op mijn wang. Daarna stapte hij met de zoete thee de salon binnen.

In mijn eentje achtergelaten in de keuken, greep ik de zijkanten van de houten bank beet. O, god, o, lieve god, nee, milady, nee, alstublieft niet.

'Omar', zei milady in het Engels. 'Ik heb je hulp nodig om deze man met de juiste mate van respect te antwoorden. Heb je zijn aanbod gehoord?'

'Jawel, milady.' Zijn stem klonk gespannen.

'Spreek alsjeblieft voor mij, Omar, mijn Arabisch laat me hier geheel in de steek. Hoe kunnen we zijn aanbod het beste afslaan? Ik wil hem absoluut niet beledigen. Wat kun je het beste zeggen, zodat Sally niet met een van die schitterende ezelmenners van het dorp hoeft te trouwen?'

Omar schraapte zijn keel en haalde diep adem. 'Ik zal hem vertellen dat u vereerd bent door zijn aanbod.'

'Ja. Dat klinkt goed.'

'En ik zal hem zeggen dat mejuffrouw Naldrett met u van-uit Engeland naar Egypte is gekomen en dat ze aan uw zijde hoort. En dat uw echtgenoot haar heeft gevraagd altijd bij u te blijven en dat ze heeft beloofd dat ze u nooit in de steek zal laten.' Hij zweeg even. 'En dat ze al iemand heeft.'

Daarop maakte mijn hart een sprongetje.

'Goed', zei ze. 'Zal hij me een slecht mens vinden als ik Sally niet met zijn zoon laat trouwen?'

'Hij zal het accepteren, milady. U en Sally zijn een grote bron van verwarring voor de dorpelingen. Deze weigering zal een van de vele onverklaarbare raadselen zijn.'

'Dank je, Omar. Ga je gang.'

Toen de oude man opstond, kwam ik binnen om hem uit te laten. Hij boog beleefd het hoofd en milady stak hem haar hand toe. Hij nam haar hand aan alsof het een vreemde, breekbare glazen replica van een hand was in plaats van een echte. Naar mij glimlachte hij verlegen.

Toen we terugkwamen in de keuken, stak ik mijn vinger naar Omar op, die nog altijd bloedde van de prik van de naald. Zonder dat een van ons iets zei, haalde hij een kom water om het bloed weg te wassen en bond een schoon lapje om de vinger.

Toen ik de keuken uit kwam, zag milady dat ik zo bleek was geworden dat ik grauw zag. 'Ik denk dat je iets in gang hebt gezet, Sally', zei ze. 'Ik heb sterk het gevoel dat dit niet het laatste huwelijksaanzoek is dat je zult krijgen.'

'Dank u, milady', zei ik en hoewel we inmiddels tamelijk informeel en vrij met elkaar omgingen, maakte ik voor het eerst in maanden weer een reverence voor mijn mevrouw. 'Ik ben erg blij dat u hem hebt weggestuurd.'

Milady lachte. 'Heb je werkelijk één seconde gedacht dat ik zijn aanbod zou aannemen?'

'Ja,' zei ik, 'ik was ervan overtuigd dat u er onmiddellijk mee zou instemmen!'

'Sally', zei milady op zachte, berispende toon.

'Het spijt me, milady.'

Omar kwam de kamer in en bleef met zijn handen op zijn heupen staan. 'De ezelmenner', zei hij in het Engels. 'De ezelmenner.' Daarop begon ik te lachen en algauw lachte ik zo hard dat ik op de divan moest gaan zitten, naast milady, die me in haar armen trok.

'Niemand pakt jou van me af, lieverd,' zei milady terwijl ze mijn haar streelde, 'niemand pakt mij mijn Sally af.'

Ik was veilig. Omar stond met een grote grijns op zijn gezicht naar ons te kijken.

En zoals voorspeld begonnen daarna de huwelijksaanzoeken met enige regelmaat binnen te stromen; vaders die hun geliefde oudste zoon vertegenwoordigden, weduwes die een goede vrouw hoopten te vinden voor hun favoriete zonen. Het meest serieuze aanzoek kwam van Moestafa Aga zelf, namens zijn oudste zoon, Seyd. Seyd was een knappe jongeman, die zijn vader soms vergezelde naar milady's salons, waar hij mij meer dan eens moest hebben gezien. In de betere Egyptische kringen worden ongetrouwde dochters verborgen gehouden voor de buitenwereld, waardoor ze meer gerucht dan realiteit zijn, en Omar vertelde me dat het altijd een grote uitdaging is om een glimp op te vangen van een meisje. Ik was uiteraard niet milady's dochter maar haar bediende, geen jong meisje maar een oude vrijster. Desondanks scheen het feit dat ik Engels was zwaar te wegen. Milady wist dat ze Moestafa Aga's aanzoek met de grootste omzichtigheid moest behandelen; hij was de rijkste én een van de belangrijkste mannen in Luxor, in heel Boven-Egypte in feite, hij was aangenaam gezelschap en milady goedgezind, iemand wiens vriendschap waardevol en nuttig was.

'Het idee!' zei milady toen hij was vertrokken. Ze had hem beloofd zorgvuldig na te denken over zijn aanbod. Ze zweeg even en keek me aan. 'Zou je met hem wíllen trouwen?' vroeg ze abrupt. 'Dit is mogelijkerwijs het beste Egyptische aanzoek dat je ooit zult krijgen.'

Mijn adem stokte. 'Nee! Natuurlijk niet!'

'Natuurlijk niet', zei milady instemmend. 'Hoe kon ik het denken? Belachelijk!' Fronsend en lachend tegelijk schudde ze haar hoofd. 'Een Engelse vrouw die met een Egyptische man trouwt. Ondenkbaar. Maar toch', zei ze terwijl ze me aandachtig aankeek, 'mag ik dit niet opvatten als een bewijs dat je altijd bij me zult blijven.'

'Zeker wel', zei ik, maar mijn gedachten over het onderwerp leken in het geheel niet op die van milady. Ik was niet geïnteresseerd in de geschiktheid of wat dan ook van de jonge Seyd (die nog maar negentien bleek te zijn), noch in een van de andere mannen die om mijn hand hadden gevraagd. Wat mij betrof ging het leven gewoon door zoals het was, tot het einde van onze dagen.

De daaropvolgende keer dat Moestafa op bezoek kwam, werd het aanbod, net als alle andere, netjes en beleefd afgewezen.

ACHT

Het was Omar die het me vertelde. Ik was te onnozel om de tekenen bij mezelf te herkennen, al zou ik ze bij een andere vrouw onmiddellijk gezien hebben. Ik was al zo verbijsterd door mijn eigen lichaam, zo overweldigd door alle gevoelens, dat ik verdere veranderingen niet eens meer opmerkte. Het was inmiddels overdag erg warm; door de hitte had ik nauwelijks trek in eten en doordat ik niet at, kreeg ik hoofdpijn en werd ik duizelig en misselijk, vooral 's ochtends vroeg. Toen ik 's avonds laat een keer vol verlangen voor hem stond, blij omdat ik wist dat hij ook naar mij verlangde, zei Omar: 'Je krijgt een kind.'

Ik lachte zonder het te begrijpen, toen voelde ik verbazing opkomen; was dit wat hij wilde? Een kind bij me verwekken?

Hij stond op van de divan en liet zijn hand over mijn buik glijden. 'Je krijgt een kind', zei hij nogmaals.

Ik keek hem aan. Natuurlijk. Mijn knieën begaven het en hij ving me op toen ik in elkaar zakte.

Dit was het einde. Nu zat ik volkomen klem, als een domme gans die haar vrijer te ver had laten gaan in de steeg achter het grote huis waar ze werkt.

Ik draaide me snel om en gaf over in de kom die Omar altijd in zijn kamer heeft staan voor zijn rituele ochtendreiniging. Wat gaat er nu gebeuren? Wat staat me te wachten?

Toen voelde ik zijn warme handen op mijn rug en trok hij me naar zich toe. 'Wees maar niet bang, ik zal voor je zorgen. Ik zal voor jou en onze baby zorgen', fluisterde hij.

's Nachts lagen Omar en ik samen onze trouwplannen te bespreken.

'We kunnen het haar niet vertellen', zei ik.

'We moeten het haar vertellen', antwoordde hij.

'We kunnen het haar niet vertellen', zei hij.

'We moeten het haar vertellen', antwoordde ik. 'Als de tijd er rijp voor is.'

'Je bent al getrouwd', zei ik.

'Ik kan een tweede vrouw nemen. Dat mag.'

'Dan zullen we het eerst aan milady moeten vertellen.'

'We kunnen het haar niet vertellen.'

'We moeten het haar vertellen.'

'We zullen het haar vertellen. Als de tijd er rijp voor is.'

Maar natuurlijk was de tijd er nooit helemaal rijp voor. Morgen misschien, zeiden we. We zouden het juiste moment op de juiste dag kiezen.

En zo werd ons geheim met de dag ingewikkelder.

Ik was niet gewend te bedriegen en het ging me niet vlot af. Aan de andere kant zou de mogelijkheid dat Omar en ik iets anders konden zijn dan haar trouwe bedienden nooit bij milady opkomen, een mogelijkheid die tot dat moment ook bij mij nooit was opgekomen. En eerlijk gezegd bleven we ook haar trouwe bedienden; voor ons samen en voor ons allebei apart kwam zij op de eerste plaats. Er was niets veranderd, alles draaide om onze mevrouw. Er zou niets veranderen, er hoefde niets te veranderen. Dat praatte ik mezelf althans aan, dat praatten Omar en ik elkaar aan.

Ik was niet bang. Ik maakte me geen zorgen om de toekomst, noch om die van mij, noch om die van de baby. Ik vertrouwde Omar volkomen. Ik vertrouwde milady, zij was mijn baken, mijn mevrouw, ze zou me altijd steunen. We zouden heus wel een manier vinden om het haar te vertellen en als we dat deden, zou ze er even over nadenken, er vervolgens overheen stappen en simpelweg verdergaan met alles. Ze zou heus wel een manier vinden om ons erdoorheen te helpen; ons geluk zou ook haar gelukkig maken. We waren onze normale rol van lady, kamenier en trouwe dragoman allang ver ontstegen; dit was slechts een stap verder op onze reis.

Daarbij kwam dat het ook moeilijk te geloven was. Iedere dag moest ik mezelf in de arm knijpen: deze man houdt van mij. Deze man begeert mij. Ik draag de baby van deze man. Deze man heeft mij ten huwelijk gevraagd. Binnenkort zijn we getrouwd, binnenkort vormen we een gezin. Het viel allemaal zo ver buiten het gamma aan mogelijkheden voor een vrouw als ik, van mijn leeftijd, in mijn positie, dat het me volkomen onwerkelijk voorkwam. Heel concreet, maar tegelijkertijd volstrekt onwerkelijk. Het was opmerkelijk makkelijk om door te gaan met de dagelijkse dingen alsof er niets onverwachts, niets onbetamelijks was gebeurd. Ik bedroog milady, dat besefte ik heus wel, maar en passant bedroog ik ook mezelf.

Ergens eind april, toen ik op een ochtend de luiken van milady's slaapkamer openzette, zag ik een jonge Engelsman het voetpad naar het huis op lopen. Ik riep milady naar het raam. Precies op dat moment keek hij op en zag ons en we herkenden allebei haar neef. 'Arthur,' riep milady uit, 'Arthur Taylor.' Alsof ze nooit ziek was geweest, rende ze de trap af en de voordeur uit en begroette de jongeman alsof ze maandenlang ieder menselijk contact had moeten ontberen. Wederom werd ik eraan herinnerd hoe erg milady haar eigen gezin miste. Wederom werd ik eraan herinnerd hoe verdrietig en armoedig voor haar het leven buiten Engeland was, al hield ze zich voor de buitenwereld nog zo sterk en stortte ze zich met volle overgave op het dorpsleven.

Toen ik die avond de salon in gereedheid bracht voor het avondeten, kwam milady het vertrek binnen en zei: 'Meneer Taylor is teruggegaan naar zijn dahabiya om zich op te knappen voor het diner. Hij en ik gebruiken de maaltijd hier samen op Egyptische wijze.' Er klonk een harde ondertoon door in haar stem die ik maanden niet had gehoord, een toon die ze in Esher altijd aansloeg tegen bedienden op wie ze boos was.

Ik keek op. 'Vanzelfsprekend, lady Duff Gordon', zei ik. 'Ik zou het niet anders willen. Omar ...' Ik zweeg even en corrigeerde mezelf: 'Meneer Aboe Halaweh is bezig een overheerlijke maaltijd te bereiden.'

Toen glimlachte ze en ik zag dat ze opgelucht was. 'Dank je, Sally', zei ze.

Ik maakte een reverence. Ze lachte. Ik was enorm opgelucht.

Hoewel hij de nacht op zijn dahabiya doorbracht, was meneer Taylor het grootste deel van de dag bij milady, waardoor het huishouden weer volgens Engelse regels verliep; Omar en ik gebruikten de maaltijd in de keuken en milady rinkelde met een belletje als ze ons nodig had. Deze herinvoering van onze oude omgangsvormen deed aanvankelijk vreemd aan, maar uiteindelijk was dat ritme me vertrouwd, mijn tweede natuur, en bovendien hadden Omar en ik daardoor meer tijd voor onszelf. Meneer Taylor bracht een heleboel nieuwtjes en roddels uit Engeland mee en milady was dolgelukkig toen ze hoorde dat hij voor zijn vertrek, minder dan twee maanden geleden, al haar familieleden had opgezocht.

'En mijn kleine Rainey,' hoorde ik haar vragen, 'vertel me nog eens iets over haar. Hoe zag ze eruit? Wat zei ze? Vertel me alles.'

Meneer Taylor was onderweg naar het zuiden en stopte bij alle toeristische plaatsen langs de Nijl, ook al was het al laat in het seizoen. Het was maanden geleden dat milady en ik op reis waren geweest; iedereen hier in huis had tijdens de epidemie in het dorp gewerkt tot hij erbij neerviel. Maar er was al geruime tijd niemand aan de deur geweest voor een behandeling en er was nog langer al niemand in het dorp gestorven, dus toen meneer Taylor milady vertelde over zijn plannen om naar Edfu te reizen, vroeg ze of ze met hem mee mocht. Hij reisde in zijn eentje op een grote dahabiya met, afgezien van de bemanning, slechts één bediende, een Kopt, een voormalige kleermaker, die tamelijk nutteloos bleek te zijn en zelfs niet kon naaien. 'Tante Lucie,' zei hij, 'ik zou heel blij zijn met uw gezelschap.'

'Mooi!' antwoordde ze.

In het dorp heerste verwarring over de komst van meneer Taylor; roddels verspreidden zich snel in het warme Nijlklimaat. Moestafa Aga was ervan overtuigd dat milady's neef, die hij de zoon van milady's oom had horen noemen, eigenlijk de echtgenoot was die ze al jaren niet meer had gezien en die nu eindelijk zijn vrouw kwam terughalen. Milady vond dat heel grappig, omdat meneer Taylor nog maar amper vijfentwintig was, maar ze drukte dit gerucht snel de kop in. Moestafa Aga en sjeik Yoessoef verschenen op een middag samen aan de deur van het Franse Huis. Meneer Taylor was op excursie naar het Dal der Koningen en milady had besloten niet mee te gaan. De twee mannen hadden waarschijnlijk gewacht tot ze hem zagen vertrekken. Ik zag dat ze een dringende mededeling voor haar hadden.

Ik ging hun voor naar de salon. 'Sitti Duff Gordon', zei sjeik Yoessoef met een buiging. Hij bloosde en leek opeens nauwelijks uit zijn woorden te kunnen komen. Ik vroeg me af wat hij in hemelsnaam kwam zeggen.

Moestafa Aga kwam naar voren en schraapte zijn keel. 'Mevrouw,' zei hij, 'vergeef mij.'

'Wat is er, Moestafa?' vroeg milady.

'Een bootreis maken met een man die niet uw echtgenoot is,' antwoordde hij op verontschuldigende en tegelijk ernstige toon, 'zonder begeleider …'

'Ik begrijp het', zei milady. 'Maar hij is mijn neef, een jongeman die in hoog aanzien staat, Moestafa, en ik verzeker je …'

Omar kwam tussenbeide. 'Sta mij toe, milady.'

Ze trok haar wenkbrauwen op en knikte.

Hij wendde zich tot sjeik Yoessoef en Moestafa Aga, waarna zich een lang gesprek ontspon over fatsoen in dit soort situaties en over de manieren en gewoonten van de Engelsen. Omar ging zelfs zover de mannen mee te nemen naar de rivier voor een rondleiding op de boot, waar hij hun liet zien dat zijn hut tussen die van meneer Taylor en die van milady lag (en naast de mijne). Hij verzekerde hun dat milady geen kwaad zou overkomen en niet in verlegenheid zou worden gebracht, waarna ze gerustgesteld weggingen. Toen hij bij ons terugkwam, liet hij milady weten dat alles in orde was.

'Dank je, Omar,' zei ze, 'je hebt mijn reputatie gered.'

'Ze waren erg bezorgd, milady', antwoordde Omar. 'En ze wilden heel graag een kijkje nemen op die boot.'

Toen het aanstaande vertrek van milady uitlekte, ontstond er grote opschudding in het dorp. Milady en ik verzekerden iedereen dat we snel naar Luxor zouden terugkeren. Vrouwen wier kinderen we het leven hadden gered, brachten geschenken als brood en eieren naar de dahabiya voor onderweg en men bereidde ons een potsierlijk emotioneel en groots afscheid. Toen de boot wegvoer van de oever, vuurden de dorpelingen met hun wapens – jachtgeweren en karabijnen – in de lucht en Omar beantwoordde hun vuur met sir Alicks oude ruiterpistool, dat milady in Engeland had ingepakt en sinds-dien was vergeten. Milady en ik gaven allebei een gil, bukten en bedekten – te laat – onze oren.

'We zijn over twee weken terug', riep milady naar Moestafa Aga, die te midden van de menigte op zijn paard zat.

'Het zal niet meevallen hier zonder u', antwoordde Moesta-fa Aga.

Ik was blij met de verandering, blij om even weg te zijn uit Luxor en mezelf weer onder te dompelen in dat drijvende leven op de Nijl. Ik was al bijna vergeten hoe het voelde om weg te zijn van het land, weg van het huis en de bijbeho-rende verantwoordelijkheden, weg van het dorp en onze al-maar groeiende betrokkenheid bij het dorpsleven. Vanaf het moment dat we ons inscheepten, liep de temperatuur snel op en op de tweede dag van onze reis gaf de thermometer op onze dahabiya drieënveertig graden aan. Door de hitte werd de hele dag op zijn kop gezet; meneer Taylor en de meeste be-manningsleden sliepen de hele dag en de boot kwam 's nachts pas tot leven, als de temperatuur voldoende daalde om lome pogingen tot een gesprek te doen. *'Omar bereidt de maaltij-den amfibisch,'* schreef milady in een brief aan sir Alick, die ze hardop voorlas, *'hij gaat tussen elk maal in bad. De middagstilte en de witte schittering op het water van de Nijl, dat als vloeibaar tin langsstroomt, en de Nubische scheepjes die geluidloos en zon-der een rimpeling te veroorzaken, langsglijden, zijn prachtig en zeer indrukwekkend.'*

In Esna betraden we de tempel via een enorme, deels uit-gegraven zuilengang, waar een lemen trap omlaag leidde naar het duister. Toen mijn ogen eenmaal aan het donker gewend waren, ontwaarde ik enorme gebeeldhouwde en beschilderde zuilen aan weerszijden, hoewel het te donker was om echt details of kleur te zien. Terwijl Omar met milady onder aan de trap bleef zitten – de tempel was dompig en rook naar vocht, maar hij was heerlijk koel – liep ik de hele uitgegraven zuilengang af: drie rijen van zes zuilen, iedere zuil zo groot als een huis, althans, zo leek het me. Het dak van de zuilengang drukte van bovenaf op me neer, alsof het dreigde in te storten; aan het einde lag een grote berg zand en puin, die de toegang tot de eigenlijke tempel versperde. 'Hallo!' riep ik terwijl ik me omdraaide naar het licht bij de ingang. Mijn woorden klonken vlak en gedempt door het gewicht van al het omringende gesteente. 'Ahalan!' hoorde ik milady antwoorden en ik baande me een weg terug, opgelucht omdat ik naar het licht liep en blij omdat ik in mijn eentje de oude, nog begraven liggende ruïne in had gedurfd.

'Denkt u dat zoiets ook onder ons huis in Luxor ligt, milady?' vroeg ik.

'Ik weet het niet, Sally,' antwoordde milady, 'maar als het huis instort, zullen we daar wel achter komen.'

Nadat we milady hadden teruggebracht naar de boot, gingen Omar en ik het dorp in, dat net als Luxor een bouwvallige verzameling hutten was midden op het al even bouwvallige tempelterrein, om voorraden in te slaan voor onze reis – suiker, tabak, houtskool – maar we kwamen er snel achter dat je 's zomers zo diep in het zuiden geen leeftocht voor reizigers kon krijgen. We hadden inderdaad ook geen andere buitenlanders gezien tot nu toe. De dorpelingen bejegenden ons als trekvogels die in het verkeerde jaargetijde waren teruggekomen; ze keken mij met grote ogen aan en hun mond viel open van verbazing toen ze mijn Arabisch hoorden. Op de terugweg naar de dahabiya moesten we steeds bukken voor lange lappen blauwgeverfd linnen die te drogen hingen aan kriskras boven de straat gespannen lijnen. Inmiddels was het bijna tien uur in de ochtend en het leek alsof de temperatuur met iedere stap die we zetten een graad omhoogging.

Van Esna voeren we naar Edfoe, waar het dak van de grote

oude tempel vol stond met lemen hutten, waar mensen in woonden. Ik ging hardnekkig door met het bezoeken van bezienswaardigheden, al stelde ik het uit tot 's avonds, wanneer alleen Omar nog bereid was met me mee te gaan, meer uit goedheid dan om enige andere reden. Ik probeerde hem over te halen me alleen te laten gaan, maar daar wilde hij niets van horen. In de korte Egyptische schemering dwaalde ik door de tempel, terwijl hij zich op een gebroken zuil koelte zat toe te wuiven. Ik hoorde de vleermuizen tevoorschijn komen en ik hoorde Omar puffen in de hitte, twee geluiden die tezamen heel geruststellend waren.

In Assoean zagen we handelaars, die de andere kant op gingen met dierenvellen en Ethiopische slaven om langs de oevers van de Nijl te verkopen; ze brachten een vleugje Nubië mee, een Afrika waarnaar je in de rest van Egypte slechts kon gissen. Omar slaagde erin dingen met hen te ruilen tegen levensmiddelen. We passeerden een groepje jonge slavinnen, die op een klein vuurtje onder een palmboom maïskoeken zaten te bakken.

'Als je wilt,' zei Omar, 'kunnen we een van die meisjes kopen in ruil voor een paar zakdoeken of een brood.'

Ik schudde mijn hoofd. Ik dacht dat hij me plaagde.

'Dan hoef je helemaal niet meer te werken', zei hij.

'Wil je zeggen dat ik niet hard genoeg werk?'

'Nee', zei hij lachend. Als hij lachte, moest ik zelf ook lachen en daardoor gleed ik uit op het stenige voetpad. Omar pakte me bij de hand, zogenaamd om me te ondersteunen, maar hij zorgde er wel voor me los te laten voordat we in het zicht van onze dahabiya kwamen.

De volgende dag huurde Omar een stel ezels om ons groepje naar Philae te brengen, dat een klein eindje stroomopwaarts lag. We vertrokken 's nachts uit Assoean en kwamen tegen de ochtend bij de veerman; hij was bereid ons over te zetten en op de ezels te passen, terwijl wij de nacht doorbrachten op het eiland. We sloegen ons kamp op ín de tempel; toen we hier vorig jaar waren langsgekomen, waren we maar een paar uur gebleven. 'Dit is de plaats waar Isis het hart van Osiris, haar dode man, vond', legde milady aan mij uit, hoewel ik dat al wist. Osiris, de god van de onderwereld, was vermoord door zijn broer Seth, die de afgesneden lichaamsdelen over heel Egypte had verspreid. Isis zocht het hele land af naar zijn lichaam om het te kunnen 'helen' en gedenken. De plaats waar zijn hart rustte, was heel bijzonder, de eilandtempel van Philae, een van de meest serene van heel Egypte. Milady en ik besloten in de Osiriskamer te slapen, waar het zo donker was dat je het gevoel had dat het koel was, al was dat natuurlijk helemaal niet zo, en meneer Taylor en zijn Koptische kleermaker installeerden zich aan de voet van de grote tempelzuilen. Overdag deden milady en ik niet veel meer dan dutten in de schaduw en om de beurt een bad nemen in de Nijl onder een soort halfdichte luifel, die Omar en de bemanning – heel handig – voor ons hadden opgezet om ons te beschermen tegen mannelijke blikken. Meneer Taylor bracht het grootste deel van de dag in of bij het water door; milady trof hem 's middags slapend aan, zijn hoofd verankerd met een sjaal en een hoed, die hij had vastgeknoopt aan een daarvoor geschikt rotsblok, terwijl de rest van zijn lichaam in het water dreef. 's Nachts kwamen de sterren tevoorschijn en sisten en fluisterden de enorme basaltrotsen achter het eiland als ze afkoelden in de lichte bries. Maar in de Osiriskamer bleef het zo bloedheet dat milady en ik, nadat we een poosje hadden liggen woelen en draaien, ons uiteindelijk maar blootstelden aan de nacht en buiten tussen de tempelzuilen gingen liggen, waar we een beeldschoon uitzicht hadden op de sterren, die een bedrieglijk koel en waterig licht leken te werpen op de gracieus wiegende, hoge palmen aan de overkant van de rivier.

'Heb je ooit zoiets …?' zei milady, waarna haar stem weg-stierf.

'Nee,' antwoordde ik, 'en ik had ook niet gedacht dat ik ooit op zo'n plaats zou komen.' Na een poosje legde milady zich te ruste, maar ik bleef zitten met mijn armen om mijn knieën geslagen. Omar kwam aanlopen van de plek die hij had uitgekozen om te slapen en de wacht te houden, net bui-ten de Osiriskamer (hoewel hij zich niet had bewogen toen we naar buiten kwamen en over hem heen stapten) en samen keken we naar het ochtendgloren, een dieprode, steeds breder wordende, schuine strook aan de hemel. We zaten naast elkaar zonder elkaar aan te raken en zonder iets te zeggen, maar het was alsof we de hele nacht in elkaars armen lagen.

Nadat milady 's ochtends een bad had genomen in Omars provisorische badtent ging ze een kijkje nemen bij de zuilen-galerij. Ze ging op een rotsblok zitten kijken naar de voorste stroomversnelling en de onzichtbare verte daarachter: Nubië. Toen ik haar ging halen voor het ontbijt, zei ze: 'Later zul-len we nog weleens verder de Nijl op varen, Sally, een andere keer.'

Ondanks de schitterende nacht had ik een duf hoofd en begon ik me ziek te voelen. Toen we terugkwamen bij de tem-pel, waar Omar ons ontbijt aan het klaarmaken was, werd ik opeens zo vreselijk duizelig dat ik een schreeuw gaf. Omar rende naar me toe en toen werd alles donker.

Na een paar minuten kwam ik weer bij en bleek ik op een paar matten en kussens in de schaduw te liggen, terwijl de Koptische kleermaker me energiek koelte stond toe te wuiven. Omar hing met een kopje water over me heen. Milady zat in de buurt. In verlegenheid gebracht door alle aandacht waar-van ik het middelpunt was, probeerde ik overeind te komen, maar ik moest meteen weer gaan liggen.

'Het is de hitte', zei milady, 'en de vermoeidheid, doordat

we niet slapen, en de komkommer die we gisteravond hebben gegeten. Maak je maar geen zorgen, Omar.'

'Maar ze is nooit ziek', zei Omar. Ik hoorde aan zijn stem dat hij bezorgd was.

'Daar heb je gelijk in,' zei milady lachend, 'ik ben meestal de zieke. We zorgen wel dat Sally beter wordt, jij en ik, na alles wat ze voor mij heeft gedaan.'

'Hou op met praten alsof ik er niet bij ben', zei ik. 'Er is niks mis met mijn oren.' Mijn onmacht maakte me humeurig.

Ik dwong mezelf rechtop te zitten. Mijn hoofd deed pijn. 'Hou daarmee op', zei ik tegen de Kopt, die me als een bezetene koelte bleef toewuiven. 'Hou daar onmiddellijk mee op en ga weg.' Ik ging weer liggen, met mijn handen en voeten – wat was er met mijn schoenen gebeurd? – in schalen water, dat Omar uit de Nijl had gehaald, maar meteen daarop moest ik weer gaan zitten en mijn hoofd tussen mijn knieën stoppen. Omar maakte een hoop nodeloze drukte, waar milady en ik ons allebei aan ergerden. Ik was kregelig tegenover iedereen en mezelf en ik zag dat milady nijdig was omdat ze niet langer het middelpunt van de belangstelling was en dat ze nog nijdiger op zichzelf werd omdat ze dat gevoel had. Ik had natuurlijk bang moeten zijn dat ze zou raden dat ik in positie was, maar dat was niet zo. Ik ging er inmiddels geheel van uit dat ze me vertrouwde. Maar nu wist ik dat ik voorzichtiger moest zijn.

Nadat we 's avonds de Nijl weer waren overgestoken naar de plaats waar onze ezels wachtten, reden we in het donker terug naar Assoean. We waren allemaal blij weer aan boord van de dahabiya te zijn en maakten plannen om snel stroomafwaarts naar Luxor te varen.

Voorbij Assoean legden we vroeg in de avond aan, zodat milady een bad kon nemen in de rivier. Nadat Omar en de

Reis de tentzeilen hadden opgezet, liet milady zich met een zucht van verlichting in het water glijden. 'Kom ook lekker in het water, Sally', riep ze me toe, maar ik kon de energie niet opbrengen, ook al wist ik dat het water verkoeling zou brengen. Ik lag achter op de boot op een divan in de schaduw. Het was heerlijk rustig. Milady poedelde, Omar scharrelde rond, ik dommelde en de bemanning deed haar werk.

Toen betrapte Omar de Koptische kleermaker erop dat hij op zijn tenen naar milady stond te gluren door een kier in het tentzeil. Hij gaf een luide brul. *'Kelb!'* schreeuwde hij. *'Ya ibn kelb!* Hond! Hondenzoon!' En hij riep de Reis en zijn bemanning erbij om hem te helpen de man uit het water te trekken. 'Moet ik hem de keel afsnijden?' vroeg Omar. 'Hij heeft mijn edele dame bezoedeld met zijn varkensogen. Ik zal je eerst je keel afsnijden en je dan verdrinken!' schreeuwde hij.

De bemanning had de Kopt stevig te pakken en was hem al half aan het wurgen toen milady, die nog steeds naast de dahabiya in het water lag, haar stem verhief om te protesteren. 'Hij verdient niet te sterven voor zo'n …' ze aarzelde even, 'onbeduidende misstap.' Omar liet een luid protest horen, maar zij verhief opnieuw haar stem. 'Dit is welbeschouwd tamelijk onbelangrijk.' En tot mijn verbazing hoorde ik dat ze moeite moest doen om niet in lachen uit te barsten. Toen ik haar er later naar vroeg, zei ze: 'Zo brutaal, dat kleine kleermakertje. Wie had gedacht dat hij het in zich had om me zo te begluren?' Maar op het moment suprême liet ze de bemanning de kleermaker wegleiden. Omar hielp haar uit het water; zowel zijn waardigheid als de hare was hersteld. Ik liep met milady mee naar haar hut en we kletsten over onbenulligheden om het geschreeuw van de Kopt niet te hoeven horen toen die een aframmeling kreeg.

De rest van onze thuisreis verliep spoedig, we stopten alleen om levensmiddelen in te slaan. Omar moest de *nazir* van Edfoe omkopen om hem wat houtskool te verkopen, aangezien we al een paar dagen geen thee en geen eten hadden kunnen maken. Toen we terugkwamen in Luxor, werden we als verloren helden ingehaald. Moestafa Aga bracht een stapel brieven uit Engeland mee voor milady en twee voor mij van mijn zus Ellen. Sjeik Yoessoef was er en stond te stralen van plezier bij het weerzien met zijn vlijtige leerlinge, Mohammed had verse broden van nieuwe tarwe gebakken, de tuinman had het hele huis opgefleurd met bloemen en kleine Achmed, inmiddels helemaal hersteld van zijn ziekte, een kind van het dorp nu hij geen ouders meer had, rende als een wilde in het rond en greep steeds onze handen om ze met snelle kussen te bedekken. 'Het Franse Huis,' zei milady toen we bij de voordeur aankwamen, 'dit is nu ons huis. En wat een thuiskomst!'

In mei nam milady de beslissing om de hele zomer in Boven-Egypte te blijven. Dat was verreweg het handigst, zei ze. Moestafa Aga had haar verteld dat ze de eerste Frangi sinds mensenheugenis zou zijn die in de heetste tijd van het jaar in Luxor bleef; zelfs de meest toegewijde Egyptologen en avonturiers waren daartoe niet genegen. Milady vertelde dat later lachend aan mij door: 'Dan zijn we op onze manier toch nog pioniers. We blijven hier tot we smelten.' Sir Alick was van plan in november op bezoek te komen in Egypte. 'Ik zal hem meteen schrijven en hem vragen wat eerder te komen, dan gaan wij in de herfst naar Caïro en ontmoeten we hem daar', zei ze.

Ik was blij met het idee om in het zuiden te blijven. Milady's zwakke gezondheid was al meer dan twee maanden stabiel; de zon leek het genezingsproces echt te helpen. En het kwam mij goed uit om in Luxor te blijven, weggestopt in een vertrouwd hoekje. Nu meneer Taylor was vertrokken, hadden we onze ontspannen, ongedwongen omgangsvormen weer opgepakt. Ik bracht de dagen door aan milady's zijde en mijn nachten met Omar.

En nu dus de hitte. De hele maand mei werd het iedere dag een stukje warmer. In juni kregen onze dagen een plechtstatig stramien; Omar en ik deden ons best de noodzakelijke huishoudelijke taken bij het allereerste ochtendgloren af te hebben en hielden de rest van de dag onze bewegingen tot een minimum beperkt. Milady deed 's ochtends, 's middags en 's avonds zo weinig mogelijk. Omdat er een zekere voorbereiding nodig was om je in de brandende zon te wagen, ging ze algauw helemaal niet meer naar buiten. Inmiddels maakte ze zich, evenmin als ik, nog zorgen om haar teint. Op een middag zei milady zomaar uit het niets tegen me: 'Je ziet eruit alsof je in de walnotensap bent gevallen, lieverd, als een echte Arabier.' Ik moest lachen, maar toen viel mijn blik op mijn handen en ik dacht: ja, inderdaad, alsof ik helemaal met henna ben beschilderd. Eigenlijk was het te warm om te eten, maar Omar bleef een constante stroom heerlijke hapjes uit zijn keuken aanvoeren; hij zag het als zijn plicht ervoor te zorgen dat noch milady noch ik afviel door gebrek aan eetlust. Voordat de zon opkwam, sloten we alle luiken tegen de hitte, na zonsondergang openden we ze weer en gingen naar buiten; milady sliep op het balkon aan de voorkant, met uitzicht op de Nijl, en Omar en ik sliepen op het terras aan de achterkant. Overdag binnen in het donker, 's nachts buiten in het donker. We begonnen ons als nachtdieren te voelen, die zich schuilhielden voor het felle zonlicht, dat door het kleinste kiertje in de luiken naar binnen stroomde. Er konden geen kaarsen worden aangestoken, omdat die enorme zwermen gemeen stekende insecten aantrokken, en zelfs een enkel klein vlammetje voelde als een vuurzee. 'Wat ik vooral erg jammer vind, is dat er nooit genoeg licht is om te lezen', zei milady tegen me.

Deze omstandigheden waren op zich niet zo verschrikkelijk, want de hitte was zo ongemeen fel dat we capituleerden en ons overgaven aan de vreemd aandoende luxe van het nietsdoen. Maar toen begonnen de zandstormen, waarin hele dagen en soms meerdere dagen achtereen verloren gingen doordat de *samoem* de woestijn striemde en brede zandduinen opwierp in het dorp. Nu begreep ik hoe het kon dat zo veel tempels en monumenten er tot aan de nok in stonden; als ik in zo'n storm buiten had gezeten, zou ik ook als een eeuwenoud monument met zand bedekt zijn en misschien ergens in de verre toekomst opgegraven worden. De samoem bracht niets wat op een verkoelende bries leek, alleen stof en zand, dat door de luiken en onder de deuren door naar binnen sijpelde, en nog meer hitte; er waren dagen waarop alles wat we aten en dronken er vol mee zat. Ik vergat hoe het was om niet voortdurend zand in mijn mond, tussen mijn tanden en onder mijn tong te voelen.

De middag was het moeilijkst, als de hitte tot stilstand kwam en bleef hangen en de dag versjteerd dreigde te worden door verveling of iets wat daar akelig dicht bij in de buurt kwam. Dan verkasten milady en ik naar de keuken, waar Omar trouw doorging met zijn werk en onderwijl onze woordenschat overhoorde en onze uitspraak corrigeerde. Milady spelde woorden voor mij door met Omars houten lepel de letters in het tarwemeel te schrijven dat hij op de vloer had gemorst. 'Zeg me na', zei hij op zijn speciale doceertoon; als we de kracht ervoor hadden gehad, zouden we hem ermee geplaagd hebben, maar nu herhaalden we ieder woord plichtsgetrouw, milady op de divan tegen de muur en ik plat op mijn rug onder de werktafel. Het gebeurde weleens dat hij ons, met zijn rug naar ons toe, een vraag stelde en er als hij zich omkeerde voor het antwoord achter kwam dat we allebei sliepen. Milady probeerde brieven naar huis te schrijven zodra ze ergens een sprankje licht vond, maar zelfs voor de brieven aan haar geliefde echtgenoot, die ze normaliter in een uur of twee schreef, had ze een week nodig.

Inmiddels hadden we in huis ieder besef van zedigheid laten varen en trokken we alleen nog het minimaal vereiste aan, milady een lang, wijd hemd, ik mijn lichtste Egyptische broek en tuniek, en mijn haar in een staart, uit mijn gezicht. Alleen Omar deed nog echt een poging er fatsoenlijk uit te zien, maar zelfs hij deed het tijdelijk zonder sjerp en vest. Milady vroeg me haar haar nog korter te knippen dan het al was, waardoor het er heel mannelijk uitzag, met hier en daar grijze strepen. Mohammed en Achmed kwamen vroeg en deden hun werk zo snel mogelijk alvorens er weer vandoor te gaan. Het linnen van onze bezwete hemden en broeken werd dun doordat de wasvrouw de kleren constant moest wassen en spoelen.

Wat de huishouding aanging liet ik steeds meer aan Omar over, want hoewel de hitte voor iedereen moordend was, had hij er in ieder geval zo veel meer ervaring mee dat hij wist hoe hij er het beste mee om kon gaan. Ik hield hem nauwlettend in de gaten en imiteerde zijn bewegingen, die nog preciezer en minimaler waren dan voorheen. Ik liet de meeste taken nu deels aan hem over, vooral overdag, als buiten het zand in de rondte stoof; nu kwam alleen nog het intiemste werk met betrekking tot milady's toilet op mij neer, maar dan ook geheel op mij. Als milady rustte, trok ik me terug in mijn kamer om naaiwerk te doen (hoewel ik eigenlijk vooral sliep) en als Omar binnenkwam, ging hij aan mijn voeten op de grond liggen, om alleen nog op te staan om zijn bidmatje uit te rollen als de oproep tot het gebed klonk. Als ik hem bij het gebed gadesloeg, voelde ik een zuivere en complete rust.

De veepest bleef nog lang huishouden in Boven-Egypte, tot lang na het seizoen waarin de ziekte normaliter afnam; vrijwel al het vee in Luxor was nu besmet en dood of stervende, waardoor de mannen nu in de moordende hitte het werk van de dieren moesten doen: het waterrad ronddraaien, de ploeg over de akker trekken. Hoewel we de mensen die met de ziekte kampten, hadden kunnen helpen, waren milady en ik niet bij machte hulp te bieden bij het bestrijden van de ziekte bij de koeien. Omar bracht ons dagelijks verslag uit van de verliezen. Moestafa Aga had drieëndertig stuks vee verloren en had nog maar drie koeien over. Bij de zeldzame gelegenheden dat ik me buiten het Franse Huis waagde, zag ik hoe kleine groepjes vrouwen en jongens samen met de paar mannen die niet door de pasja waren weggehaald om aan zijn grootschalige projecten te werken, de dode dieren door het dorp en over de akkers sleepten naar de plek waar ze werden begraven. De dorpsoudsten, onder wie Moestafa Aga, hadden er de grootste moeite mee zich van de koeienlijken te ontdoen en namen hun toevlucht tot zowel verbranden als begraven. Als de wind draaide, was de stank verschrikkelijk.

De Nijl steeg, ze bleef maar stijgen en stijgen, ze zette het hele dal onder water en werd op sommige plaatsen zo breed en vlak als een meer; toch gaf de rivier in al haar pracht vooralsnog geen enkel blijk van de verwoestingen die ze zou aanrichten als het water dit jaar tot boven de verwachte hoogten steeg. Het enige wat we konden doen – en dat gold ook voor milady en mij – was afwachten.

Maar de zandstormen bleven niet constant woeden, er waren ook dagen waarop de hemel zo helderblauw was en de zon zo puur en sterk dat ik dacht dat ik van geluk in huilen zou uitbarsten, ondanks de hitte. Toen de wind naar het noorden draaide, werd het ietsje koeler. Op dat soort dagen gingen Omar en ik, zoals iedereen in Luxor, vroeg naar de markt; de stemming in het dorp was licht en opgewekt, iedereen groette elkaar en stond opgelucht te roddelen en te redetwisten. Door de veeziekte waren de prijzen van melk en vlees op de markt de pan uit gerezen, zodat Omar zijn kooktalent uitleefde op de verkrijgbare groenten en granen: abrikozenstoof met noten en rozijnen, fijngehakte komkommer en watermeloen met munt, alles op smaak gebracht met vers limoensap uit eigen tuin.

Zodra ze zich weer vrijelijk buitenshuis konden bewegen, keerden milady's vrienden terug naar de salon; Omar bracht met de thee de nargileh, de gemeenschappelijke waterpijp, waar milady inmiddels aan lurkte alsof ze haar hele leven niets anders had gedaan. Na het gesprek en de gedachtenwisselingen, waarbij het er iets minder fel aan toeging dan in het koelere jaargetijde, bleef sjeik Yoessoef achter om milady Arabische les te geven, maar zelfs sjeik Yoessoef, die normaal gesproken zo formeel en ingetogen was, beperkte bij binnenkomst zijn kleren tot een minimum en gaf liggend op het kleed les, waarbij hij soms in slaap viel.

En ik groeide. Niet dat ik dikker werd, dat bedoel ik niet. Naarmate de baby in mij groeide, groeide ik ook.

Het was makkelijk om de veranderingen aan mijn lichaam te verbergen; de eerste paar maanden was ik zelfs magerder geworden door de ziekte en de hitte. Toen ik eenmaal wat begon uit te dijen, hoefde ik alleen maar mijn Egyptische kleren wat losser te doen, die met het oog op de zedigheid tenslotte gemaakt zijn om de ware vorm van het lichaam te verhullen. Ik ben groot voor een vrouw, ik ben stevig gebouwd en kan wat extra gewicht makkelijk hebben. Op een middag zei milady tegen me: 'Je ziet er bijzonder goed uit, Sally, je huid, je figuur; kennelijk doet dit klimaat jou evenveel goed als mij.' Maar dat was de enige opmerking waaruit bleek dat ze merkte dat er iets anders aan me was, dat ik aan het veranderen was.

In juni voelde ik hem voor het eerst schoppen, als een klein uiltje in mijn buik, heel zacht, heel even. Omar lag met zijn hoofd tegen mijn buik gedrukt te fluisteren. 'Je moeder is heel mooi,' zei hij dan, 'ze draagt je als een koningin.'

'Als een farao', viel ik hem in de rede. 'Een vrouwelijke farao, als die tenminste ooit bestaan hebben.'

'Als een godin. Een eeuwenoude godin. En we zijn er alle twee absoluut van overtuigd dat je later als je groot bent een heel goede, sterke man zult zijn.' Ons gefluister ging tot laat in de avond door, tot we in elkaars armen rolden en opnieuw deden waarmee het allemaal was begonnen.

We genoten zo van elkaar. We beleefden zo'n intens en blijvend genot aan elkaars lichaam.

'We gaan het haar nu nog niet vertellen', fluisterde ik tegen Omar.

Hij streelde mijn haren.

'We kunnen het haar nu niet vertellen, met die hitte en de plannen die ze heeft voor sir Alicks bezoek in de herfst. Het gaat zo goed met haar, we moeten haar op geen enkele manier verontrusten.'

Hij gaf geen antwoord.

'We weten allebei ... we weten allebei hoeveel ze van kinderen houdt. Kijk maar hoe dol ze is op Achmed.' Ik aarzelde. 'Als het kind geboren wordt, komt het sowieso uit en dan vieren we feest. We gaan het haar nu nog niet vertellen', ging ik verder. 'Nee. We vertellen het haar later', zei ik.

Omar was in slaap gevallen.

NEGEN

Medio augustus hadden we onze buik vol van de zon. Het werd tijd om naar Caïro af te reizen. De tocht over de Nijl was zwaar, de hitte slopend, zelfs voor de Reis en de bemanning van de dahabiya die milady voor de reis had gehuurd. Het verblijf op het water had geen enkel verkoelend effect, de oppervlakte van de Nijl was als een enorme spiegel, waarin het zonlicht nog feller brandde. Dagen en nachten regen zich aaneen zonder dat we uitstapjes maakten; we bleven op het dek onder de luifel zitten en als we de energie konden opbrengen, praatten we over ijs en sneeuw en andere ijzingwekkende onderwerpen.

Hoewel milady in brieven aan sir Alick haar plannen uiteen had gezet, wachtte hij ons niet in Caïro op toen we daar eind september aankwamen.

'Hij is er niet, hè, Sally?' zei ze toen we ons in Boelak ontscheepten en niemand aantroffen om ons af te halen.

'Misschien heeft hij uw brieven niet op tijd gekregen om zijn plannen nog te veranderen, milady.'

Ze keek me rustig aan. 'Misschien, Sally, misschien', zei ze, maar ik kon zien wat ze echt dacht: *ik ben al zo lang bij hem weg dat het lijkt alsof ik al dood ben.* Ze vermande zich, knipperde met haar ogen en fronste haar voorhoofd, verder liet ze niets blijken van de gigantische teleurstelling die ze moest voelen.

En er was ook nog een sterfgeval: milady's vriend, meneer William Thayer, de Amerikaanse consul, die zo goed voor ons was geweest toen we in Alexandrië aankwamen, de man die Omar voor ons had gevonden. Dit was treurig nieuws voor milady. Omar vond snel een ander huis dat we konden huren – we zouden bij meneer Thayer hebben gelogeerd – maar na het stille en vredige Luxor vonden milady en ik Caïro een abrupte en niet geheel welkome verandering. Het huis, dat weliswaar koel en robuust was en een binnenplaats had met geurende sinaasappelbomen en een eigen waterbron, stond midden in het Frangi-kwartier, waardoor we steeds als milady en ik ons naar buiten waagden, werden bestookt door Franse, Italiaanse en Engelse stemmen, wat milady onaangenaam vond. 'Ik heb zo ver gereisd en ben inmiddels zo lang weg uit Europa dat het op mijn moslimzenuwen werkt als ik eraan word herinnerd', zei ze. We waren vergeten hoe het was om in een lawaaiige, drukke stad te wonen, en terwijl ik acclimatiseerde en begon te genieten van de bedrijvigheid en levendigheid van Caïro met zijn grote bazaars en moskeeën en overvolle straten, trok milady zich terug op haar divan, even gedeprimeerd als toen we net in Alexandrië waren en vonden dat we op een vreselijke plaats terecht waren gekomen.

De dag nadat we in het huis waren getrokken, klopte Omar op de deur van mijn kamer. Op de dahabiya hadden we minder privacy gehad dan in het Franse Huis, maar nu we ons hadden geïnstalleerd, waarbij de kamers met zorg waren uitgekozen, wist ik dat we snel weer 's nachts samen zouden zijn. Ik stond me aan te kleden en riep hem binnen te komen.

'Je hoeft niet te kloppen, hoor', zei ik lachend, maar ik zweeg toen ik zijn gezicht zag. 'Omar? Wat is er aan de hand?'

'Er is niets aan de hand, Sally', zei hij. 'Ik ga vandaag op bezoek bij mijn familie. Ik heb het er met sitti Duff Gordon over gehad en zij heeft me toestemming gegeven.'

'O, echt?'

Hij knikte. 'Ik ga na het ontbijt weg. Ik ben op tijd terug om het avondeten klaar te maken. Ik weet dat er een hoop werk te doen is in het huis, maar veel dingen kunnen best tot morgen wachten. Ik heb de lunch al klaarstaan, het enige wat je hoeft te doen, is hem opdienen ...'

Ik stak mijn hand op om hem tot zwijgen te brengen. We waren in Caïro, de stad van zijn familie, zijn ouders en vrouw en kind, Omars stad. Ik was er op de een of andere manier heel goed in geworden de waarheid te verdoezelen, de feiten te ontkennen, ook al drongen die zich zonneklaar aan me op. We waren in Caïro en Omar ging naar zijn vrouw en kind. Ik bleef achter bij milady. 'Het is goed', zei ik op opgewekte toon. 'Ik hoop dat alles goed gaat.' En toen was Omar weg.

Het was een lange, donkere dag voor me. Ik kreeg hoofdpijn en de duizeligheid en misselijkheid waar ik al een paar maanden geen last meer van had gehad, kwamen terug. Omars vrouw. De woorden herhaalden zich keer op keer in mijn hoofd: *Omars vrouw*. Heel even – een lang, beangstigend moment – opende zich een diepe kloof voor me: ik was een ongetrouwde vrouw, een oude vrijster, een kamenier, die door eigen toedoen in een positie van absolute onzekerheid was beland. Ik had niet erger gecompromitteerd kunnen zijn. Omar was reeds getrouwd, Omar was met een andere vrouw getrouwd en had een kind. Misschien moest ik het haar nu vertellen. Misschien moest ik lady Duff Gordon nu vertellen dat ik een kind verwachtte van Omar Aboe Halaweh. Ik zou het haar vandaag vertellen. Ik kalmeerde mezelf door steeds opnieuw te fluisteren: *Er is iemand die van me houdt, er is iemand die van me houdt, Omar houdt van me en milady zal me beschermen.*

Ik was in milady's kamer om haar te helpen zich aan te kleden voor het avondeten; we waren het erover eens dat in Caïro wellicht iets meer formaliteit gewenst was dan in Luxor, hoewel milady nog steeds weigerde haar Engelse kleren te dragen. Ik had mijn woorden zorgvuldig gekozen; ik zou beginnen haar eraan te herinneren hoelang we al samen waren. Ik zou haar, discreet uiteraard, herinneren aan mijn absolute trouw. En dan zou ik haar het heerlijke nieuws vertellen. En zij zou dolblij zijn.

Maar voordat ik iets kon zeggen, kwam Omar terug. We hoorden hem door het huis lopen. 'Dat zal onze Omar zijn, terug van zijn familie', zei milady. 'Weet je,' voegde ze eraan toe, 'ik ben zo gewend geraakt aan ons kleine groepje van drie, dat ik hem zowaar miste vandaag.' Ze lachte. 'Zo gek.'

'Ik ook, milady', was alles wat ik kon uitbrengen.

De rest van de dag meed ik Omar, wat in ons ruime huis in Caïro veel makkelijker was dan het in Luxor geweest zou zijn. Ik verontschuldigde me voor het avondeten door te zeggen dat mijn lunch verkeerd was gevallen en probeerde me ergens anders bezig te houden. Maar ik werd onweerstaanbaar naar de kamer getrokken waar ze samen zaten te eten. 'Wat klinkt ze lief, je kindje!' hoorde ik milady tegen Omar zeggen. En aan haar stem hoorde ik hoe ze naar haar eigen gezin smachtte.

Toen Omar die avond mijn kamer binnenkwam, deed ik tot mijn eigen verbijstering net alsof ik sliep. Maar toen ik voelde dat hij naast me kwam liggen, zo koel en fris ruikend, draaide ik me naar hem om. 'Ging het goed?' vroeg ik.

Hij zuchtte diep. Ook hij ging gebukt onder de omstandigheden. 'Ja. Het ging goed.' Voordat ik weer iets kon zeggen, legde hij zijn vinger op mijn lippen en kroop dicht tegen me aan om me te kussen.

Het was in Caïro al aanmerkelijk koeler, wat zowel een verademing als een teleurstelling was; de zomer haalde het reptiel in mij naar boven. Opeens was milady weer ziek, ze kreeg hoge koorts, hoestte slijm op en de pijn in haar zij werd met de dag heviger. Het was de hele lente en zomer zo goed met haar gegaan dat de ziekte een nare herinnering leek, die nu opeens als een kwelgeest weer terugkwam. Ik behandelde haar heel nauwkeurig met alle bekende middelen, maar zonder resultaat en het duurde dan ook niet lang of ze gaf ook weer bloed op. Ik controleerde milady's zakdoeken en liet de bloedige inhoud aan Omar zien, die zo verbleekte dat hij lichtgroen zag. Ik haalde het flesje laudanum uit het kistje van ingelegd hout en diende milady een dosis toe, wat ik afwisselde met een behandeling met de castorolie die Omar en ik hadden gemaakt tijdens de epidemie die eerder dat jaar in het dorp had gewoed. De laudanum werkte vrijwel meteen, waardoor ze een poosje wat makkelijker sliep, en terwijl ze sliep, schreef ik zelf een brief aan sir Duff Gordon, waarin ik mijn zorgen om milady's gezondheid uiteenzette: *Het klimaat in Caïro is niet goed voor haar, ze kan hier niet al te lang blijven, we zullen spoedig terug moeten naar Boven-Egypte, meneer.* Ik had op aandringen van milady al eerder aan sir Duff Gordon geschreven, in periodes waarin ze zelf te ziek was om te schrijven, maar dit was de eerste keer dat ik hem direct en met zo'n dringend verzoek schreef: *U moet naar Egypte komen als u haar nog wilt zien.* Ik hoopte dat hij de brief niet zou ontvangen, dat hij al uit Engeland was vertrokken en onderweg was.

Maar het wachten duurde voort. Omar vond vaker tijd om bij zijn ouders en zijn vrouw en kind te zijn, al ging hij alleen op dagen dat milady naar zijn idee stabiel genoeg was en soms ging hij een hele week niet. Dan deed ik mijn best me niet opgelucht te voelen. 'Ik zou graag eens bij je ouders op bezoek gaan en Mabroeka ontmoeten', zei milady en Omar beloofde het te regelen, maar deed niets om het bezoek te realiseren, wat voor mij ook weer een opluchting was. Milady moest haar krachten sparen voor als sir Alick arriveerde. Het was de allereerste keer dat haar ziekte me van pas kwam, me zelfs tot voordeel strekte.

Nu milady weer onwel was, was er voor Omar en mij veel werk aan de winkel. Naast de huishouding in Caïro moesten we voorraden inslaan voor de terugreis naar Luxor. Toen ik op een dag op de markt amandelen en dadels stond te kopen – Omar was even weggelopen om eieren te halen – en met de kraamhouder in het Arabisch, zoals mijn gewoonte was, overlegde over welke dadels het verst en het zoetst waren, merkte ik dat er twee vrouwen naar me stonden te staren.

'Kijk die daar eens', zei de jongste in het Engels. Ze droeg een hoed en een dikke jurk en ze transpireerde hevig, ook al was het die dag voor mijn gevoel een stuk koeler dan normaal. 'Wat een rare kleding.'

'Het zou bijna een Engelse kunnen zijn,' zei de oudste vrouw, 'aan haar gezicht te zien.'

'Maar ze heeft wel een erg donkere huid.'

'Ze kijkt naar ons.'

Ik draaide me snel om – mijn hart klopte in mijn keel – en ik spitste mijn oren om de vrouwen, die zachter waren gaan praten, te verstaan. Omar kwam naast me staan en verloste me van de zware tassen die ik droeg. De vrouwen bleven speculeren.

'Wat denk je, zou het een Europese vrouw zijn die met een inlander is getrouwd?'

'O, ik moet er niet aan denken om met een van hen te trouwen!'

'Walgelijk!'

'Ben je klaar?' vroeg Omar in het Arabisch.

'Aiwah – ja', antwoordde ik, terwijl ik mijn *tarhah* omhoogtrok om mijn haren te bedekken. En toen, luid in het Engels: 'Ik wil nog wat stof kopen, maar dat doen we wel een andere dag.' Ik gluurde achterom naar de vrouwen, die me sprakeloos nastaarden.

De dagen verstreken en milady's gezondheid ging gestaag vooruit, maar ze bleef somber. 'Ik heb evenveel heimwee naar Luxor als ik ooit naar Engeland heb gehad', zei ze. Dat verbaasde me en ik maakte eruit op dat milady zenuwachtig en bezorgd was over het aanstaande bezoek van sir Alick. Ze had een verbazingwekkende balans bereikt in Luxor, waar haar liefde voor het dorp en het land, haar belangstelling voor de mensen, en haar goede gezondheid in de droge lucht bijna opwogen tegen het gemis van haar familie: haar kinderen Maurice en Rainey, haar eigen moeder en haar dierbare echtgenoot. Maar hoe langer ze moest wachten op de komst van sir Alick, hoe meer ze haar koelbloedigheid verloor. Ik was bang dat zijn bezoek, waarnaar ze zo had uitgezien, even nadelig als voordelig zou uitpakken voor haar gezondheid.

Milady's moeder, mevrouw Austin, stuurde het bericht dat de uitgever het idee had overgenomen om milady's brieven naar Engeland in boekvorm te publiceren. Mevrouw Austin zou de brieven selecteren en redigeren en milady moest een voorwoord schrijven. Het boek zou volgend voorjaar uitkomen. 'Laten we een toost uitbrengen', zei milady nadat ze de brief had gelezen, hoewel ze in bed lag en ik me niet kon herinneren wanneer we voor het laatst alcohol hadden gedronken. 'Omar,' zei ze, 'ga thee voor ons zetten!'

Meneer Hekekyan Bey was een regelmatige gast in onze woning in Caïro. Hij kwam altijd met geschenken, soms een oude amulet voor milady of een gladde, blauwe scarabee voor mij, ongetwijfeld gestolen van de Oudheidkundige Dienst, kleinoden die hij ons gaf als hij met zijn rode fez op zijn hoofd ons huis binnenstoof. Hij was dol op Omars citroenkwast en dronk er een hele kan van als hij, zwaar transpirerend, bij milady zat. 'Wat hebt u nodig, lady Duff Gordon?' riep hij dan uit. 'Ik kan u alles bezorgen wat uw hartje begeert.'

'Een olifant', antwoordde milady een keer op een middag. 'Denk je ook niet, Sally, dat we eigenlijk een olifant nodig hebben?'

Meneer Hekekyan Bey lachte.

Ik knikte. 'Jazeker, milady.'

'Als we een olifant zouden hebben in Luxor, zouden we veel meer voor elkaar kunnen krijgen!'

Meneer Hekekyan Bey zette zijn fez af, veegde zijn voorhoofd droog en zette het hoofddeksel daarna weer op. 'Een Afrikaanse of een Indische?'

'Een Afrikaanse natuurlijk', zei milady.

'U plaagt me, lady Duff Gordon,' zei hij, 'maar ik zou u nooit teleurstellen.'

'Dat weet ik, Hekekyan', antwoordde ze.

Half november zou sir Alick eindelijk arriveren. Dat was de oorspronkelijke datum waarop hij en milady hadden afgesproken elkaar te ontmoeten, dus óf onze brief had hem niet bereikt, óf hij had zijn plannen niet kunnen veranderen. We moesten hem afhalen in de Boelak-haven. Voor het eerst in maanden vond milady het geen punt dat ik erop stond haar te helpen met aankleden. Ik had haar Engelse kleren uit de hutkoffer gehaald en was een paar dagen bezig geweest ze te verstellen en te luchten, maar uiteindelijk zei milady dat ze er niet aan moest denken om er ook maar iets van te dragen en ze koos een harembroek en een fris gewassen en gestreken tuniek van wit linnen.

Ik viste voor de gelegenheid mijn oude bruinkatoenen jurk uit mijn valies. Ik trok hem aan, maar kreeg tot mijn afgrijzen geen van de knopen meer dicht en geen van de linten meer gestrikt. In paniek haalde ik al mijn kleren uit mijn koffer en trachtte daar een fatsoenlijk, Europees aandoend kostuum van samen te stellen, wat slechts ten dele lukte.

In het huis in Caïro hing een spiegel in de hal bij de voordeur, die zowel milady als ik aldoor nauwlettend had vermeden; milady stond er nu voor en zei: 'Hij herkent me straks vast niet. Ik herken mezelf niet eens! Ik ben niet Engels en niet Arabisch, ik ben een soort tussenwezen geworden. Ik zie eruit als een soort manvrouw, vind je niet?' Milady lachte en ik probeerde haar tegen te spreken, maar het was waar; ze was mager en bruin, ze had kort grijs haar en leek in niets op de vrouw van wie haar echtgenoot afscheid had genomen in Marseille, de vrouw van het portret dat Henry Phillips meer dan tien jaar geleden had geschilderd.

'En moet je jou zien, Sally', zei ze. 'Jij bent dikker geworden! Omar kookt duidelijk te lekker voor jou.' Ze bleef lachen terwijl ze haar hoed opzette, maar ik had het gevoel alsof er zojuist iemand over mijn graf was gelopen. Ik kon er niets tegen doen of tegen inbrengen; dik was beter dan onteerd.

Omar vond het heel opwindend om Aboe Maurice te ontmoeten; om sir Alick te betitelen als milady's echtgenoot botste met zijn Egyptische fatsoensgevoel. Aboe Maurice, vader van Maurice, kwam milady ook goed uit. 'Ik heb je zijn foto zo vaak laten zien dat je zijn gezicht net zo goed kent als ik, dat weet ik zeker', zei ze tegen hem.

En daar kwam hij aanlopen, over de loopplank van het stoomschip: milady's geliefde Alick. Hij zag er nog net zo uit als altijd, lang en rijzig, met een bril op en het soort hoed dat de meeste Engelse reizigers naar Egypte droegen. 'Veel te warm', zei milady, waarna ze de hoed van zijn hoofd pakte en op haar eigen hoofd zette. 'En veel te ernstig', voegde ze er lachend aan toe. 'We zullen je wel een keer meenemen naar de bazaar en je opnieuw aankleden, als een Egyptenaar, hè,

Omar', zei ze over haar schouder terwijl ze haar man weg-leidde met haar arm door de zijne.

Maar ik had gezien hoe sir Alick even had geaarzeld toen hij zijn vrouw in de menigte zag staan, hoe hij had geaarzeld toen hij haar verschijning opnam. En daarbij had hij niet gelachen; er ging een moment voorbij, een moment zo lang als een hart-slag, een moment zo lang als het jaar en de maanden waarin hij zich had afgevraagd of hij zijn vrouw ooit zou weerzien, en nu stond ze hier voor hem en bleek ze volkomen veranderd. Toen haalde hij diep adem, spreidde zijn armen, liet haar zijn hoed afzetten en keek haar met een brede, warme, blije lach aan. En ik hoopte – tegen beter weten in misschien – dat alles goed zou komen voor milady, terwijl ik tegelijkertijd bang was dat dat misschien niet zou gebeuren.

Met de komst van sir Alick veranderde de gang van za-ken in het huis opnieuw; de broeierige, onduidelijke samen-zwering tussen lady, dienstmeid en huisknecht vervaagde, waardoor ook de ongedwongen omgang met elkaar verloren ging. Omar zorgde ervoor dat alles weer op zijn plaats viel: Aboe Maurice was nu de baas in huis en zijn wil was wet. We beleefden een gelukkige week. Milady wierp zich op als sir Alicks gids en liet hem de beroemde moskeeën van de stad en de grootse citadel op de heuvel zien, we reden op ezels de woestijn in en bezochten eindelijk de grote piramides in Gi-zeh, die me vervulden van verwondering en vreugde. Milady pronkte met haar kennis van het Arabisch en beval mij dat ook te doen. Omar stond iedere dag van 's ochtends vroeg tot 's avonds laat in de keuken zijn smaakvolste en heerlijkste ge-rechten klaar te maken. Sir Alick maakte smakkende geluiden met zijn lippen en at alles wat hem werd voorgezet; hij prees ons Arabisch en onze kennis van de islam en genoot van de wonderen van de stad.

Maar toen zakte op een avond in de loop van november de

temperatuur en ik hoorde milady tegen sir Alick zeggen dat het misschien tijd werd om naar Luxor door te reizen; er was zo veel dat ze hem wilde laten zien langs de Nijl, het Franse Huis – het Franse Huis! – hij zou Luxor geweldig vinden en de mensen van Luxor zouden hem verwelkomen als een van de hunnen en ...

Sir Alick viel zijn vrouw in de rede. 'Bij nader inzien denk ik niet dat ik met je mee reis naar Luxor, lieverd.'

Ik liep net door de gang en was al voorbij de kamer waar sir Alick en milady zaten te praten. Ik bleef staan.

'Janet heeft allerlei plannen op stapel staan; we zijn uitgenodigd voor een bezoek aan Suez, waar ze dat kanaal aan het aanleggen zijn, met een groep die door De Lesseps zelf wordt begeleid. En nadat we de aanleg hebben bekeken, gaan we op gazellejacht in de woestijn. Janet heeft het allemaal geregeld. We vertrekken over een paar dagen.'

Ik stond als aan de grond genageld.

Het duurde een paar tellen voordat milady iets zei en toen klonk haar stem zacht en schor. 'Ik ben te ziek voor een dergelijke expeditie.'

'O, nee, lieveling, we hadden ook helemaal niet verwacht dat je zou meegaan.'

Ik liep door, ik kon het niet meer aanhoren.

Omar had muntthee en zoetigheden op een dienblad gezet. Ik belette hem milady en sir Alick te storen. Na een minuut of tien bracht ik het blad zelf naar binnen. Sir Alick stond door het houten raamscherm naar buiten te kijken. Milady zat aan haar schrijftafel, ze hield een verfrommelde zakdoek in haar handen, maar zag er volstrekt kalm uit. 'Dank je, Sally', zei ze toen ik het blad neerzette. 'Ik bel wel als we iets nodig hebben.'

Twee dagen later arriveerde de familie Ross in Caïro, mejuffrouw Janet en haar man, meneer Ross, vergezeld door verschillende bedienden, onder wie mijn zus Ellen; ze hadden hun baby in Alexandrië gelaten bij het kindermeisje, wat ik erg jammer vond, omdat milady haar eerste kleinkind nog nooit had gezien. 'O, mama,' zei mejuffrouw Janet bij wijze van begroeting, 'wat hebt u met uw haar gedaan? En wat hebt u in hemelsnaam aan?' Ze slaakte een diepe zucht en wierp haar vader een blik toe, die scheen te zeggen: kijk nou, heb ik u niet gewaarschuwd?

Ellen en ik waren zo blij elkaar te zien dat we aan één stuk door bleven glimlachen en ieder moment te baat namen om weg te glippen van onze werkzaamheden en samen te gaan zitten praten. Ik voelde me ongemakkelijk, dat kon niet anders; mijn geheim lag constant op mijn lippen. Ik had het niet bezwaarlijk gevonden om sir Alick weer te zien, omdat ik wist dat hij me vriendelijk zou negeren, zoals hij me altijd vriendelijk had genegeerd. Maar met mijn zuster lag het anders, zij was iemand die echt naar me zou kijken.

Ellen zat vol roddels over de Engelsen met wie de familie Ross omging in Alexandrië en ze was ontzet door de staat van mijn garderobe, even afkeurend over mijn inheemse kledij als mejuffrouw Janet was over die van milady. 'Je ziet eruit of je meespeelt in een toneelstuk op het Londense West End', zei ze. 'En je bent een beetje … nou ja, een beetje dik geworden, Sally.' Ze lachte.

Ik bloosde. 'Ik heb mijn korset helaas in Luxor achtergelaten.'

Ellen sperde haar ogen open en boog haar hoofd. 'Ik ben zwaar gechoqueerd', zei ze. 'Hoe dan ook, je ziet er heel goed uit. Ik word ziek van dat Arabische eten. Jij hebt geluk. Maar luister, ik ga trouwen.'

'Je gaat wat?' gilde ik.

'Ssst,' lachte Ellen, 'een beetje zachter.'

'Met wie?'

'O, dat weet ik nog niet, maar ik heb wel al de beslissing genomen. De volgende keer dat we in Engeland zijn, ga ik een paar jongens op een rijtje zetten. Of ik pik een van de jongemannen in die Alexandrië aandoen.'

'Maar dan moet je je betrekking bij mevrouw Ross opgeven.'

'Dat weet ik. Maar ik wil niet de rest van mijn leven kamermeisje zijn, ik ben anders dan jij, Sally.'

Ik had het haar bijna verteld. Op dat moment had ik het haar bijna verteld, maar ze praatte verder.

'Ik wil op den duur een eigen huis. Ik vind wel een man met een goede betrekking bij een gegoede familie, of iemand die een vak beheerst, of een soldaat! En dan gaan we in Engeland wonen, dat is wat ik wil. Ik ben het leven hier zat. Ik heb een hekel aan Egypte. Het is hier zo smerig en heet en druk en lawaaiig. Heb jij er geen hekel aan, Sally?'

'Nee,' zei ik, 'nee, ik heb er helemaal geen hekel aan, Ellen.'

'Mis je Engeland dan niet? Mis je je uitstapjes naar Londen niet, naar de bezienswaardigheden? En in de winter een lekkere kop sterke chocolademelk bij het haardvuur terwijl buiten de regen klettert?'

'De winter', herhaalde ik, geamuseerd door mijn zusters onvermoede nostalgie. 'Nee, helemaal niet. Ik zou de rest van mijn leven best in Egypte willen blijven.'

'Lady Duff Gordon boft maar met jou, Sal, ik hoop dat ze dat beseft. Er zijn niet veel Engelse vrouwen bereid zich in het zand te laten begraven, zoals jij hebt gedaan, voor een mevrouw en haar gezondheid.'

'Ik vind het geen opgave', zei ik. En daar liet ik het bij, omdat ik me erg schuldig voelde over wat ik voor mijn zus verborgen hield. Heel even keken we elkaar fronsend aan, maar daarna kwam de lach bij ons beiden onstuitbaar terug.

De volgende dag vertrok het hele gezelschap van de familie Ross met sir Alick in hun kielzog.

Milady, Omar en ik bleven achter in Caïro. Milady had besloten hier te blijven wachten tot sir Alick terugkwam; ze zei niet waarom, maar ik wist dat het was omdat ze hoopte dat haar man, als hij eenmaal op jacht was geweest, van gedachten zou veranderen wat Luxor betreft, dat hij verliefd zou worden op Egypte en tot de slotsom zou komen dat hij echt meer van het land moest zien. De temperatuur bleef dalen en milady's gezondheid ging opnieuw achteruit. De dagen duurden eindeloos en het was geen prettige tijd; aan de ene kant misten we ons leven in Luxor, aan de andere kant hoopten we dat sir Alick eerder zou terugkomen. Milady stuurde Omar 's middags weg, zodat hij in het koffiehuis kon gaan zitten en zijn oude vrienden kon ontmoeten. En uiteraard om tijd met zijn familie door te brengen.

De dagen vielen me zwaar; milady was zo gedeprimeerd dat ze geen aangenaam gezelschap was, en erger nog, ze wilde ook niet dat iemand haar gezelschap hield, ze bleef liever in haar eentje zitten, wat hoogst ongebruikelijk, om niet te zeggen ongekend was. Omar was bij zijn vrienden, met wie hij ongetwijfeld politiek getinte gesprekken voerde in een koffiehuis vol mannen zoals hij, die allemaal bang waren te worden afgeluisterd door de verkeerde persoon, een rijksambtenaar of een politieman van de kedive, maar desondanks doorgingen hun diepste overtuigingen te verwoorden en bij te schaven.

En hij bezocht zijn familie uiteraard. Ik merkte dat ik de gedachte daaraan niet kon verdragen; het gaf me een te eenzaam gevoel. Ik dwong mezelf hem vragen te stellen als hij 's avonds thuiskwam: 'Wat voor mensen zijn je ouders, Omar? Vertel me over je moeder.' Ik wilde hem laten geloven dat ik kalm en evenwichtig was. Maar deze schijnvertoning ging niet zo ver dat ik in staat was hem vragen te stellen over zijn vrouw en kind.

'Ik zal je een keer meenemen om kennis met hen te maken,' zei hij, maar daarop boog hij snel zijn hoofd, zoals hij altijd deed als hij iets aanbood wat hij eigenlijk niet wilde, 'of milady nu wel of niet mee kan.'

Ik schudde mijn hoofd. Ik moest bij milady blijven als Omar weg was, ze mocht niet alleen gelaten worden en om eerlijk te zijn, vond ik het idee om zijn familie te ontmoeten doodeng. Wanneer hij bij hen was, werd ik bevangen door wanhoop en misère en maakte zich een vreselijk onheilspellend gevoel van me meester dat ik alleen met veel moeite kon verdringen. Als hij na zo'n dag naar mijn kamer kwam, waren we onhandig en saai en verlegen met elkaar. Uit angst voor wat ik misschien te horen zou krijgen, kon ik het niet opbrengen verdere vragen te stellen. Onze gesprekken stokten en haperden en we kwamen frontaal met elkaar in botsing, maar dan hielden we op met praten en zochten troost in iets anders. Misschien brandde onze hartstocht die nachten wel feller doordat onze begeerte was vermengd met mijn verwarring en vrees. In die weken in Caïro voelde mijn leven verkrampter en beperkter dan lang het geval was geweest.

En toen sir Alick inderdaad terugkwam, bleek dat hij zich tijdens de expeditie onwel had gevoeld. Hij zag er afgetobd en doodmoe uit, alsof hij een zware mars door de woestijn had gelopen met de contractarbeiders van de kedive in plaats van op stap te zijn geweest met een chic gezelschap. Milady en sir Alick zaten urenlang achter een gesloten deur met gedempte stem te praten en Omar en ik hadden geen idee waarover het ging; we werkten extra hard om het huishouden op rolletjes te laten lopen, een manier om onze zorgen te verdrijven. Ik merkte dat sir Alicks nieuwsgierigheid naar Egypte en het leven dat zijn vrouw hier leidde, was omgeslagen in afkeer.

Hij vond Omars eten vies, hij vond de bazaar geen pretje, hij klaagde dat hij wakker werd van de oproep tot gebed, hij beweerde dat Caïro een ongeriefelijke stad in verval was. 'Jazeker, dat is waar,' hoorde ik milady zeggen, 'maar dat is niet het belangrijkste.'

Een week later vertrok hij, terug naar Engeland. Toen ze afscheid namen, sprak niemand hardop uit wat iedereen onmiskenbaar dacht: dit zou weleens de laatste keer kunnen zijn dat man en vrouw elkaar zien. We wisten dat het heel lang zou duren voordat sir Alick het zich kon veroorloven de reis naar Egypte opnieuw te maken, mocht hij dat al willen. En wat haar twee jongste kinderen betrof, jonker Maurice en mejuffrouw Rainey, niemand durfde hen te noemen, niemand durfde te vragen of milady hen ooit nog hoopte te zien. De waarheid was dat milady misschien nooit meer gezond genoeg zou zijn om de reis naar Engeland te maken. Maar ze vertelde sir Alick dat ze van plan was volgend jaar zomer terug te komen en ze ging zelfs zover een soort familiereünie te plannen in een kuuroord. Ergens in Duitsland misschien? Ze namen op luchtige toon afscheid en draaiden zich om alsof ze elkaar over een paar dagen weer zouden zien, niet alsof dit wellicht het einde was van wat ooit, in betere tijden, een gelukkig huwelijk was.

Daarna wilde milady onmiddellijk terug naar Luxor. Het kostte Omar enige tijd om een boot te bemachtigen en toen dat eenmaal gelukt was, bleek de prijs een stuk hoger dan verwacht, maar we hadden geen keus. Het was koud, milady was terneergeslagen en we moesten weg. 'Naar huis', zei ze en ik hoorde hoe milady zichzelf ervan trachtte te overtuigen dat zo'n plaats voor haar nog bestond. We voeren zo snel als we konden en milady zei dat ze zich met iedere afgelegde mijl een klein beetje beter voelde. Het was alsof ze alles van zich af probeerde te werpen en naarmate we verder naar het zuiden voeren, weg van Caïro, alle verwachtingen wilde vergeten die ze van sir Alicks bezoek had gekoesterd.

DEEL TWEE

De dood

TIEN

We zaten 's avonds bij het open raam in mijn kamer in het
Franse Huis naar de zonsondergang boven de Nijl te kijken.
Het was januari – we waren nog maar een paar dagen terug
in Luxor – en omdat de nachten fris waren, had ik mijn dikke geborduurde sjaal om ons tweetjes heen geslagen. Hem zo
bij me te hebben was een allerheerlijkst gevoel; mijn lichaam
deed zeer, ik was moe, geschokt en verbijsterd, maar ik voelde
me tegelijkertijd warm, zacht en gelukkig, zo onuitsprekelijk
gelukkig. Mijn baby! Nog steeds raak ik vervuld van verbazing en verwondering door die twee woorden. Mijn baby in
mijn armen! Ik zeg het nog maar eens: niets zou meer voor me
kunnen betekenen dan dat. Mijn baby was mooi en gretig, hij
had kuiltjes in zijn handen, bruine ogen, zwart haar, een lichte
huid en ronde wangen. Hij was verschoond en ingebakerd en
liet zijn hand op mijn borst rusten bij het drinken. Hij sab-
belde aan me, zo klein, zo sterk. Onze kamer rook naar zoete
melk en slaap, er hing zo'n aparte, onbeschrijflijke geur: baby.
  Omar bracht een blad met eten binnen dat hij speciaal voor
mij had klaargemaakt, dingen die mijn weerstandsvermogen
zouden opbouwen, alles zacht en zuiver en schoon, geen al
te kruidige of scherpe dingen. Hij boog zich naar me toe om
een kus op mijn haar te drukken en toen ik zijn hand greep
en hem in de mijne hield, glimlachte hij. Sinds die nacht op

de Nijl waarin mijn baby was geboren, was ik me er pijnlijk van bewust dat ik moederloos was. Aangezien ik mijn moeder had verloren toen ik twaalf was, had ik geen idee hoe ik zelf moeder moest zijn. Maar Omar bewoog zich zoals altijd snel door de kamer, rap en nauwkeurig zorgde hij ervoor dat alles op zijn pootjes terechtkwam, heel geruststellend. 'De wasvrouw komt morgenochtend', zei hij, daarna ging hij Achmed halen om hem te helpen met de enorme berg wasgoed die de baby en ik geproduceerd hadden. 'Blijf zitten', zei hij toen hij terugkwam; hij wist dat ik me verplicht voelde te helpen nog voordat ik het zelf besefte. Niemand had ooit voor me gezorgd, ik was niet gewend dat er iets vóór me gedaan werd. Ze vulden de wasmand en Achmed sleepte hem weg. Omar kwam naast me zitten.

En toen hoorden we haar. Haar stem dwaalde als een vage schim door het huis. 'Omar? Omar!' Ik glimlachte. 'Zal ik niet even naar haar toe gaan? Dan neem ik de baby mee.'

'Blijf zitten', zei hij opnieuw. 'Alles is in orde.' Toen stond hij op en liep naar milady's vertrek. Ik liet me achteroverzakken in mijn kussen, trok mijn sjaal strakker om ons heen en keek naar mijn baby, de mooiste baby van Egypte, die op dat moment zijn ogen opende en ze weer sloot. We waren compleet in harmonie met elkaar.

Ik wist het nog niet, maar van die harmonie zou ik niet lang genieten, die harmonie was voor mij niet weggelegd. En als een donderslag bij heldere hemel kwam opeens de gedachte bij me op: *alles is in orde?* Waarom zou hij dat zeggen? Waarom moest hij dat zeggen? Alles ís toch in orde. Dat kan niet anders.

Ik was zo blij om terug te zijn in het Franse Huis, de heerlijke kamers, de mooie tuin, dat ik blind was voor alles wat er om me heen gebeurde. Op de eerste dag dat we thuis waren, had ik de baby in mijn kamer gelegd, zodat ik kon helpen uit-pakken. Een enorme horde dorpskinderen had de dahabiya bij het afmeren verwelkomd en rende nu door het dorp heen en weer van de boot naar het huis met al onze bagage. 'Eén kopje, één lepel tegelijk', zei Omar. Het was een fijn gevoel om weer rond te kunnen lopen, om weer aan het werk te zijn. Milady had een warm onthaal gekregen en was van de boot regelrecht naar het huis van Moestafa Aga gebracht, waar ze iets kon eten en drinken en op afstand gehouden kon wor-den van de chaos. Ik bracht milady's kamer voor haar op orde en zette al haar vertrouwde spulletjes neer, omdat ik wist hoe blij ze zou zijn als ze die om zich heen vond: haar haarbor-stel, haar handspiegel, de kohl waarmee ze soms voor de grap haar ogen omlijnde, haar schrijftafel, haar papieren, haar boe-ken. Kleine Achmed was dolblij dat we terug waren en glipte voortdurend mijn kamer binnen om naar de baby te kijken, waarna hij woest dansend de salon weer binnensprong. Heel Luxor wist al van de baby. Een van de dorpsvrouwen kwam aan de deur met een gevlochten mand, waar de baby in kon slapen, zei ze; hij was mooi versierd met witte katoen en kant. De vrouw keek hoe ik de slapende baby erin legde, daarna uit-te ze luidkeels haar verbazing over zijn lichte huid en zegende me voordat ze vertrok.

'Wacht maar tot milady hem ziet!' zei ik tegen Omar toen de dorpsvrouw weg was. 'Wacht maar tot ze dit Egyptische prinsje in zijn mand ziet!'

Omar gaf geen antwoord. Ik keek naar hem, maar hij wei-gerde me aan te kijken.

'Heb je de dorpelingen verteld dat het jouw kind is?'

'Dat hoef ik niemand te vertellen. Dat ligt voor de hand.'

Ik schrok van de vinnige toon die hij tegen me aansloeg. Maar ik schudde het gevoel zo snel als ik kon van me af met het argument dat ik sentimenteel was geworden doordat ik zo lang alleen met mijn baby was geweest. Omar had al die tijd zowel voor ons als voor milady gezorgd, daar zou hij wel moe van zijn.

Sinds de nacht waarin de baby ter wereld kwam, had ik milady niet meer gesproken en eerlijk gezegd had ik me daar geen zorgen om gemaakt. Ik had het druk met de baby en met slapen en eten en bovendien had Omar geweigerd me langer dan een paar minuten per dag van mijn bed op te laten staan zolang we op reis waren. Hij zorgde voor mij en de baby en voorzag in al onze behoeften én hij zorgde voor milady. Buiten de baby, de pijn en alle lichamelijke gewaarwordingen bestond er niets meer voor me. Ik had een makkelijke bevalling gehad – ik was bij genoeg zware bevallingen geweest om dat te weten – en had geen blijvend letsel opgelopen, maar alles deed me pijn en ik had het gevoel alsof ik een enorme beproeving had doorstaan. Maar nu was de baby er! Ik kon hem vasthouden, ik kon voor hem zorgen, verbaasd van hem staan, hem delen met mijn geliefde Omar. En dat deden we eindeloos op de dahabiya; we zaten dicht bij elkaar in mijn hut en lachten tegen onze baby en we bespraken hoe het leven zou zijn als we terug waren in Luxor, als we eenmaal getrouwd waren.

We kozen de naam Abdoelah voor ons kind, de naam van de vader van de profeet Mohammed. Abdoelah Aboe Halaweh. 'En dan ben jij nu Aboe Abdoelah Aboe Halaweh', zei ik lachend tegen Omar terwijl ik met mijn vinger in zijn borst prikte. Hij greep mijn hand, kuste me en trok me naar zich toe.

Al zolang als we terug waren in Luxor had ik milady niet gezien. Alle angsten en zorgen waar we het de afgelopen maanden over hadden gehad, vlogen me nu aan. Waar was ze? Waar was milady? Waarom hield Omar me tegen als ik Abdoelah naar haar toe wilde brengen? Waarom had ze me niet opgezocht? In de zelfgenoegzame wazigheid waarin ik aan boord

van de dahabiya verkeerde, had ik gedacht dat ik mijn werkzaamheden als dienstmeisje gewoon weer zou oppakken zodra
we terug waren in het Franse Huis. Sterker nog, ik had ernaar
uitgekeken om mijn dagen weer met milady door te brengen.
Ik had me voorgesteld hoe Abdoelahs mandje in haar kamer
op de grond zou staan en hoe milady af en toe zou opkijken
van haar schrijfwerk om op kirrende toon iets tegen hem te
zeggen, terwijl ik als het toppunt van moederlijke doelmatig-
heid druk in de weer was met het huishouden. Als hij wakker
werd en begon te huilen, zou milady hem oppakken, paardje
laten rijden op haar schoot en hem vervolgens naar mij toe
brengen. Baby Abdoelah zou een zeer gewenst, zeer aanbeden
lid van ons Luxorse gezelschap, onze Egyptische familie zijn.
Een jongetje nog wel.

Maar in het plaatje dat ik had gecreëerd, verschenen nu de
eerste barsten.

Abdoelah lag diep in slaap in mijn armen, de zon was onder-
gegaan en de sterrennacht viel. Ik legde hem in zijn mandje en
stak een lamp aan op de hoek van het tafeltje dat ik als schrijf-
bureau gebruikte. Ik had mijn zus in Alexandrië nog niet geschreven over de baby; ze wist niets van hem, ook al had ik
haar minder dan twee maanden geleden nog gezien. Ik zou
haar een brief schrijven en haar alles vertellen.

Ik kijk met een soort verbazing terug op ons verblijf in Ca-
iro die herfst. Ik was bijna negen maanden zwanger geweest
en niemand had iets gemerkt. Zelfs Ellen niet. Net als haar
mevrouw, mevrouw Ross, had zij geen goed woord over gehad voor de manier waarop milady en ik leefden, de manier
waarop we ons kleedden, het feit dat we plaatselijke gebruiken
hadden overgenomen, dat ik met Omar boodschappen deed
op de markt, dat we de maaltijden gezamenlijk gebruikten,
zittend op de grond rondom een zilveren schaal, en ze was

door haar afkeuring zo verblind geweest dat ze niet werkelijk had gezien hoe ik eraan toe was. Zelfs milady's nieuwe arts, dokter Patterson, die mij een paar dagen voordat Abdoelah werd geboren, in Caïro had gezien, had er geen flauw benul van gehad. Die was vooral bezig geweest met milady's gezondheid en het bijvullen van onze medicijnkist, en terecht.

Ik begon mijn brief met: *Lieve Ellen, Ik moet je iets vertellen ...* maar toen stopte ik. *Alles gaat goed?* Waarom was milady mij en de baby niet komen opzoeken? Ik kende haar maar al te goed; ze zou ons waarschijnlijk dolgraag willen zien, ze zou sterven van nieuwsgierigheid, ze zou alles willen weten. Sinds die avond op de Nijl waren er meer dan twee weken voorbijgegaan, bijna drie. Plotseling was mijn onzekerheid uitgegroeid tot ongemak, even snel opgevlamd als jaloezie. Nadat ik had gekeken of Abdoelah nog lekker sliep, verliet ik mijn kamer.

Omar kwam al aanlopen door de gang; hij droeg een kaars, die flakkerde in de tocht. Door de vele vensters zonder glas en deuropeningen zonder deuren was het een tochtig huis en op winderige avonden lukte het ons niet de lampen brandende te houden.

'Is milady nog wakker?' Ik sprak met zachte stem, al wist ik dat het nog niet laat was. 'Ik bedacht opeens dat ik misschien wel even een praatje met haar kon maken.'

'Nee', was Omars korte antwoord. Hij zei het op vermoeide toon.

'Hoe bedoel je, nee?' vroeg ik. Aangezien ik nog steeds moe was van de bevalling en de reis, was ik prikkelbaar en snel geïrriteerd en ik vond dat ik alle recht had mijn zin door te drijven.

'Milady heeft gezegd ...' hij aarzelde en ik voelde mijn hart ineenkrimpen, alsof het al wist wat er aan de hand was lang voordat de rest van mij het wist. 'Milady heeft gevraagd ...'

Hij weifelde opnieuw, zocht naar woorden. 'Ze heeft mij instructies gegeven voor het huishouden.'

Ik begreep het niet.

'Ik heb nu de leiding over het huishouden.'

Ik deed een stap naar achteren. Het was mijn huishouden. Zelfs in Egypte, waar we vaak op onbekend terrein waren, was het mijn huishouden. Ik was lady Duff Gordons dienstmeisje, dus was ik er bij gebrek aan een Engelse huishoudster verantwoordelijk voor dat het huishouden op rolletjes liep. Ik had hier de leiding, ik hoefde aan niemand verantwoording af te leggen, alleen aan milady.

Maar alles was uiteraard veranderd. Omar was de vader van mijn kind. We hadden trouwplannen. Hij zou mijn echtgenoot worden en daarmee zeggenschap over mij krijgen. Maar het was mijn huishouden. Hij was een Egyptenaar. Ik was Engels.

'Hoe bedoel je?' Ik wilde me niet zo voelen.

Omar zuchtte, alsof hij zich bezwaard voelde door zijn nieuwe rol.

'Milady heeft gezegd …' Hij zweeg opnieuw en draaide zich om naar de kaars, die een beetje roette.

'Wat heeft ze gezegd?' vroeg ik scherper dan ik bedoeld had.

'Je moet in je kamer blijven met Abdoelah. Dat is wat ze heeft gezegd.'

'Maar ik voel me alweer redelijk goed en hersteld. Dat kan ik haar dan toch zelf vertellen.'

'Sally', zei Omar terwijl hij mijn hand pakte, me omdraaide en me terugleidde naar mijn kamer. 'Luister naar me.'

Ik vond het maar niks dat hij zo ernstig keek.

Hij hield zijn stem gedempt. 'Milady wil jou noch het kind zien.'

Ik was te verbijsterd door zijn woorden om antwoord te geven. Milady wil mij noch mijn kind zien. Milady weigert me te zien. Ik ben jarenlang niet van haar zijde geweken, maar nu weigert milady me te ontvangen.

'Ze wil niet … ze vindt dat …' Hij begon te hakkelen en zweeg.

Ik hapte luidkeels naar adem toen ik zag dat hij huilde.

'Ze houdt jou volledig verantwoordelijk.' Hij slikte moeizaam en dwong zichzelf te spreken. 'Ze weigert naar me te luisteren. Ze staat niet toe dat ik voor jou opkom. Ze zegt dat je mij hebt bezoedeld, dat je mij op het slechte pad hebt gebracht.'

Ik zag dat Omar nu ook boos was.

'Ik heb haar gezegd dat ik een man ben en dat ik wist wat ik deed en dat ik alle verantwoordelijkheid op me neem. Dat we samen plannen hebben gemaakt. Dat we gaan trouwen. Maar ze weigert naar me te luisteren, Sally, ze staat niet toe dat ik het voor je opneem, ze heeft vreselijke dingen gezegd, ze heeft vreselijke dingen tegen me gezegd over jou.'

'Ze wil me niet zien?'

'Nee.'

Ik snapte het nog steeds niet. Misschien moesten we Engels praten. Of spraken we al Engels? 'Als we getrouwd zijn …'

Hij schudde zijn hoofd. 'Dat zal niets uitmaken. Ze blijft bij haar standpunt.'

En mocht ik denken dat dit het ergste was wat hij me kon vertellen, dan had ik het mis.

Ik dacht: milady is in de war, dat moet haast wel. Ze zit zo vol boosheid, verdriet en angst door het verlies van haar eigen gezin dat ze niet kan accepteren dat ik op dat vlak gelukkig ben. Maar ze draait wel bij, ze kalmeert wel en dan zal ze beseffen dat het om mij gaat, haar trouwe bediende, haar toegewijde kamermeisje, Sally Naldrett, haar eigen Sally, ze zal heus wel tot zichzelf komen, haar goede, eerlijke, sterke zelf, en dan zal ze zich realiseren om wie het eigenlijk gaat. En zodra ze Abdoelah ziet, zal ze stapelgek op hem zijn. Iedereen is stapelgek op hem. Dat kan toch niet anders? Zodra ze de baby ziet, zal ze weten dat ze moet doen wat juist is. Dat is wat ik dacht. Wat ik steeds bleef denken.

'Ze wil dat je weggaat uit het Franse Huis.'

'Weggaat?'

'Niet nu meteen, daarvoor is het nog te vroeg, de baby is nog te klein. Maar ze wil je niet zien en over twee of drie maanden, als jullie allebei sterk en gezond zijn, moeten jullie weg, heeft ze gezegd. Abdoelah moet naar mijn vrouw Mabroeka in Caïro en jij moet terug naar Engeland.'

Op dat moment stortte mijn leven in. Met haar woorden, die door mijn geliefde aan mij werden overgebracht, werd ik te gronde gericht.

ELF

Ik had nooit gedacht dat ik zo gelukkig kon zijn. Ik had nooit gedacht dat ik zo bang kon zijn voor wat de toekomst zou brengen. Van die twee gevoelens tegelijkertijd werd ik dood-moe.

Die nacht op de boot had milady ons geholpen Abdoelah ter wereld te brengen en daarbij was ze even bedaard, kundig en ongehaast te werk gegaan als een echte vroedvrouw. Toen ze in mijn hut verscheen, vergat ik heel even de pijn en ik schaamde me dat milady me zo zag: naakt, schreeuwend, mijn nachthemd omhooggeschoven tot om mijn schouders, maar ze knipperde niet één keer met haar ogen, ze aarzelde geen seconde, waardoor ik een opluchting voelde die bijna even sterk was als de golvende pijn in mijn lichaam. Alles komt goed, dacht ik, milady is hier, milady heeft voor bijna alles een oplossing.

Het was Kerstavond, een donkere, maanloze nacht op een lang, saai stuk van de rivier, waar niemand woonde. Ik had de hele dag een vreemd gevoel gehad, ongedurig bijna, zwaar, rusteloos en prikkelbaar. Ik had natuurlijk geen idee wat er te gebeuren stond, daarvoor was ik te dom, te sloom van welbe-hagen, alsof ik voor eeuwig zwanger en daarmee gelukkig zou blijven. En dat gold ook voor Omar, ondanks het feit dat we erop waren voorbereid dat het op de dahabiya kon gebeuren;

we hadden geheime voorraden aangelegd, we waren er klaar voor, als goede vroedvrouwen, en ik had Omar geïnstrueerd in alles wat ik wist over weeën en bevallen. Toen het vroeg in de avond begon, hield ik het voor me, ik liep heen en weer op de boot en stortte me op ieder soort werk dat ik maar kon bedenken, tot alle leidingen en fittingen op de dahabiya glansden. Ik hielp milady met haar nachttoilet en begon daarna weer te ijsberen, tot Omar kwam vragen waarom ik niet naar bed kwam. Het was al laat en milady lag al een paar uur in bed. Ze sliep heel diep in deze periode, zowel overdag als 's nachts, omdat haar longen als lood aanvoelden en ze weer voortdurend pijn in haar zij had.

Toen werd het nog een graadje erger, de pijn, hij overviel me zoals een zware storm een schip op zee overvalt. We waren in mijn hut en ik probeerde stil te zijn, ik deed erg mijn best om me te beheersen, om te voorkomen dat ik het zou uitschreeuwen als de pijn van de weeën door me heen golfde. Maar na een paar lange uren – ik heb geen idee hoelang – kon ik me niet meer inhouden en kwam, zoals bij alle vrouwen op dat moment, het rauwe, redeloze dier in mij naar boven. Ik weet dat ik een afschuwelijk kabaal heb gemaakt. En dat Omar bang was. Hij heeft het nooit met zoveel woorden toegegeven, maar ik weet dat het zo was, omdat hij – al was ik me er op dat moment niet van bewust – milady ging halen.

Het zal even geduurd hebben voordat ze goed wakker was. Zelfs als ze mijn geschreeuw gedempt en ergens ver weg zou hebben gehoord, sliep ze zo diep dat het geluid niet helemaal tot haar zal zijn doorgedrongen. Ze zal zich hebben omgedraaid in haar bed – wat was dat, een dier op de oever? – en weer in slaap zijn gevallen. Maar het duurde niet lang of ze ging rechtop zitten: wat is er aan de hand? En toen, precies op dat moment, begon Omar te roepen: 'Milady! Milady! En hij bonsde met zijn vuisten op de deur van haar hut. Ze stapte uit bed, sloeg een sjaal om haar schouders, opende de deur en zag een verontruste en trillende Omar staan. 'Sitti Duff Gordon! Kom! Sally heeft u nodig! Kom mee!'

Milady rende achter Omar aan de smalle gang door en toen betraden ze mijn hut, Omar als eerste en achter hem milady, bang voor wat ze zou zien.

Wat ze zag, was niet waar ze bang voor was geweest, maar iets heel anders. Dat weet ik inmiddels. Iets veel ergers.

Ze zag mij in barensnood. Haar dienstmeisje, Sally Naldrett, een ongehuwde vrouw van minstens dertig, zat ineengedoken op bed te schreeuwen, buiten zinnen van pijn en concentratie, de lakens en haar nachtpon besmeurd met bloed.

'Help me, milady', zei Omar nu op fermere toon, omdat hij wist dat hij sterk moest zijn voor mij. 'Help me mijn kind ter wereld te brengen.'

En zo kwam milady erachter dat ik zwanger was. Zo kwam milady erachter hoe het zat met Omar en mij.

De rest van onze reis verliep niet zo prettig. De dagen gingen voorbij als een lang, traag konvooi van dahabiya's, die een voor een stilletjes voorbijvoeren. Het was winter, maar omdat de middagzon nog steeds aangenaam warm was, bleef milady 's middags meestal op dek zitten kijken hoe Egypte aan haar voorbijgleed. De fellahin werkten op de akkers en boden hun producten te koop aan in de dorpen. De negentiende eeuw was ten einde en het leek alsof er niets was veranderd. Maar in werkelijkheid gingen de veranderingen snel, op het land, voor de mensen en op onze dahabiya. Niets bleef hetzelfde.

Naderhand vertelde Omar me dat hij zich de ochtend na de geboorte van ons kind had verontschuldigd, omdat hij pas vrij laat vers water en een schone kom naar milady's hut had gebracht. 'Het spijt me, milady,' had hij gezegd, 'toen ik er eenmaal zeker van was dat het goed ging met Sally en de baby, ben ik in slaap gevallen. Ik heb veel langer geslapen dan ik wilde.'

'Dat geeft niet, Omar', had milady gezegd; ze had zich voor het eerst sinds onheuglijke tijd zelf aangekleed en haar toilet gemaakt zonder mijn hulp. Toen hij me dit vertelde, voelde ik me beschaamd en verdrietig. 'Ik kan veel zelf, hoor', had ze eraan toegevoegd.

'Natuurlijk, milady.'

'Ik wil mijn ontbijt graag aan dek.'

'Jawel, milady.'

'Een van die eieren die we een paar dagen geleden op de kop hebben getikt.' Ze wuifde met haar hand om aan te geven dat hij kon gaan, maar dat gebaar kende hij niet, vertelde hij me later. 'Zo', zei hij terwijl hij zijn hand sloom liet wapperen, en ik moest bijna lachen om zijn gekrenkte blik. Hij bleef gewoon staan wachten, zei hij. 'Dat is alles, Omar,' zei milady, 'dank je.'

Hij probeerde het later die dag nog eens. 'Hij is volmaakt', zei hij toen hij milady hielp haar nachttoilet te maken, wat hem niet makkelijk afging, omdat het de eerste keer was dat hij deze taak uitvoerde.

'Wie?' vroeg milady.

'De baby', zei Omar, waarbij hij in mijn verbeelding zo lief glimlachte dat milady onwillekeurig ook moest glimlachen.

Maar ze stopte de lach snel weg. 'O, ja,' zei ze, 'het kind.'

'Zal ik hem bij u brengen?'

Milady schraapte haar keel. 'Nee. Dank je, Omar, liever niet. Ik wil niet dat je hem bij me brengt.'

Omar stond perplex. 'Sally moet rusten. Ik kan haar werkzaamheden voor haar doen, dat vind ik niet erg. Ik ben meer dan ...'

'Ik ben ervan overtuigd dat je zowel Sally's werk als je eigen werk kunt doen, Omar. Dat is niet wat ik bedoel. Ik wil de baby niet zien.'

Omar bleef haar zwijgend aankijken.

'Is dat duidelijk?'

'Jawel, milady.'

'Dank je, Omar. Welterusten.'

Het was Eerste Kerstdag. Het was Omar ontschoten, wat niet hoefde te verbazen, en mij was het uiteraard ook ontschoten. Geen van ons beiden had eraan gedacht het op de een of andere manier te vieren en milady zei er geen woord over tegen Omar. Ze moet uitgeput zijn geweest na al die uren 's nachts bij ons. Als ze al had willen huilen, zal ze er te moe voor zijn geweest en bovendien lag dat niet in haar aard. Ik denk dat ze zich tamelijk ziek voelde; ze was al een tijd niet in orde en nu kwam deze schokkende gebeurtenis er ook nog bij. Dat ze mij zo moest aantreffen: op Kerstavond op een boot op de Nijl, midden in een pijnlijke bevalling, dat schokte haar, maar dat was nog niet het ergste. Ze had wel eerder vrouwen zien bevallen, ze had zelf kinderen gebaard, dus ze wist wat het was: een schokkende, niet te overziene, gevaarlijke warboel van hoop en pijn. Maar dat ze van niets had geweten, dat het haar niet was verteld, dat ze was voorgelogen door mij, Sally Naldrett, haar trouwe dienstmeid, dat was te erg. De onwetendheid, dat kon ze niet dulden. Ik denk dat dat haar nog het meest kwetste. Hoe had ik, haar onafscheidelijke metgezel in de afgelopen jaren, haar toegewijde dienstbode, die al meer dan tien jaar bij haar was, hoe had ik haar vertrouwen zo kunnen beschamen? Hoe was het mogelijk dat ze het niet had geweten, niet had gezien? Ik denk dat dit, misschien meer nog dan het bedrog, haar zelfrespect ondermijnde. Hoe was het mogelijk dat ze niet had gezien wat ik in mijn schild voerde? Hoe was het mogelijk dat ik het haar niet had verteld? Alles, de hele affaire, zoals zij het zou noemen, vond pal onder haar neus plaats en ze had er helemaal niets van gemerkt. Dat was te erg. Zij was altijd degene tot wie mensen zich wendden als ze in moeilijkheden zaten, bedienden, vrienden, familie, iedereen. Thuis in The Gordon Arms was milady altijd degene geweest die geacht werd te hulp te schieten en de problemen van bedienden op te lossen, of dat nu persoonlijke, financiële of andersoortige problemen waren. Dat meisje Laura, dat jonge ding dat zich in Esher in de nesten had gewerkt vlak voordat we naar Egypte vertrokken … ik had zelf tegen haar gezegd dat ze milady om hulp moest vragen en dat had ze gedaan. En milady had haar geholpen. Milady had een betrekking voor haar gevonden bij een gezin in Esher, een bescheiden huis, dat moet gezegd, een nederige bedoening, waar ze de enige bediende zou zijn, maar ze hadden erin toegestemd haar in huis te nemen, mét haar kind. Dat jonge meisje had zich tot milady gewend om hulp en milady had die graag gegeven. In Luxor kwamen de dorpelingen naar haar toe als ze raad en bijstand nodig hadden, ze kwamen bij haar met hun zieke kinderen, hun geschillen, hun beslommeringen. Mensen wendden zich tot milady om hulp, ze vertelden haar alles, al hun zorgen, al hun narigheid. Ze vroegen haar om raad, ze vroegen haar om bijstand, ze vroegen haar vaker wel dan niet om in te grijpen in hun leven. Ze logen niet tegen haar, ze deden niet al het mogelijke om de waarheid te verbergen. Ze zetten geen complot op touw om een hele zwangerschap te verbergen!

En toen ze me zo aantrof, bezig een kind te baren, tja, toen kon ze niets anders doen dan haar mouwen opstropen en haar dragoman helpen zijn kind ter wereld te brengen. Ze hield mijn hand vast en stelde me op bedaarde toon gerust, ze zei dat ik moest schreeuwen, dat ik de pijn eruit moest schreeuwen. Ze maakte de Reis wakker en zette de bemanning aan het werk; gekookt water brengen, schone kleren, iets warms te drinken, schone lakens, een scherp mes dat in het vuur gesteriliseerd was. Ze was niet verbaasd dat ik bij het baren even flink en stoïcijns was als in de rest van mijn leven; dat zei ze tegen me, dat zijn in feite de laatste woorden die ik me herinner van het moment waarop de weeën het hevigst waren. 'Het verbaast me niets, Sally Naldrett, dat je hiertoe in staat bent.' En toen de baby zich eindelijk ter wereld had geworsteld, legde milady hem in mijn armen en verklaarde dat hij gezond en compleet was.

'Het verbaast me niets, Sally Naldrett, dat je hiertoe in staat bent.' Destijds hoorde ik maar één betekenis. Nu hoor ik een andere.

Het was te erg; het was zo erg dat je niet van haar kon verwachten dat ze deze plotselinge wending zou verdragen, dat ze hier zomaar overheen zou stappen, zoals ze bij andere dingen deed: haar jarenlange ziekte, een hardnekkige ziekte die ze niet kon afschudden of negeren, en de daaropvolgende ballingschap – een vrijwillige ballingschap weliswaar, maar wel het enige alternatief voor de dood – ver weg van Engeland en allen die haar dierbaar waren, haar vrienden, haar kinderen, haar echtgenoot, haar moeder. Op onze reizen had ik soms gefantaseerd dat we een bende dieven waren, milady, Omar en ik. Dat we dieven van de tijd waren, dat we een eigen wereld en nieuwe levens voor onszelf schiepen in Luxor, op de Nijl, in Egypte. Wij drieën. Maar ik had dat allemaal aan scherven geslagen, ik had milady's gemoedsrust verstoord. Het was altijd een illusie geweest en hiermee had ik dat onherroepelijk aangetoond.

Nadat milady zich er die nacht van had overtuigd dat moeder en kind het goed maakten, was ze teruggegaan naar haar hut. Ze trok haar bebloede kleren uit en waste mijn bloed van haar handen, armen en gezicht. Ze deed dat zonder mij, zonder de hulp van haar toegewijde kamermeisje. Daarna ging ze naar bed, uitgeput. Maar ik denk dat ze niet kon slapen.

De tijd met sir Alick in Caïro was geen succes geweest. Ze had zo naar zijn bezoek verlangd, ze had zo veel plannen en hoop en ideeën gehad, we hadden er eindeloos over gepraat. De dingen die ze hem zou laten zien, de gesprekken die ze zouden voeren! Hij zou Egypte net zo geweldig vinden als zij en Luxor nog geweldiger, daar was ze van overtuigd. Weer met hem samen te zijn, haar echtgenoot, de man met wie ze op haar achttiende was getrouwd en van wie ze sindsdien altijd was blijven houden, al die jaren, al die gelukkige jaren. Maar het bezoek werd een fiasco. Sir Alick vond Egypte helemaal niet geweldig en Luxor nog minder; hij ging niet eens met milady mee naar Luxor toen ze hem dat vroeg. En toen werd ze weer ziek, natuurlijk werd ze weer ziek, ze kreeg het steeds benauwder, de pijn in haar zij voelde als lekkende vlammen, had ze me verteld; het jarenlange hoesten en bloedspuwen had alles vergald. Sir Alicks bezoek was een mislukking geweest, een jammerlijke mislukking, en hun afscheid in Boelak een triest einde van een ellendige tijd. Milady dacht aan haar zoon Maurice, die al bijna een man was, en haar kleine Rainey van vijf, bijna zes, thuis in Engeland, zonder hun moeder, zonder het vooruitzicht hun moeder ooit nog te zien, en dat maakte haar diepbedroefd. Toen sir Alick eenmaal was vertrokken, keerde ze zich van me af en ik zag dat ze zich geslachtofferd voelde, levend begraven. Daar zat ze, helemaal alleen in Egypte, zonder haar kinderen, zonder haar man, zonder haar familie; mejuffrouw Janet woonde in Alexandrië, maar eerlijk gezegd had milady's dochter net zo goed in Engeland kunnen wonen, zo groot was de afstand tussen hen.

En misschien was er toen – ik weet het niet, ik kon niet in haar hoofd kijken, ook al had ik ooit het gevoel gehad dat ik dat wel kon, dagelijks, alle uren van de dag – een gedachte bij milady opgekomen die ze nooit eerder had gehad, een gedachte die haar even diep schokte als de geboorte van mijn baby: misschien had ze beter in Engeland kunnen blijven om te sterven te midden van haar geliefden dan hierheen te komen en haar laatste jaren in Egypte te slijten. Ze had misschien beter dood kunnen gaan. En die gedachte was zo pijnlijk dat die haar laatste beetje gemoedsrust om zeep hielp en het beeld verwoestte dat milady voor zichzelf en de wereld had geschapen, het beeld van haar heerlijke, harmonische, huiselijke leven in Egypte. Die gedachte en de baby.

En wiens schuld was dat, vroeg milady zich af, ook al was het geen echte vraag omdat ze het antwoord al wist: het was mijn schuld, de schuld van Sally Naldrett. Ik.

Ik vraag me weleens af of het anders zou zijn gelopen als we haar meteen aan het begin over het kind zouden hebben verteld. Misschien zou ze dan de tijd hebben gehad om te wennen aan het idee, om een manier te vinden om zich te verzoenen met de situatie. Als Omar en ik onmiddellijk waren getrouwd en ons geheim niet voor onszelf hadden gehouden, had de ramp wellicht kunnen worden afgewend en had milady kunnen delen in onze blijde verwachtingen. Wellicht dat ze dan zou zijn bijgedraaid en deel had kunnen uitmaken van onze samenspanning, in plaats van het gevoel te hebben dat er tégen haar werd samengespannen. Abdoelahs geboorte kwam op het slechtst denkbare moment, een eenzame kerstloze Kerstavond op de Nijl een paar dagen nadat milady afscheid had genomen van sir Alick. Inmiddels lijkt het me echter waarschijnlijker dat milady precies zo gereageerd zou hebben, ongeacht het moment waarop ze de waarheid over mij, over ons, zou hebben ontdekt. Als we het haar in het voorjaar meteen hadden verteld, zou onze tijd samen misschien nog wel wreder verbroken zijn en zou Omar er misschien niet eens bij zijn geweest op het moment dat zijn kind werd geboren. Dat was de reden waarom we nooit een manier hadden gevonden om het haar te vertellen, omdat we diep in ons hart wel wisten dat het risico heel groot was. Daarom bedrogen we haar en nu moesten we – moest ik – daarvan de gevolgen dragen.

Het deel van de reis na de geboorte van de baby verliep langzaam. Toen we bij Assioet de onzichtbare grens tussen Beneden- en Opper-Egypte waren gepasseerd, liet de wind ons vrijwel geheel in de steek. In mijn hut kwamen Abdoelah en ik tot rust, alsof de wind zowel ons als de dahabiya uit de zeilen was genomen. Op een middag zag de bemanning zich gedwongen af te stappen en de boot met een touw langs de oever te trekken. Ik hoorde hun geschreeuw en de strenge bevelen die de Reis gaf vanaf zijn plaats op het dek. De baby sliep, dus ik besloot even naar boven te gaan om de benen te strekken en een kijkje te nemen. Ik kwam op het achterdek uit en zag milady op het voordek zitten in haar stoel onder de luifel, en naast haar de Reis. Omar was bij zijn potten en pannen in de kombuis.

Ik stond naar de mannen te kijken en benijdde hen om hun sterke armen en benen; de zon was heerlijk warm, zoals altijd, en verzachtte de pijn in mijn lichaam. Ik zou zo dadelijk met milady gaan praten, maar op dit moment voelde het heerlijk om gewoon even in de zon te staan. Toen ik omlaagstaarde naar het stille, groene water van de Nijl, werd mijn aandacht opeens getrokken door iets in het water. Midscheeps naast de romp was iets komen bovendrijven. Heel even dacht ik dat het een krokodil was.

Het was een vrouw. Een dode vrouw. Zilveren armbanden glinsterden om haar verstijfde armen, die opgeheven waren alsof ze zich wilde verdedigen. Haar knieën waren eveneens opgetrokken en ze was naakt, haar borsten dreven op het water, onder haar jonge gezicht. *'Beni Adam!'* schreeuwden de mannen, die haar maar een fractie van een seconde later dan ik zagen drijven. De Reis zei onmiddellijk een gebed. 'Moge God haar genadig zijn.'

'Wat is er in hemelsnaam …?' hoorde ik milady uitroepen. 'Is ze dood?' Maar natuurlijk was ze dood, dat kon je zo zien.

'Hoogstwaarschijnlijk vermoord', antwoordde de Reis. 'Ze heeft haar armbanden nog om, dus ze is niet beroofd. Laten we bidden voor haar vader.'

'Arm kind', zei milady, waardoor ik wel naar haar toe wilde rennen. 'Waarom heeft iemand haar willen vermoorden?'

Een van de bemanningsleden deed een poging de vrouw met een stok weg te duwen van de dahabiya; het lichaam draaide rond in het water en maakte een afschuwelijk zuigend geluid. Ik werd licht in het hoofd. Ik was blij dat niemand me had gezien. Ik stond op het punt terug te gaan naar mijn hut om te rusten, maar voordat ik kon weglopen, hoorde ik de Reis zeggen: 'We zijn in de Saïd, Opper-Egypte, sitti. De vrouw heeft waarschijnlijk overspel gepleegd en daarmee haar vader zwartgemaakt, zijn eer bezoedeld, daarom moest hij haar wel wurgen. Arme man.'

'Een overspelige', zei milady. 'Juist.'

Ik hoorde een vreemde klank in milady's stem en dacht: die vrouw in het water, dat ben ik.

Onwillekeurig slaakte ik een kreet. 'Milady', zei ik en ik begon naar haar toe te lopen. Op dat moment kwam Omar uit de kombuis en sneed me de pas af. Hij legde een sjaal om mijn schouders en ik viel tegen hem aan, terwijl hij zachtjes tegen me praatte en me terugleidde naar mijn hut, weg van mijn mevrouw, al besefte ik dat toen nog niet.

's Nachts was ik rusteloos, ik kon niet slapen, ik zag steeds de dode vrouw in het water voor me en hoorde telkens opnieuw dat woord: overspelige. Ik was een overspelige. Omar had al een vrouw en kind, een feit waar ik zomaar overheen was gestapt. We waren weliswaar van plan te trouwen – volgens de Egyptische wet mocht dat zonder dat Omar van zijn eerste vrouw hoefde te scheiden – maar voorlopig was ik een overspelige. Zou mijn straf even wreed uitpakken als die van de vrouw die we hadden zien drijven?

'Zorg dat ze uit mijn buurt blijft, Omar.'

In Luxor vertelde Omar me op een nacht over het gesprek dat die avond op onze dahabiya had plaatsgevonden tussen milady en hem.

'Pardon, milady?' Omar was haar hut aan het schoonmaken, een van de vele taken die voorheen aan mij toevielen.

'Zorg dat ze bij me wegblijft. Ik wil haar niet zien.'

'Maar milady ...'

'Spreek me niet tegen!'

Omar deed een stap achteruit en rechtte zijn rug. Ze had nog nooit op een dergelijke toon tegen hem gesproken.

'Ik wil haar niet zien.'

'Jawel, milady.'

'Dank je.'

Omar knikte.

'Dat is alles.' Opnieuw dat vreemde gebaar dat hij kon gaan.

Omar boog en verliet de hut.

'We zijn van plan te trouwen.'

Een paar dagen later had hij het gewaagd onze zaak te bepleiten, vertelde Omar me.

'Je bent al getrouwd!'

'Volgens de Egyptische wet mag ik meer dan één vrouw nemen, milady.'

'Je trouwt niet met haar. Wat moet er van Mabroeka worden?'

'Ik kan mijn echtelijke plichten ook met twee vrouwen vervullen, dat is niet moeilijk voor mij.' Omars stem bleef zacht, terwijl milady steeds harder ging praten.

'Ze is als mijn bediende naar Egypte gekomen; ik ben degene die haar lot bepaalt. Ze is bij mij in dienst.'

'Ik wil met haar trouwen, milady.'

'Omar, ze heeft je erin geluisd. Ze is sluw en slim, ze heeft misbruik gemaakt van jouw … jouw goedheid. Jij weet niets van Europese vrouwen. Ik geef geen toestemming.'

Omar luisterde haar met gebogen hoofd aan, alsof hij haar zou gehoorzamen. Maar na een kort moment keek hij op. 'Ik trouw met haar', zei hij. 'Ik ben de vader, het is mijn kind.' Toen verliet hij snel het vertrek.

Ik twijfel er niet aan dat Omars verzet milady woedend maakte. Niemand van haar personeel had haar ooit zo getrotseerd. De eerstvolgende keer dat hij het waagde ons huwelijk te berde te brengen, liet milady alle schijn van kalmte varen en begon tegen hem te tieren. 'Ze heeft je erin geluisd, Omar! En ze heeft mij er ook in geluisd. Haar bedrog mag niet ongestraft blijven. Ze moet hier weg. Ze kan niet langer bij ons in het Franse Huis blijven. Het Franse Huis, waar ik zo gelukkig ben geweest. Het Franse Huis, waar ik mijn verwoeste leven tot een rustig einde zal brengen. Ik heb al een plan gemaakt', zei ze. 'Ik heb Janet geschreven. Ik zal Sally's overtocht betalen. Ja. Ik stuur haar weg. Ik stuur Sally Naldrett terug naar Engeland.'

En Omar? Wat zei hij? Hij zei niets. Maar hij zon op een manier om milady op andere gedachten te brengen. 'Ik vind wel een manier om je in Egypte te houden', zei hij terwijl hij me in het Franse Huis in zijn armen hield, nadat hij me had verteld dat milady vastbesloten was me weg te sturen.

TWAALF

Ik zat lange uren alleen met Abdoelah op mijn kamer te pie-keren. Lange uren, waarin ik rusteloos heen en weer liep of verdronk in wanhoop. Voor Omar probeerde ik me groot te houden, maar het viel me moeilijk. Om eerlijk te zijn voel-de ik me weer net zo als toen ik twaalf was, toen mijn ouders net overleden waren, alsof ik opnieuw in de steek was gelaten. Abdoelahs warme lijfje, zijn honger en zijn behoeften zorg-den voor afleiding en Omar kwam 's avonds laat naar me toe. Maar het draaide er altijd op uit dat ik naar informatie zat te vissen, dat ik wilde dat hij zou zeggen dat het allemaal goed zou komen, dat ik hem bijna dwong om eens en voor altijd te zeggen: 'Luister, alles is in orde.' Maar dat deed hij niet. Dat kon hij niet. En na een uur of twee met mij en Abdoelah liet hij merken dat mijn vragen hem ergerden en sloop hij weg, terug naar milady.

In mijn verbeelding zag ik haar aan de andere kant van het Franse Huis. Omar had me verteld dat het niet goed met haar ging, hoewel haar gezondheid in feite sterk verbeterd was in vergelijking met hoe die vlak voor Kerstmis was geweest op de dahabiya. 'Het gaat niet goed met haar', zei hij, waaruit ik begreep dat ze een beetje gek was geworden, net als ik; ik scheen niet te kunnen ophouden dingen te delen met milady.

Ik kon een heel duidelijk beeld van haar oproepen, liggend op haar divan naast haar schrijftafel. Haar papieren liggen wanordelijk door elkaar en ze heeft inkt gemorst op het stapeltje blanco schrijfpapier. Ze kan met niets of niemand opschieten; ze maakt geen enkele vordering met het voorwoord voor haar brievenboek, dat over enkele weken zal worden uitgegeven, hoewel ze zo spoedig mogelijk iets naar haar moeder moet opsturen. Ze heeft hoofdpijn en pijn in haar zij, maar het ergste is dat ze nijdig is, heel nijdig. De luiken staan open; ze wil ze dicht. Het vuur in haar kamer moet worden opgerakeld. Ze heeft honger en dorst, ze heeft het koud, ze voelt zich niet lekker. Niets is zoals het zou moeten zijn in het Franse Huis en in heel Egypte.

'Ze noemt je "die ellendige meid met haar jankende baby"', vertelde Omar me. '"Omar!"' bootst hij haar na. '"Omar!" roept ze, "kom hier." En ik ga naar haar toe. Natuurlijk ga ik naar haar toe, ik ben trouw. Maar dan vraag ik haar wanneer we mogen trouwen.'

Het verbaasde milady dat Omar zo koppig was, zo vastbesloten op het punt van ons huwelijk. 'Waarom?' vroeg ze hem. 'Waarom volhard je in deze dwaasheid? Je zet alles op het spel waarvoor je hebt gewerkt. Je kunt niet trouwen zonder mijn toestemming. En die geef ik niet.'

'Ze wordt mijn vrouw. Abdoelah is mijn kind', antwoordde Omar.

'Je hebt haar een belofte gedaan', zei milady, 'en het is beneden je waardigheid om die te breken. Je bent bang gezichtsverlies te lijden. Dat heeft Sally slim aangepakt', zei ze. 'Ze heeft je in de tang, dat weten we allebei. Dit is ze van meet af aan van plan geweest.'

Omar vertelde me dat hij hierop geen antwoord had gegeven. Ze had het over zijn waardigheid, maar het was beneden zijn waardigheid om met zijn mevrouw te redetwisten. Ze kon hem bestoken met woorden, maar hij zou niet buigen. Ik hield nog meer van hem toen ik daar de waarheid van inzag. Het kwam niet bij me op dat hij een huwelijk met mij op de een of andere manier misschien nuttig vond, een deel van zijn toekomstplannen, een aanvulling op de lange lijst vaardigheden en verworvenheden in zijn leven.

Ik durfde nergens op te hopen. Ik was niet zo opgevoed dat ik durfde te hopen op iets wat verder ging dan mijn levenslot. Als ik Abdoelah niet had gehad, zou ik misschien knorrig, stug en chagrijnig zijn geworden, maar hij beurde me telkens weer op, iedere dag opnieuw. Ik had nooit gedacht dat ik ooit een kind zou krijgen; zelfs toen ik zwanger was, had ik niet begrepen wat het voor me zou betekenen om een kind te hebben. Ik hield van Omar met een onverwachte hartstocht, die een wereld voor me opende, maar mijn liefde voor Abdoelah was groter, feller, volmaakter dan de wereld zelf ooit zou kunnen zijn. Lady Duff Gordons verordening – dat ik Abdoelah moest overdragen aan Omars eerste vrouw en zelf terug moest naar Engeland – was als de doodstraf voor mij.

En toen kwam Omar eind januari op een dag mijn kamer binnen en zei: 'Sally, lieveling', en mijn hart maakte een sprongetje. 'Morgen. Morgen gaan we trouwen!' Na zijn woorden zwierde ik met Abdoelah de kamer rond; we deden samen een dansje voordat ik hem aan zijn vader gaf en we met ons drieën nog een rondje deden. Eindelijk getrouwd: een kleine overwinning. Misschien was dit een aanzet tot het vinden van een manier om mijn lot, zoals bepaald door milady, af te wenden.

Op de dag zelf waren er geen musici en er werd niet gezongen, er was geen optocht door het dorp, er waren geen zussen en nichten die mijn handen en voeten met henna beschilderden of me hielpen mijn sluier vast te houden. Sjeik Yoessoef leidde de plechtigheid in de voorkamer van het Franse Huis met lady Duff Gordon als onwillige getuige. Ik droeg een rode sjaal, die ik over mijn hoofd had gedrapeerd, zoals ik had gezien op de boerenbruiloften die milady en ik samen hadden bijgewoond. Na afloop diende Omar zelf de maaltijd op; in een hoek van de salon had hij een stapel kussens neergelegd voor de baby en mij; sjeik Yoessoef en milady zaten aan de andere kant van het vertrek te discussiëren.

Sjeik Yoessoef was, hoewel onveranderlijk beleefd, duidelijk verbaasd over het gebrek aan enig ceremonieel. 'Waarom is er verder niemand uitgenodigd?' vroeg hij milady, waarna hij naar mij glimlachte. Ik durfde uiteraard mijn mond niet open te doen.

'Dit was wat ze wilden,' antwoordde milady, 'gezien de onzalige komst van het kind vóór de trouwdag.'

Het verbijsterde me dat ze met zo'n gemak loog. Sjeik Yoessoef begreep de hint en stelde verder geen vragen. Ik bleef stilletjes zitten en milady deed haar best niet naar me te kijken terwijl ze dorpszaken besprak met de jonge sjeik.

Later die dag kwam Moestafa Aga met zijn geschenk, een geslacht lam, geprepareerd, gebraden en prachtig opgemaakt, maar tegen die tijd had ik me al met de baby teruggetrokken in mijn kamer, en Omar serveerde milady en haar vriend thee alsof er niets gebeurd was, alsof het niet zijn huwelijksdag was.

'De baby gaat bij Omars vrouw Mabroeka wonen', liet milady Moestafa Aga weten, die op zijn gemak aan de nargileh zat te lurken.

Hij knikte. 'En Sally wordt ook welkom geheten in het huis van Omars vader.'

'Nee', zei milady. 'Ze laat het kind in Caïro en gaat terug naar Engeland.'

'Nee, nee, nee', zei Moestafa Aga, afkeurend met zijn tong klakkend alsof ze een onbeduidend meningsverschil hadden. 'Omars vrouw heet de tweede vrouw welkom; de moeders van mijn kinderen hebben hetzelfde gedaan. Het Egyptische gezin is groot. Dat gaat heel goed.'

'Het is niet goed', antwoordde milady.

Omar vertelde me later dat Moestafa Aga zijn pijp neerlegde toen milady erover doorging.

'Sally heeft zichzelf te schande gemaakt, ze heeft haar familie te schande gemaakt, ik sta niet toe dat ze Omar ook in het verderf stort. Ze gaat terug naar Engeland.'

Moestafa Aga haalde zijn schouders op. Hij wierp haar een blik toe waaruit sprak dat hij de Frangi onbegrijpelijk vond, zelfs Frangi die zo sympathiek waren als lady Duff Gordon. Hij hervatte het roken. Zij liet een luchtig lachje horen en probeerde te doen alsof alles precies ging zoals het moest gaan. Omar trok zich terug in de keuken.

Nadat Moestafa Aga was vertrokken, sprak milady nog een keer met Omar. 'Ik heb toegestemd in jullie huwelijk om een groter schandaal in het dorp af te wenden. Ik ben van plan hier te blijven wonen en ik zal niet toestaan dat Sally Naldretts schande de mijne wordt.'

Omar gaf geen antwoord. Maar op die avond, onze huwelijksavond, kwam hij meteen nadat hij milady naar bed had geholpen naar mijn kamer en ging pas weg na zonsopgang.

Hoewel milady haar uiterste best had gedaan mijn huwelijksdag zo berouwvol en vreugdeloos mogelijk te laten verlopen, was ze daarin niet geslaagd. Mijn hart jubelde die dag van blijdschap en er borrelde een onbedwingbare vreugde in me op. Eerlijk gezegd konden de plechtigheid en de bijbehorende uiterlijkheden – of die nu Egyptisch of Engels waren – me helemaal niets schelen. Omar en ik waren getrouwd! Hij had me ten huwelijk genomen, we hadden de gelofte afgelegd en ik geloofde dat hij die gelofte gestand zou doen. Ik had geen idee hoe ons huwelijk eruit zou komen te zien noch wat onze gezamenlijke toekomst in petto zou kunnen hebben, maar we

waren getrouwd. Ik, Sally Naldrett, was geen kamermeisje op
leeftijd meer; alle zonlicht in Egypte straalde op me neer. Op
die dag was ik er heilig van overtuigd dat ik het nooit meer
koud zou hebben.

De dagen druppelden voorbij. De baby groeide als kool, terwijl wij volwassenen verkwijnden en verkommerden. Op milady's aandringen bleef ik met het kind op mijn kamer. We
mochten het Franse Huis niet verlaten en ons gezicht niet in
het dorp laten zien. 's Nachts sliep Omar op verzoek van milady in de gang, om het hoekje van haar kamer, op de grond,
met de deur open voor het geval ze hem nodig had. Ze scheen
opeens bang te zijn voor het donker – ze was nooit eerder
bang voor het donker geweest, zelfs niet toen ze dood- en
doodziek was – en ze werd vaak wakker en riep om haar dragoman, die dan snel naar haar toe ging. Ze was weer ziek, ze
werd met de dag zwakker en de bekende symptomen kwamen
een voor een terug, maar ze wilde absoluut niet dat Omar mij
ging halen om te helpen haar te behandelen. Als de baby huilde, een geluid dat door de afstand tussen onze kamers werd
gedempt, voer ze uit. 'Wat is dat voor kattengejank? Wil iemand alsjeblieft zorgen dat het rustig wordt?' Geen enkele
poging van Omars kant om haar over te halen het kind te
bekijken en vast te houden, bracht enige verandering in haar
hardvochtige houding.

Het was verschrikkelijk, die ziekte van haar. Dat spreekt natuurlijk vanzelf. Maar het feit dat die een eigen leven leek te
leiden, had mij altijd extra wreed geleken. Ze worstelde er al
jaren mee. Telkens weer werd ze zwakker en zwakker en steeds
zieker, gaf ze bloed op, viel razendsnel af, terwijl haar longen in haar borst klapperden als een paar stukken versplin-
terd hout, telkens weer zakte ze steeds verder weg, tot iedereen

dacht dat ze nu echt dood zou gaan, dat ze nu echt bijna dood was, en dan knapte ze weer op. Een paar maanden herstellen, gewikkeld in een deken in de zon, waarbij haar kleur en haar eetlust geleidelijk terugkeerden, en dan was ze weer bijna beter, dan was ze weer bijna gezond en flink en sterk of liever gezegd, dan kon ze vrij goed doen alsof ze zich zo voelde. En zo ging dat maar door, in een eindeloze cyclus. Na iedere ronde kwam ze er iets zwakker uit en was het herstel iets minder compleet. Maar je wist nooit van tevoren hoelang of hoe zwaar een aanval zou zijn; soms ook leek het alsof ze op het punt stond ernstig ziek te worden en dan herstelde ze. En zo ging het maar door. Het was een progressief proces, onvoorspelbaar en akelig. En we moeten de tol die de ziekte van haar eiste, niet onderschatten. Soms denk ik weleens dat de ziekte meer verantwoordelijk was voor wat ze me aandeed dan milady zelf. Maar de realiteit was dat er voor mij te veel op het spel stond om zo vergevingsgezind te zijn.

Op een middag kwam milady vroeger dan verwacht thuis na een excursie naar de overkant van de Nijl, naar het huis van Moestafa Aga. Haar komst werd niet, zoals meestal, voorafgegaan door een ademloze Achmed, die altijd overal als eerste wilde aankomen en als eerste wilde vertrekken; hij was opgehouden in het dorp en achteropgeraakt bij de kleine stoet. Milady trof de baby, slapend in zijn mand, midden in de salon aan; ze moet meteen begrepen hebben dat Omar bij mij was. Het eerste wat we hoorden, was een geïrriteerde uitroep. Omar schoot snel in zijn kleren en rende de kamer uit om haar te begroeten, waarbij zijn hemd niet helemaal ingestopt was. Ik bleef in de deuropening staan luisteren.

Milady stond over de mand gebogen naar de baby te staren. 'Wat een lelijk kind', merkte ze op. 'Hij lijkt niet eens op jou, Omar. Weet je wel zeker dat het jouw zoon is?'

Mijn geschrokken uitroep was voor beiden hoorbaar.

Omar bleef lang zwijgen en zei toen: 'Hebt u trek in een kopje thee?'

Ik sloot de deur van mijn kamer. Iedere hoop die ik na het huwelijk had gekoesterd, werd hiermee de bodem ingeslagen.

In de week na dit voorval raakte milady ervan overtuigd dat ik Omar probeerde over te halen van Mabroeka te scheiden, zodat ik zijn enige vrouw zou zijn en mijn huwelijk voor de Engelse wet geldig zou zijn. Niets van wat Omar zei, geen enkele ontkenning van zijn kant kon milady van deze gedachte afbrengen. Ik smeekte hem haar over te halen mij aan te horen, mij toe te staan met haar te praten; hij deed zijn best, maar ze ging niet akkoord en zei: 'Zoiets moet je niet van mij vragen.' Milady bleef regelmatig salon houden en daar ging het er, voor zover ik kon horen, even vrolijk en uitgelaten aan toe als altijd, alsof er geen gezinsdrama plaatsvond in het Franse Huis. Op een avond in de salon stond milady erop dat sjeik Yoessoef en de magistraat, Salim Effendi, getuige zouden zijn van haar laatste decreet. Ze vroeg Omar voor haar te komen staan terwijl zij hem de wet voorschreef. 'Je mag niet scheiden van Mabroeka, Omar', zei ze. En terwijl ze haar gasten aankeek, voegde ze eraan toe: 'U bent mijn getuigen. Zulk wreed onrecht mag niet geschieden en als dat wel gebeurt, Omar, zal ik ervoor zorgen dat je je betrekking in mijn huis kwijtraakt. Voor de Engelse wet bestaat alleen je eerste vrouw, alleen Mabroeka; je huwelijk met Sally wordt niet als zodanig erkend en zal nooit als zodanig worden erkend. Voor de Engelse wet is Sally Naldrett een overspelige.'

De magistraat zag de blik niet die sjeik Yoessoef hem toewierp en begon te grinniken. 'Dit is echt nergens voor nodig, sitti Duff Gordon,' zei hij, 'de Engelse wet geldt niet in Egypte. Het is de kedive om wie u zich druk moet maken. Van het feit dat Omar Aboe Halaweh twee vrouwen heeft, zal Ismail Pasja niet zo veel last hebben.'

Omar stond er beheerst en stil bij, zonder iets te zeggen, met zijn vuisten gebald achter zijn rug.

Hij kwam die avond niet naar mijn kamer. Hij kwam ook de volgende avond niet naar mijn kamer. Wanhopig van angst liep ik op en neer. Zou ik hem nu alsnog kwijtraken, ondanks ons huwelijk? Toen hij de volgende ochtend binnenkwam om de vuile was op te halen, probeerde hij meteen weer weg te gaan, zonder de tijd te nemen even een praatje met me te maken, zonder zijn zoon te begroeten. Toen hij naar de deur liep, greep ik hem bij zijn arm. Hij duwde me ruw opzij.

'Wat doe je nu?' zei ik. Mijn borst deed pijn waar zijn hand was neergekomen.

'Ik moet aan het werk', antwoordde hij.

'Waarom kom je niet naar ons toe?'

'Je vraagt te veel van me', siste hij me toe.

'Ik vraag te veel?' zei ik. 'Ik vraag niets.'

Verslagen liet hij zijn schouders hangen. 'Ze heeft me vernederd.'

'Je moet sterk blijven, Omar. Je moet sterk blijven voor mij, voor Abdoelah.'

Omar liep daarop opnieuw de kamer uit. Hij kwam meer dan een week niet naar mijn bed terug.

Ik wilde helemaal niet dat Omar van Mabroeka zou scheiden, ik had daar nooit op gezinspeeld. Ik geef toe dat het door mijn hoofd speelde, dat ik Omar voor mezelf wilde, vooral in de maanden dat we in Caïro op sir Alick wachtten. In die tijd ging Omar altijd 's middags naar zijn familie als hij de gelegenheid had om weg te gaan. Van die bezoeken kwam hij schoon en fris ruikend terug, alsof hij een bad had genomen in met rozenwater en sinaasappelolie geparfumeerd water, en dan was hij in een opperbeste stemming en vertelde me lachend de nieuwtjes van thuis, waardoor mijn jaloezie snel werd verdreven. Dan vertelde hij honderduit over zijn ouders en zijn dochtertje Yasmina en over Mabroeka, die in mijn verbeelding donker en tenger en mooi was; hij ging er als vanzelfsprekend van uit dat ik over hen wilde horen. 'Ze is heel verlegen,' zei hij, 'heel stil. Een goede echtgenote', en dan keek hij me met een plagerig lachje aan. 'Je zult ze wel een keer ontmoeten als we getrouwd zijn en met milady teruggaan naar Caïro. Volgend jaar zomer, denk ik.' Daaruit maakte ik op dat hij hun ons geheim evenmin had verteld, dat hij nog steeds al zijn huwelijkse plichten vervulde, en ik zei bij mezelf dat Egypte geen Engeland was, dat alles in Egypte volkomen anders was dan in Engeland, met inbegrip van Omar, zijn huwelijk en zijn betrekkingen met mij. We verzekerden elkaar dat alles, álles in orde zou komen. We beloofden elkaar dat de toekomst er schitterend uit zou zien, alsof we ons lot in eigen hand hadden. En Omar had het lot van zijn gezin ook in eigen hand, al was hij nog zo onregelmatig bij hen, terwijl ik in feite met lege handen stond.

Die herfst had het huis in Caïro ons veel privacy geboden, net als het Franse Huis in Luxor. Milady was vaak aan haar bed gekluisterd, vóór sir Alicks komst door ziekte en na sir Alicks vertrek door – tja, wat is het juiste woord? – diepe zwaarmoedigheid. Ze ging vroeg naar bed en stond laat op, zodat Omar en ik de lange, schitterende Caïreense avonden voor onszelf hadden.

In het begin was hartstocht mij vreemd, was de liefde zelf mij vreemd. En ik geef toe: ik was gulzig. Toen ik beide eenmaal had geproefd, snakte ik naar meer. Mijn tante Clara was na de dood van mijn ouders eigenlijk niet in staat geweest voor mij en mijn zus te zorgen; ik werd al op jonge leeftijd uit werken gestuurd en er was niemand ter wereld die zich om me bekommerde, alleen ikzelf. Als iemand het me gevraagd zou hebben, zou ik misschien gezegd hebben dat milady een zekere genegenheid voor me had opgevat na al die jaren dat ik haar kamermeisje was geweest, al zou ik daar mijn hand niet voor in het vuur hebben durven steken. Ik werd tenslotte betaald voor mijn diensten. Als iemand het háár gevraagd zou hebben, zou ze zonder enige twijfel gezegd hebben dat ze dol op me was; milady was zo gul met haar liefde en vriendelijkheid dat ze anderen inspireerde ook zo ruimhartig te zijn, en ze was goed voor de mensen die bij haar in dienst waren. Het tekende haar personeelsleden, zowel in Engeland als hier in Egypte, dat ze het een voorrecht vonden om voor haar te werken.

Maar dat was nu voorbij. Mijn eerste ingeving was te blijven doen wat ik kon in het huishouden en daarbij uit milady's buurt te blijven, maar mijn ingevingen waren vervormd en bezoedeld door de vernedering, de mijne en die van Omar. Ik bleef op mijn kamer, waar ik volledig opging in Abdoelah en wachtte tot Omar kon wegglippen van zijn werk.

Mijn kamer werd mijn gecapitonneerde cel. Maar laat op een avond, toen milady sliep, kwam Omar eindelijk bij me terug. Voor mijn gevoel had het een eeuwigheid geduurd. Toen ik hem in de deuropening zag staan, wierp ik me in zijn armen en hij fluisterde: 'Mijn vrouw. Mijn lieveling. Mijn vrouw.'

DERTIEN

De publicatie van milady's brievenboek in Engeland was een gebeurtenis die voorbijging alsof het iemand anders betrof. Ze vertelde Omar dat ze blij was met de verdiensten, maar dat de boekenwereld en de vonken en opflakkeringen van het Londense literaire leven nu ver van haar af stonden en haar even vreemd waren als ooit Luxor zelf. Als ze nog in Engeland had gewoond, zou een dergelijke gebeurtenis een hoogtepunt zijn geweest, dat groots gevierd moest worden met feestjes, etentjes en uitstapjes; ze zou zich geërgerd hebben aan de kritieken, ze zou haar schrijversvrienden om hun mening gevraagd hebben. Maar in Luxor was de dag van de publicatie al voorbij voordat ze bedacht dat ze er aandacht aan moest schenken. In plaats daarvan nam ze een glas muntthee en merkte op: 'Ik voel me meer Arabisch dan Europees', en dat gevoel, die wetenschap, zei ze tegen Omar, betekende evenveel voor haar als welke publicatie ook.

Dat voorjaar kwamen er voortdurend onwelkome gasten aan de deur. De Nijlreis was ongekend populair en toen milady's boek eenmaal was gepubliceerd, leek het wel of het Franse Huis een even interessante bestemming was geworden als het Dal der Koningen.

'In wezen help ik met mijn boek sir Alick mijn rekeningen te betalen', zei milady tegen Omar, die dat op zijn beurt aan mij vertelde. 'Hoe meer er verkocht worden hoe beter. Maar ik heb het nooit bedoeld als uitnodiging aan heel Londen: bezoek het oude wrak in eigen persoon.'

'Natuurlijk niet', zei Omar. 'U houdt er tenslotte helemaal niet van om mensen te ontvangen.'

'Nee, plaag me niet!' lachte milady.

En natuurlijk boden de gasten afleiding en meestal deed het milady goed om vrienden te zien en vrienden van vrienden en zelfs daar weer vrienden van. Baronesse Kevenbrinck en lord en lady Hopetown deden op doorreis Luxor aan en werden in stijl ontvangen door lady Duff Gordon; zij nodigden op hun beurt haar uit voor etentjes aan boord van hun dahabiya. Milady reisde per ezel naar de plek waar de Hopetowns lagen afgemeerd, begeleid door Achmed, die mij naderhand vertelde dat hij een heerlijk rustig plekje op de oever had gevonden om een dutje te doen terwijl hij op zijn mevrouw wachtte. Ter gelegenheid van het bezoek van lord Dudley organiseerde milady een groots diner, waarvoor Omar als een dolle aan het koken sloeg. Ze nodigde al haar belangrijke vrienden in Luxor uit, die plichtsgetrouw kwamen opdraven om een blik te werpen op de zoveelste Engelse edelman die door hun land reisde, maar het feestje was geen succes. Omar meldde dat lord Dudley alle aanwezigen versteld had doen staan met zijn totale gebrek aan manieren, zijn harde lach en veel te luidruchtige manier van praten; hij was wars van vormelijkheid en praatte dwars door Moestafa Aga heen toen de consul opstond om hem te begroeten, alsof hij zich absoluut geen voorstelling kon maken van de manier waarop je de lokale bevolking tegemoet trad, laat staan hoe zij jou tegemoet traden.

De veertienjarige erfgenaam van het fortuin van de Rothschilds arriveerde en reisde als een prins met een enorm gevolg rond op een luxe stoomschip, alles betaald door Ismail Pasja. Rothschilds eigen dragoman, Mohammed Er-

Rashidi, was een eerbiedwaardige oudere man, die tijdens de reis stroomopwaarts ziek was geworden. Ondanks het feit dat er een arts met het gezelschap meereisde, had de jonge Rothschild besloten de oude man in Luxor van boord te zetten en hem met enkel zijn loon en een klein bedrag voor de terugreis naar Caïro aan zijn lot over te laten. Milady had diep medelijden met de oude man en nam hem op in het Franse Huis, waar zij en Omar hem verpleegden. Hij werd verteerd door hoge koorts en stierf stilletjes midden op een dag. Milady legde hem met zijn gezicht in de richting van de *kibleh* en alle aanwezigen, Omar incluis, reciteerden de *Kalma: La illaha illa'allah.* Zijn lichaam werd gewassen en binnen anderhalf uur in linnen gewikkeld door de mannen naar de begraafplaats gedragen. Ik keek vanuit mijn raam hoe iedereen in het dorp zich tussen de gebroken kolossen en pilaren van de tempel door naar de moskee spoedde om te bidden. Toen ze klaar waren, gingen ze naar de begraafplaats om de oude man ter aarde te bestellen, milady met haar Frankische hoed op, met een sjaal eromheen, de dorpsvrouwen gesluierd en luid weeklagend. Toen ze terug waren in het Franse Huis, citeerde een jongen uit het dorp met klare stem en zonder enige hapering verzen uit de Koran in de kamer waar Er-Rashidi was gestorven en naderhand gaf Omar mij een beschrijving van de dag. Ik snakte zoals altijd naar nieuws uit het huis en het dorp.

Omar berichtte me ook dat velen van deze vrienden en vrienden van vrienden van milady van mij en mijn situatie schenen af te weten en milady hieromtrent ongevraagd van advies dienden. Haar beslissing werd door sommigen te hard, door anderen te mild gevonden, en het enige waar overeenstemming over bestond, was dat iedereen vond dat milady zelfs niet moest overwegen in Egypte te blijven wonen zonder kamermeisje. 'Ongehoord!' aapte Omar mevrouw Hopetown na. 'Een ramp!'

Er begonnen nu ook brieven over het onderwerp te komen van milady's familie, vertelde Omar me. Met name mevrouw Ross, mejuffrouw Janet, was stellig. 'Zij vindt dat milady er verkeerd aan doet om je weg te sturen', vertelde Omar me.

Mijn hart sloeg over. Mejuffrouw Janet die mijn kant koos? 'Echt?'

'Ja! Milady heeft me de brief voorgelezen.'

'En wat zei milady?'

'O, daar ging ze niet op in. Maar ook mejuffrouw Janet stond erop dat milady onmiddellijk een nieuw kamermeisje zou inhuren.' En uitgerekend dit onderwerp – niet mijn ongeluk, mijn lot – was het gesprek van de dag geworden. Ik had niet verwacht dat iemand van de familie Duff Gordon zich als mijn pleitbezorger zou opwerpen, niet echt. Niettemin verbaasde het me dat nieuws over mijn hachelijke situatie de Nijl langs was gereisd.

Gedurende dit alles bleef ik gehoorzaam op mijn kamer met Abdoelah. Ik verzorgde mijn kind met dezelfde systematische toewijding als ik ooit milady had verzorgd. Ik naaide kleertjes voor hem, hield hem schoon en deed alles wat in mijn macht lag om hem tevreden en blij te houden. Tevreden en blij en dus rustig, want mijn doel was nu om haar te laten vergeten dat het kind en ik ook in het Franse Huis woonden, om milady het gevoel te geven dat we al lang en breed vertrokken waren. 'Als ze ons niet ziet,' fluisterde ik op een nacht tegen Omar, 'ons niet hoort, nooit aan ons denkt, is het net alsof we niet bestaan en als we niet bestaan, hoeven we niet weg.' Ik vroeg Omar me extra klussen te brengen, zodat ik hem kon helpen met zijn werk. Ik wist hoeveel hij nu op zijn bordje had gekregen. Eerst verzette hij zich daartegen, omdat hij wilde dat ik me helemaal aan ons kind zou wijden, maar na verloop van tijd gaf hij toe en bracht me de kleren van milady, zodat ik die kon verstellen. En dus naaide ik en voedde mijn kind. Ik opende 's ochtends mijn ramen en liet de lentezon de kamer in stromen; ik hoopte dat mijn eenzaamheid erdoor zou wegsmelten. Weggestopt zijn in een druk huishouden! Welk lot kon erger zijn voor een bekwame en nijvere dienstbode?

Abdoelah groeide als kool. Hij lag op zijn rug zijn vingers en tenen te bestuderen alsof het verbazingwekkende dingen waren, wat het voor mij en Omar natuurlijk ook waren. Hij lachte voortdurend, keek verwachtingsvol om zich heen en begon telkens als er iemand de kamer in kwam blij te trappelen. Hij had zijn babystem gevonden en lag aan één stuk door te brabbelen, alsof hij deelnam aan een voortdurende conversatie. De dag waarop hij zich per ongeluk van zijn rug op zijn buik rolde en met zijn kin op de grond klapte, zodat hij het uitschreeuwde van pijn en van verbazing om de nieuwe positie, kon ik mezelf er nauwelijks van weerhouden mijn kamer uit te rennen om het iedereen in het Franse Huis te vertellen. In plaats daarvan tilde ik hem op, knuffelde hem, zong voor hem en ging bij het raam staan, waar we allebei naar buiten konden kijken en konden zien wat we misten in het dorp.

Ik had geschreeuwd de nacht waarin Abdoelah was geboren; ik had in die ene nacht meer herrie gemaakt dan in de hele rest van mijn leven. Maar daarna verviel ik in stilzwijgen. En die stilte werd steeds dieper en donkerder, ze werd zwaarder en doffer tot mijn dagen even donker en stil waren als de nacht.

Omar fluisterde tegen me en zijn Arabisch doorboorde de nacht, ieder woord was als een ster, die opflakkerde en dan viel. Ik sprak geen Engels meer, hoorde in feite ook geen gesproken Engels meer, waardoor het leek of mijn moedertaal verschrompelde, vervaagde; ik mompelde woorden in mezelf, ik zong Engelse kinderversjes en slaapliedjes voor Abdoelah, maar een gesprek voeren ... wat was dat ook alweer? Iets waar milady grote waarde aan hechtte en wat ze gretig in de praktijk bracht, iets wat mij nu werd ontzegd.

Die slaapliedjes ... die verbaasden me. Het was alsof ze al die jaren in mij hadden voortgeleefd en nu naar buiten kwamen. Ik merkte dat ik er aardig wat kende en dat het andere waren dan die milady voor haar kinderen had gezongen, het waren niet dezelfde als die ik andere moeders voor hun kinderen had horen zingen. Het waren liedjes die mijn eigen moeder voor me had gezongen, mijn moeder die allang dood was en weggezakt in mijn geheugen, maar die nu weer tot leven kwam door deze liedjes, door de manier waarop ik van mijn kind hield en voor hem zorgde, de belichaming van mijn eigen moeder.

En wat kon Omar doen? Hij was alles voor me en toch betekende dat niets, merkten we. Hij kon niets doen om me te redden. Hij werkte voor twee en was zowel kok, huismeester, dienstbode als kamermeisje voor milady. De eindeloze stroom gasten maakte zijn werklast nog zwaarder, maar dat vond hij niet erg; hij was even geïnteresseerd als ieder ander in de almaar voorbijtrekkende stoet Frangi en bovendien hielpen die milady's gedachten af te leiden van de situatie in het huis, vooropgesteld dat ik niet het onderwerp van gesprek was. Zolang milady met haar gedachten elders was, verbeeldde ik me dat Abdoelah en ik veilig waren.

Omar leidde zo veel levens tegelijk dat hij soms bang was in de war te raken, zei hij, en de verkeerde dingen tegen de verkeerde persoon op de verkeerde plek te zeggen. Maar dat gebeurde niet. Ik zag hoe hij als een schim tussen de verschillende werelden heen en weer glipte als en wanneer zijn aanwezigheid ergens was vereist. Zoals iedere huisbediende die zijn zout in de pap waard is, was hij er al helemaal aan gewend om zich bij de ene groep mensen heel anders te gedragen dan bij de andere groep.

Zijn eerste leven, voordat hij mij ontmoette, was dat van familieman: zoon, echtgenoot, vader. Hoewel hij en zijn vrouw Mabroeka de meeste tijd van elkaar gescheiden leefden, bevond zij zich in het centrum van die wereld, in Caïro, waar ze met hun dochtertje Yasmina bij zijn ouders woonde. Omdat dat al zo was vanaf de dag waarop we elkaar ontmoetten, vond ik het niet moeilijk te accepteren. Omar had dit andere leven altijd gehad, wat makkelijk te accepteren en makkelijk te vergeten was doordat we zo ver weg waren van dat leven.

Hij had ook nog andere levens, andere rollen, waaronder die van lady Duff Gordons dragoman. Het bereiken van deze positie was een grote prestatie, waar Omar zijn hele leven naartoe had gewerkt. Het bedrijf van zijn vader zuchtte onder de zware last van rente en belastingen en zijn familie was van hem afhankelijk voor een behoorlijk inkomen. Omar wist dat zijn dienstbetrekking bij milady hem vele mogelijkheden zou blijven bieden zolang hij zijn werkzaamheden maar met genoeg liefde en talent uitvoerde. Aangezien hij al eerder voor Frangi had gewerkt, zowel in Caïro als in Alexandrië, was hij vertrouwd met hun wereld, maar hij had niet verwacht dat hij ooit in een huishouden als dat van ons zou komen te werken, had hij me verteld. Lady Duff Gordon was anders dan alle andere vrouwen, Frangi en Egyptische, die hij ooit had ontmoet; ze was ernstiger en leergieriger dan de meeste mannen die hij kende, vertelde hij. Ze hield van debatteren en discussiëren, ze zocht het gezelschap van mannen die haar inspireerden en haar iets konden leren, ze trachtte de islam te doorgronden op een manier die hem stimuleerde zijn eigen matte geloofsovertuiging nog eens onder de loep te nemen. En ze hield haar ziekte op afstand met plagen, dreigen, pingelen en met een wilskracht die zijn voorstellingsvermogen te boven ging.

En dan had Omar mij nog, in weer een ander van zijn vele levens. Daar was hij halsoverkop, zonder na te denken, in getuimeld; ik denk dat hij nooit eerder – en ook niet later – iets zo, zonder na te denken, had gedaan. Alles in onze verhouding was even nieuw voor hem als voor mij. Ik was heel hartstochtelijk, zei hij. Ik was altijd heel hartstochtelijk geweest, zei hij, ik had alleen nooit de kans gehad het te uiten. We uitten ons tegenover elkaar, Omar en ik, in het geheim, privé. Hij kon niet begrijpen waarom ik niet allang getrouwd was, geen eigen gezin had, dus toen hij de kans kreeg mij zijn gevoelens te tonen, zei hij, greep hij die.

Hij gaf zichzelf uiteraard de schuld van het gebeurde, al maakte ik daar nog zo veel bezwaar tegen. En het was natuurlijk ook zo dat het nooit zou zijn gebeurd als hij het initiatief niet had genomen. Maar toen het eenmaal was begonnen, liet hij het gebeuren, we lieten het allebei gebeuren, zonder te aarzelen, zonder na te denken. 'Dat is mijn verweer,' zei hij op een avond, toen we in bed lagen, 'al heb ik nooit de kans gekregen, zeker niet van milady, om dit te zeggen. We deden het zonder erbij na te denken. En omdat ik er niet bij nadacht,' zei hij, 'was ik niet bang.'

Dat gold niet voor mij, in ieder geval niet toen ik eenmaal doorhad dat ik zwanger was. Ik had er destijds niets van laten blijken tegenover hem, ik had mijn angst voor me gehouden, een knellend gevoel in mijn lijf, waarin ook de baby zat.

'Een tweeling,' zei ik, 'de baby en zijn toekomst.'

'Als ik iets begrijp nu,' zei hij, 'is het dat jij heel moedig bent.'

De baby was een geheim leven, verborgen in het leven dat we samen leidden zonder dat milady ervan wist en dat op zijn beurt weer verborgen bleef voor Omars vrouw en ouders in Caïro, die hem beschouwden als de goede zoon, de bekwame kostwinner. Insjallah. Zo God het wil.

En dan had Omar ook nog een heel ánder leven, een andere levenslaag, waar niemand in geen van zijn huishoudens veel van afwist, zelfs ik niet. Ik had er af en toe wel een glimp van opgevangen, maar door de zwangerschap en de geboorte van ons kind was mijn blik afgewend geweest precies op het moment waarop er het meest te zien was.

De fout die zowel de heersende Ottomanen – de Osmani – als de Frangi maken met betrekking tot dit land, is dat ze denken dat het nooit verandert. Omdat daar een kern van waarheid in zit, zet deze visie hen op het verkeerde been. Sinds de tijd van de farao's is Egypte keer op keer binnengevallen, bezet en op afstand geregeerd en ook nu heerst de Osmani kedive, Ismail Pasja, die beweert onafhankelijk te zijn van Constantinopel, over het volk alsof het zijn persoonlijke eigendom is, geen zelfstandige natie. Niettemin handhaven de Egyptenaren zich, ze houden stand, zoals de Nijl zelf, in die eeuwige cyclus van overvloed gevolgd door hongersnood, hongersnood gevolgd door overvloed. Maar ook al is dit allemaal waar, het is een vergissing te denken dat de mensen zo in beslag worden genomen door de Nijl en het overstromen van het land – een overstroming die tegelijkertijd verwoest en een wedergeboorte bewerkstelligt – dat ze zullen blijven zwoegen onder de zon zonder zich bewust te zijn van het verstrijken der eeuwen. Integendeel, ze liggen op de loer als schorpioenen op een steen, als krokodillen tussen het riet en van tijd tot tijd komen ze in opstand en bijten.

Omar is een man uit de groene delta van Neder-Egypte, die geen bijzondere band heeft met de mensen van de Saïd, die ingeklemd tussen de Nijl en de woestijn wonen, tussen het natte, zwarte slijk en het krijtwitte zand. Maar in Luxor was hij getuige van de *corvee*, de wreedheden die de Osmani pasja vanuit zijn paleis in Caïro beging tegen de fellahin, zijn mede-

Egyptenaren. Hij zag hoe de omringende dorpen hun mannen kwijtraakten, omdat ze werden opgeroepen om in Suez de enorme, brede geul te graven die op een dag het kanaal moest worden; hij zag hoe het graan dat ze geoogst hadden en het vee dat ze hielden, gestolen werden van de achtergebleven vrouwen en kinderen. Hij zag hoe hun kamelen en paarden werden weggevoerd voor de troepen, die gedwongen werden voor de pasja te vechten in Nubië en Soedan, in de Golfregio en nog verder weg. Toen hij met milady terugkeerde naar Caïro, zag hij de koortsachtige drukte van het bouwprogramma; ze zeiden dat Ismail Pasja van Caïro een stad zou maken die kon wedijveren met Parijs, met zijn boulevards, zijn paleizen en zijn tuinen. Maar in Luxor zag Omar wat de ambities van de pasja werkelijk kostten.

En om die reden zocht Omar in de herfst, voordat onze baby werd geboren, zijn oude vrienden in de stad op die er net zo over dachten als hij en hij begon al het mogelijke te doen om te helpen. Het was niet veel. Hij bracht boodschappen over. Hij praatte met mensen. In het leger gingen geruchten over rebellie onder de soldaten, ontevredenheid bij de legertop, bij de generaals, allemaal slechts geruchten, maar Omar en zijn vrienden wisten dat geruchten bewaarheid konden worden als ze maar luid genoeg werden gefluisterd. Zoals de meeste dingen in Egypte zou dat nog lang duren, misschien nog wel twintig of dertig jaar, misschien zou er zelfs honderd jaar overheen gaan voordat er echte veranderingen optraden, maar – en dit is nog zo'n gedeeltelijke waarheid, zegt Omar, over zichzelf en zijn land – 'wij Egyptenaren hebben geduld, wij Egyptenaren kunnen wachten.'

's Avonds laat fluisterde Omar me zachtjes wat fragmenten hiervan toe, in de tijd dat we wachtten op mijn lot, maar deze gedachten hield hij uiteraard verborgen voor milady. Milady bracht echter vele uren door op haar balkon, vanwaar ze het volk van Luxor nauwlettend in de gaten hield, en ze had vele vrienden onder zowel de fellahin als de prominenten van het dorp; Moestafa Aga, de vertegenwoordiger van de consul, Salim Effendi, de magistraat, en sjeik Yoessoef waren regelmatig te gast in haar salon en ze spraken constant over politiek. Ik had ze wel gehoord, maar ik was destijds niet geïnteresseerd; milady had het altijd over politiek, waar ze ook was, in Egypte, Engeland, Duitsland. Ze zag wat er gebeurde in Luxor en de omringende dorpen, ze zag de verlaten akkers, ze zag hoe de dieren bijeen werden gedreven en afgevoerd, en ze maakte er melding van. Ze deed waar ze goed in was: ze verhief haar stem, ze protesteerde. Ze besprak het met haar vrienden in Luxor en toen ze zag hoe weinig zij konden uitrichten, omdat ze net zo overgeleverd waren aan de grillen van de pasja als welke nederige fellah ook, schreef ze brieven naar huis. 's Ochtends, als het licht helder maar niet te fel was, ging ze in het Franse Huis aan haar bureau zitten. Op een dag bracht Omar me een kladje van een van haar brieven.

Het hele land is in ellende gedompeld; de mannen worden geslagen, de een omdat zijn kameel niet goed is, de ander omdat het zadel oud en versleten is, en de rest omdat ze niet genoeg geld hebben om per vier kamelen twee maanden voer en soldij voor één man te betalen, vooruit te voldoen aan de regering. De kourbash *wordt al de hele ochtend over de ruggen en voetzolen van mijn buren gelegd. Het is een geheel nieuwe ervaring om een vriend zijn mouw te zien oprollen om de littekens te tonen van de houten handboeien en de schaafwonden van de ketting om zijn nek. Het systeem van massale knevelarij en plundering heeft een punt bereikt waarop het nauwelijks erger kan. Ik treur om Abdallah el-Habbashi en hooggeplaatsten zoals hij, die in de gevangenis van Fazoghou werden gegooid om daar om te komen door* ziekte (of door moord), maar ik treur nog meer om de dagelijkse ellende van de arme fellahin, die gedwongen worden hun hongerende gezinnen het brood uit de mond te stoten en het zelf op te eten teneinde te kunnen zwoegen voor de privéwinst van één man. Egypte is één grote plantage waar de meester zijn slaven laat werken zonder hen zelfs maar te eten te geven. Op dit moment zie ik vanuit mijn venster de mannen tussen de arme kamelen door strompelen die staan te wachten op inscheping op de boten van de pasja, en de grote bergen maïs die ze moeten meebrengen om de kamelen te voeren. Ik kan jullie verzekeren dat de tranen die je van dit tafereel in de ogen krijgt, heet en bitter zijn. Dit zijn geen sentimentele grieven: honger, pijn, werken zonder hoop en zonder beloning en constante verbittering, voortkomend uit machteloze verontwaardiging. Voor jullie moet dit alles ver weg en bijna ongeloofwaardig klinken. Maar probeer je eens voor te stellen dat de werkploeg van boer Smith door de politie wordt verjaagd en hijzelf net zo lang wordt afgeranseld tot hij zijn hooi, zijn haver en zijn knecht afstaat aan de Commissaris des Konings en dat zijn twee zoons geboeid worden afgevoerd om aan spoorbanen te werken. Dan heb je enig idee van hoe ik me vandaag voel. Uit het aantal soldaten dat naar Assoean vertrekt, maak ik op dat er weer een opstand is uitgebroken onder de zwarten. Sommige zwarte regimenten zijn vorig jaar zomer in Soedan in opstand gekomen en zojuist heb ik vernomen dat Shahin Pasja over een dag of twee hier zal zijn onderweg naar het Zuiden en dat iedere dag uit alle dorpen de kamelen met honderden tegelijk worden afgevoerd. Maar ik ben het moe dit alles te vertellen en jullie zullen mijn voortdurende klaagzangen vervelend vinden.

Nadat ik het had gelezen, ging ik rechtop zitten en keek Omar aan, die verwachtingsvol terugkeek. De brief was kenmerkend voor milady's correspondentie, vol hartstocht en details. 'Waarom breng je die bij mij?' vroeg ik.

'Ik weet zeker dat deze brief, die met zo veel overtuiging en uit oprechte bezorgdheid om het Egyptische volk is geschreven, ophef teweeg zal brengen in Engeland', antwoordde Omar met zachte stem, 'als de Frangi te horen krijgen wat er echt gaande is in mijn land.'

'Misschien', zei ik. 'Maar waarom breng je hem bij mij?'

'Ik wilde dat je hem zou zien', antwoordde hij. 'Sitti Duff Gordon geeft om Egypte. Ze heeft mijn loyaliteit verdiend.'

Ik keek Omar aan. Wat bedoelde hij? Zei hij nu dat zijn loyaliteit aan milady groter was dan die aan mij?

'Je zult het zien,' zei hij, 'deze brief zal de Frangi de waarheid tonen over mijn land. Zij kijkt dwars door de laag mythen en verzinsels heen waaruit hun versie van de geschiedenis van mijn land bestaat. Zij kijkt naar Egypte zonder het hedendaagse volk van Egypte achterlijk te vinden. Als zij naar Egypte kijkt, ziet ze niet alleen de kolossale verrichtingen van onze voorouders, de ruïnes waartussen we wonen. Als zij naar ons kijkt, ziet ze allerlei waarheden, en wat ze ziet, bevalt haar.'

'Ze houdt van Egypte', zei ik. Maar de waarheid was dat milady veel van dit soort brieven schreef aan familie en vrienden en dat ze alleen ophef in Egypte zelf teweegbrachten, waar haar opvattingen onder de aandacht van de kedive werden gebracht, die er uiteraard niet blij mee was dat lady Duff Gordon haar stem verhief. Omar wist dat net zo goed als ik.

Milady was welbekend bij de Egyptische autoriteiten, dat sprak vanzelf. Het was hoogst ongebruikelijk dat een Frangi overwinterde in Boven-Egypte, laat staan een vrouw; zelfs de mannen die zo geïnteresseerd waren in wat er onder het zand verborgen lag, kwamen en gingen, maar bleven niet. Natuurlijk werd ze in de gaten gehouden, bespioneerd zelfs, dat sprak vanzelf. Die winter had milady voor het eerst bericht gekregen dat haar brieven zoekraakten en niet aankwamen op hun bestemming. 'Van nu af aan geef ik mijn brieven alleen nog mee met reizigers en mensen die ik vertrouw', verklaarde ze.

En in dit alles stond Omar haar bij. Hij hoorde niet bij de mannen die tewerkgesteld waren aan het enorme bouwproject van de pasja in de woestijn; zijn inkomen werd hem niet afgenomen. Zijn positie in het huishouden van lady Duff Gordon bood hem onderdak en bescherming. 'Ik ben veilig', zei hij tegen me en ik zag dat hij zichzelf erom verachtte en dat hij zichzelf nog meer verachtte toen duidelijk werd dat hij mij, de moeder van zijn kind, niet kon beschermen terwijl zijn eigen positie onaantastbaar bleef.

VEERTIEN

Mijn woede is inmiddels een beetje verhard, uitgekristalli-
seerd, en soms kan ik het niet nalaten mijn woede aan Omar
te tonen; als hij me mijn eten brengt, als hij binnenwipt om
te zien hoe het met Abdoelah gaat. Op die momenten moet
ik mijn uiterste best doen om mijn tong in bedwang te houden; dan wil ik tegen hem schreeuwen, ruzie met hem maken,
hem dwingen iets te doen, wat dan ook, om me te redden. En
meestal lukt het me ook wel me in te houden, door te zwijgen.
Dan wend ik me af, staar uit het raam en sta mezelf niet toe
hem aan te kijken. Op dat soort dagen bezoekt hij ons minder
vaak en stuurt hij Achmed langs met mijn eten.

En toch komt Omar 's nachts bij me, het lukt hem niet weg
te blijven, ook al blijft de deur van milady's slaapkamer aan
de andere kant van het huis open en ligt zijn slaapmat er nu
permanent naast. Hoewel het laat is en Abdoelah en ik al slapen, komt hij onze kamer binnen en blijft een poosje naar ons
beiden zitten kijken in het maanlicht. Dan trekt hij zijn hemd
uit – de nachtlucht beroert zacht zijn huid – en komt naast
me liggen; ik word wakker en steek mijn armen naar hem
uit. Onze liefde is beladen en bekommerd geworden, maar
we zijn geen van beiden terughoudend, ongeacht wat zich in
het daglicht heeft afgespeeld; er is geen woede jegens elkaar. In
het donker schroomt hij niet zijn dringende behoefte aan mij

te tonen. De kamer is vol niet-gestelde vragen en begeerte. Ik vraag hem niet: wanneer moet ik vertrekken? Omar vraagt mij niet: hoe moet ik leven als jij weg bent?

Op een nacht blijft Omar iets langer bij mij in bed liggen en valt in slaap. Ik kruip tegen hem aan en ben weldra zelf ook in slaap. In haar kamer aan de andere kant van het Franse Huis wordt milady wakker. Haar longen zitten opnieuw vol en de pijn in haar zij wordt erger; ze kent de signalen maar al te goed. Ze roept om Omar. Ze moet iets drinken, warme thee met kruiden en honing om de pijn te verzachten. Er komt geen antwoord. Ze roept nog eens, ditmaal luider: 'Omar.' Nog steeds geen antwoord. Ze gaat rechtop in bed zitten, pakt haar sjaal en slaat hem om haar schouders. De slaapmat in de gang is leeg, zoals ze al had verwacht. Ze loopt langzaam naar de keuken. Ook al is het nog donker, het is best mogelijk dat Omar al op en aan het werk is, maar het vertrek is verlaten, de oven koud. Ze begeeft zich naar de salon, waar ze de luiken opent om wat meer licht te hebben. Al vanaf het moment waarop ze haar ogen opendeed, weet ze waar Omar is, maar voor de schijn blijft ze hem zoeken, ze blijft geloven dat hij overal kan zijn, behalve daar. De gang door, naar de andere kamer, die ze voor zichzelf nu 'de kamer van die vrouw en haar kind' noemt. Ze blijft een paar minuten aan de deur staan luisteren. Er is niets te horen, maar ze weet dat overal in huis de adem van onze liefde hangt, gemengd met de adem van onze baby. Langzaam duwt ze de deur open, nu wil ze ons samen zien, opnieuw getuige zijn van deze karikatuur van een huwelijk. De deur zwaait open en nu ziet ze ons uitgestrekt in het maanlicht liggen als een levend schilderij, als een bijbelse voorstelling: man, vrouw, kind. Wat milady ziet, is dit: Engelse vrouw, Egyptische man en tussen hen in hun bastaardkind.

Ze maakt een zacht geluidje, ze weet niet waar het vandaan komt, het is een snauw, de aanzet tot een brul, een krijs. Ze komt naar voren en voordat ze weet wat haar bezielt, zit ze boven op ons en trekt krabbend en gillend de deken weg, zodat ze onze verstrengelde ledematen ziet, mijn lange haar, dat als een waaier om mijn hoofd ligt, onze volkomen naakte lichamen. Omar wordt wakker, hij geeft een schreeuw van schrik, ik gil van angst en we grabbelen naar onze kleren, onze waardigheid, en ook Abdoelah wordt wakker en begint te huilen. Alsof ze waanzinnig is geworden door wat ze ziet, schreeuwt milady tegen mij: 'Wat heb je met hem gedaan, waarom heb je dit allemaal in mijn huis gebracht, waarom heb je onze rust verstoord?' waarna ze opeens terugdeinst en zwijgt, geschrokken van haar eigen gedrag. Dan barst ze in een verward snikken uit, beschaamd, verontwaardigd en overtuigd van haar eigen gelijk, tierend, gebarend, naar adem snakkend. Ze werpt me een blik toe waaruit zo'n pure haat spreekt dat ik me met een verstikte kreet afwend.

Niet in staat iets te zeggen kijk ik Omar aan. Hij trekt snel zijn hemd aan en legt zijn arm om milady's schouder, zowel om haar tegen te houden als om haar te ondersteunen. 'Stil maar, milady,' zegt hij zacht, 'stil maar. Het spijt me. Het zal niet nog eens gebeuren. Ik ben bij u. Het spijt me. Ik zal u terugbrengen naar uw kamer.' Ze staat te trillen van woede in zijn armen.

Wat hebben we gedaan? Wat is er gebeurd? Hebben we haar ditmaal te diep in de hoek geduwd? Ik kan zien dat Omar zich grote zorgen maakt, zowel om zijn eigen positie als om mij. Hij werpt me over zijn schouder een blik toe alsof hij zich wil verontschuldigen voor het feit dat hij milady in zijn armen heeft genomen in plaats van mij. Ik huil, ik pak Abdoelah op en druk hem stevig tegen me aan, net zo stevig als ik zelf wil worden vastgehouden. De baby komt snel tot bedaren, alsof hij een nare droom heeft gehad, die hij alweer is vergeten. Omar leidt zijn mevrouw weg.

Niet alleen de rest van de nacht, maar ook de daaropvolgende dagen ben ik extreem onrustig, waardoor Abdoelah van streek raakt. Ik weet niet wat ik met mezelf aan moet. Omar komt niet naar mijn kamer, Achmed brengt al mijn maaltijden. Vreemd genoeg is hij zich in het geheel niet bewust van wat er zich afspeelt, Achmed, die normaal gesproken alle roddels uit het dorp al weet voordat de gebeurtenissen werkelijk hebben plaatsgevonden. Hij vertelt me dat alles goed is, dat sitti meer rust houdt dan gewoonlijk, dat er geen bezoek is geweest en dat Omar zoals altijd druk bezig is in de keuken. Ik ijsbeer en maak me zorgen en ik ben ervan overtuigd dat milady mij en mijn kind nu ieder moment de deur uit kan zetten.

Maar als ze dat niet doet, begin ik langzaam weer adem te halen. En na verloop van tijd verschijnt Omar weer aan mijn deur.

Toen Omar enkele dagen later bij de rivier stond te onderhandelen over de prijs van een zak meel, stapte er een man op hem af. 'Omar Aboe Halaweh', zei de man; Omar vertelde me later dat hij ervan schrok dat een vreemde hem bij zijn naam aansprak. 'Komt u alstublieft een kop koffie drinken op mijn dahabiya.' Aan zijn kleding kon Omar zien dat de man een of andere rijksambtenaar was en hoewel dat op zich alarmerend was, stemde hij er toch in toe mee te gaan naar de boot, zowel uit voorzichtigheid en gehoorzaamheid als uit nieuwsgierigheid. Hij wist dat er weinig bewijs kon zijn van zijn opvattingen over de pasja en diens beleid, daarentegen waren anderen wel voor minder veroordeeld en naar de gevangenis in Fazoghou gestuurd.

Maar het was niet Omar zelf in wie de gezant geïnteresseerd was. Ze gingen samen onder een lage luifel achter op de boot zitten en nadat de koffie was geserveerd, stuurde de man zijn bedienden weg. Hij draaide zich om en wees naar het Franse Huis, dat boven hen uittorende op de tempel van Luxor. 'Lady Duff Gordon', zei hij glimlachend.

'Ja', zei Omar, en hij boog het hoofd om zijn respect te tonen voor zijn mevrouw. 'Mijn werkgeefster.'

'Haar boek,' zei de man, 'haar brieven. Vervelend. Erger nog … beschamend. De kedive zou liever zien dat ze geen brieven meer schreef naar huis, naar Engeland.'

Omar had daarop geen antwoord. 'Ik kan lady Duff Gordon niet voorschrijven wat ze wel of niet mag …'

'De pasja zal iets voor u regelen. Honderd *feddans* land in de delta? Of wilt u een andersoortige betaling?'

Omar was met stomheid geslagen. Begreep hij de ambtenaar goed?

De man zag zijn zwijgen aan voor een poging tot onderhandelen. 'De volgende keer dat u een reis over de Nijl maakt. U bent altijd in haar nabijheid, weten we. We hebben haar nauwlettend in de gaten gehouden. Het zou een koud kunstje zijn. Goed land, in de delta.'

Innerlijk verkrampte Omar, maar hij deed zijn best om uiterlijk onbewogen te blijven.

'U zult er goed voor beloond worden,' vervolgde de man, 'de kedive gaat ervan uit dat u hem trouw bent.'

Omar besefte dat hij op enigerlei wijze moest reageren. 'Jawel, meneer', zei hij. 'Dank u.'

De man wuifde met zijn hand alsof hij wilde zeggen: het is niets. 'Ismail Pasja zal u goed belonen', zei hij nog eens.

Omar stond op, boog en bedankte de man voor de koffie, waarbij hij zijn handen achter zijn rug hield om te voorkomen dat ze zouden gaan trillen. Toen hij van de boot af was gestapt en langs de oever liep, deed hij zijn best het niet op een rennen te zetten; hij wist dat de gezant hem gadesloeg. Hij dwong zichzelf eerst de zak meel te halen die hij net had gekocht.

Hij liet Achmed de zak niet op de ezel laden, maar zette hem op zijn eigen schouder, omdat, zei hij, het goed voelde om een echte last te dragen, een tastbare last. Hij liep door het bouwvallige dorp naar het Franse Huis en groette zijn buren zoals hij altijd deed.

Het was nog koel in het Franse Huis; de hitte had zich nog niet opgehoopt onder de hoge plafonds. Milady lag te rusten in haar kamer met haar deur op een kier, zodat het een beetje door zou tochten. Omar nam een kijkje bij Abdoelah en mij; we lagen allebei te slapen. Hij had Abdoelah 's nachts horen huilen en gehoord hoe ik hem probeerde te troosten en tot bedaren te brengen. Hij ging naar de keuken en haalde zijn potten en pannen tevoorschijn. Hij zocht afleiding in zijn werk, zei hij, in het koken, om niet te hoeven denken aan wat er was voorgevallen. Ik zal milady en Sally en Abdoelah te eten geven en verzorgen, dacht hij, daarvoor ben ik in Luxor. Ik zal ervoor zorgen dat het Franse Huis een aangename plek is met veel comfort en beschaving voor milady. Ik ben niet in Luxor om over de fellahin te waken, om me druk te maken over het lot van mijn landgenoten, om te speculeren over betere, verstandigere, eerlijkere regeringsvormen. Ik ben niet in Luxor om de bevelen van de kedive uit te voeren, om lady Duff Gordon in de Nijl te verdrinken, om een van de weinige Frangi-critici van de pasja uit de weg te ruimen. Hij pakte een pan en liet hem met een klap neerkomen op het werkblad.

Ik werd wakker van de herrie die Omar maakte en sloop door het huis naar hem toe, langs milady's kamer, waar ik even stilhield om naar binnen te gluren, omdat ik er zeker van wilde zijn dat ze sliep. Toen ik in de keuken was, vertelde Omar me op hoge toon wat er gebeurd was.

'Wat voor man denken ze eigenlijk dat ik ben,' zei hij, 'dat de pasja mij tot een van zijn moordenaars rekent?' Hij pakte de pan op en liet hem opnieuw met een klap neerkomen.

Ik pakte zijn hand en probeerde hem te kalmeren. 'Je maakt haar wakker.'

'Ik ben hier als dragoman van lady Duff Gordon', zei hij. 'Ik ben, zoals jij ook altijd zo trots van jezelf zei, in dienst van milady. Wat kan ik doen? Niets! Ik kan al niets doen om jou, mijn vrouw, te helpen. En nu dit.'

Honderd feddans land, dacht ik. Ik kreeg die gedachte niet uit mijn hoofd.

'Ik doe niets', zei hij. 'En dat blijft zo.'

Het koele wisselvallige weer van januari en februari maakte plaats voor de toenemende hitte van maart en toen stond de ramadan weer voor de deur. Omar liet milady weten dat hij niet zou proberen te vasten dit jaar. 'Ik heb al mijn krachten nodig nu Sally niet kan …' hij zweeg '… nu ik er alleen voor sta.' Ze knikte en wapperde met haar hand om aan te geven dat ze er alle vertrouwen in had dat haar dragoman zijn eigen beslissing nam met betrekking tot zijn geloof en dat ze zich niet van de wijs zou laten brengen door verwijzingen naar mij.

'Ik zou zelf ook graag een keer willen vasten', zei ik op een avond tegen Omar. 'Niet dit jaar,' voegde ik eraan toe, 'ik weet het, de baby. Maar misschien over een jaar.'

Omar knikte. 'Over een jaar.' En toen keek hij me aan en ik zag dat hij zich verbaasde over mijn vermogen plannen te maken voor de toekomst.

Maar om eerlijk te zijn had ik graag tijdens deze ramadan gevast; het ritueel, vasten van zonsopgang tot zonsondergang, had een puurheid die me erg aansprak: laat niets je lippen passeren tot de avond valt. Vier weken was best lang om zoiets te verdragen en ik kon me niet goed voorstellen hoe vrome mensen het volhielden als de vastentijd in de zomermaanden viel, hoe ze de hitte doorstonden zonder te drinken? Maar toch wilde ik er zelf ook graag een keer aan deelnemen, zei ik bij mezelf. En trouwens, door plannen te maken voor de toe-komst kwam ik deze weken door, weggemoffeld in het Franse Huis; ik stelde me in op rustiger tijden, op een gefantaseerde toekomst waarin Omar, Abdoelah en ik ergens samen zouden wonen en gelukkig zijn. In Caïro, dacht ik vaag, een koele, door felrode bougainville overwoekerde binnenplaats. Het huis van Omars vader. Honderd feddans land.

De ramadan bracht een nieuwe uitbraak teweeg van de gastritis waartegen milady en ik het jaar ervoor slag hadden geleverd, al bleek bij de eerste tekenen dat het ditmaal minder ernstig zou zijn. Maar toen een groep bedoeïenen hun tenten opsloeg bij het Franse Huis in afwachting van een consult bij de hakima die hen naar verluidt zou kunnen genezen, moest milady alle zeilen bijzetten. Ze trachtte Achmed op te leiden als haar assistent, maar hoe slim en leergierig hij ook was, hij kon mij niet vervangen en Achmed zelf vertelde me dat milady daardoor soms uit haar humeur raakte. 'Ik vind het moeilijk om alles te onthouden', klaagde hij. Maar milady was koppig en ging gewoon door met de geïmproviseerde kliniek, samen met Achmed redde ze het wel.

Milady wist dat ze in de gaten werd gehouden. Moestafa Aga had dat op een middag laten doorschemeren toen hij haar vertelde dat men een gezant van de regering met Omar had zien praten. Nadat hij was vertrokken, had ze Omar naar haar kamer geroepen en hem naar de roddel gevraagd. Was het waar dat hij bezoek had gehad van een agent van de pasja?

Omar wilde haar niet vertellen wat de rijksambtenaar had gezegd. 'Ja, milady … ze zijn niet blij met uw brieven. Dat weet u al. Ze zijn niet blij met uw boek.'

Omar vertelde me dat milady lachte en zei: 'Ze zijn niet blij met mij.'

Maar ze zei tegen Omar dat het haar niet veel kon sche-len en dat ze zich geen zorgen maakte. 'Ik schik me in mijn lot, Egypte is mijn lot. Ik ben niet bang voor de kedive.' En ondanks de situatie met mij was het duidelijk dat ze Omar volledig vertrouwde.

Op een avond, nadat Achmed uitgeput van zijn werk in de kliniek op de keukenvloer in slaap was gevallen, bracht Omar milady haar avondmaal in de salon.

'Kom even bij me zitten, Omar, alsjeblieft', zei ze. 'Eet mee.' Ze hadden geen avondmaaltijd meer gedeeld sinds onze terugkomst in het Franse Huis, sinds onze posities in het huishouden zo dramatisch veranderd waren door Abdoelahs geboorte. Terwijl Omar een paar kussens pakte, ging zitten en wat van het lamsstoofvlees at dat hij voor haar had gemaakt, voelde hij een sterke mengeling van opluchting en angst, zei hij later.

Milady had een nieuwtje voor Omar. 'We gaan van de zomer naar Europa', zei ze.

Omar glimlachte en knikte.

'We reizen vanaf Alexandrië verder met Janet. Zij regelt alles. Janet is heel goed in regelen.'

'Daar twijfel ik niet aan, milady.'

'We reizen per schip naar Marseille en dan verder met de trein naar Parijs, waar we de rest van de familie zullen treffen.'

'Parijs', zei Omar met een zucht. 'Dat klinkt als een reis naar de maan en terug.'

Milady lachte. 'Parijs is schitterend, veel mooier dan de maan, dat weet ik zeker. We blijven er een paar dagen om de bezienswaardigheden te bekijken. De Seine, de Notre Dame.'

'Wat is dat?'

'Een enorme kathedraal midden in de stad. Maar we blijven er maar een paar dagen. Daarna reizen we door naar een kuuroord in Duitsland voor een vakantie met de familie.'

'Duitsland', zei Omar.

'Je hebt altijd al naar Duitsland gewild, Omar, je hebt het

alleen tot nu toe niet geweten.'

'Ik ga met plezier overal heen, milady.'

'We gaan niet naar Engeland, dat is te ver, te duur en we hebben er geen huis waar we met ons allen kunnen verblijven. Janet heeft alles geregeld. Ik zie binnenkort mijn familie weer, Omar! Ik kan haast niet wachten. Het wordt een geweldige tijd.'

Ze keek hem stralend aan en hij glimlachte terug. 'Hebt u alle dorpelingen al onderzocht die uw hulp nodig hebben?' vroeg hij.

'Er wachten er nog een paar. En dan hebben we natuurlijk nog degenen die moeten terugkomen als de behandeling niet aanslaat.'

'Dit werk is een aanslag op uw gezondheid.'

'Het moet gedaan worden. En zolang ik gezond genoeg ben, zal ik ermee doorgaan.'

'Het zou makkelijker zijn als uw assistent iets …' Omar zweeg even '… ervarener was dan Achmed.' Hij kon zich niet inhouden; milady was in zo'n opgewekt en spontaan humeur.

'De jongen doet zijn best', zei ze. 'En hij leert snel. Hij is nuttig als ik niet begrijp wat de bedoeïenen bedoelen.'

'U zou meer mensen kunnen onderzoeken en sneller ook als u Sally zou toestaan u te helpen …'

Milady viel hem in de rede. 'Ik weet wat je gaat zeggen. Maar denk maar niet dat je mijn goede humeur kunt aangrijpen om me over te halen.'

Omar stond op en bracht het dienblad terug naar de keuken. Hij wilde het op het werkblad neersmijten, hij kon zichzelf wel voor zijn kop slaan dat hij de moed had gehad om met milady in discussie te gaan en tegelijkertijd wilde hij terugrennen naar de salon en het uitschreeuwen van frustratie. 'Uw leven ligt in mijn handen, milady', had hij willen zeggen, vertelde hij me later. 'U mag dan denken dat er geen gevaar dreigt, dat u het simpelweg kunt wegwuiven, maar het is er wel degelijk. Weet u wel wat die agent me heeft gevraagd?'

'Je moet haar duidelijk aan het verstand brengen wat ze je schuldig is, Omar', zei ik. 'De pasja houdt haar in de gaten. Als ze jou haar leven toevertrouwt, moet ze er toch ook op vertrouwen dat je weet wat het beste is voor je eigen vrouw en kind?' Maar het was zinloos. Milady wilde niet naar hem luisteren. Ze bleef bij haar beslissing aangaande mijn lot. Het was slechts een kwestie van tijd voordat ik werd weggestuurd.

Lady Duff Gordons praktijk als dorpshakima kwam gedwongen ten einde toen ze zelf een ernstige aanval van haar eigen ziekte kreeg. Wederom kon ze alleen nog maar de hele dag met een paar kussens in haar rug in bed liggen, niet in staat te slapen door het hoesten, het bloedspuwen en de koorts, niet in staat om plat te liggen, niet in staat om rechtop te zitten. Het was zonneklaar dat ze tussen de aanvallen in niet meer zo goed herstelde als vroeger. De ziekte leek haar nu zo stevig te grazen te nemen dat ze iedere keer minder volledig herstelde. 's Avonds tilde Omar haar magere lijf op en droeg haar naar het terras dat op de tuin uitkeek. De paar pondjes die hij haar met zijn voortreffelijke kookkunst had laten aankomen, raakte ze vrijwel altijd weer kwijt zodra ze ziek werd, en meestal meer dan dat. Met matten en diverse kussens en dekens zorgde hij ervoor dat ze comfortabel lag, in de hoop dat ze door de lichte bries makkelijker zou kunnen ademen, en als ze dan naar het donkere silhouet van de woestijnheuvels in de verte staarde en naar de sterren keek, vertelde ze Omar dat ze soms het gevoel had alsof ze verdronk in het vocht dat zich in haar longen ophoopte. Omar deed zijn best haar te behandelen, daarvoor liep hij regelmatig de gang in naar mijn kamer om mij om raad en hulp te vragen, die ik met alle liefde gaf. Op mijn voorstel legde hij zijn slaapmat naast de deur van het terras, waar hij 's nachts wakker lag en luisterde hoe milady vocht om lucht te krijgen.

Op een nacht schrok Omar met een koude rilling wakker, ervan overtuigd dat milady helemaal niet meer ademde. Hij rende het terras op, waar hij haar in elkaar gezakt zag liggen, haar adem nog slechts een zacht gereutel diep in haar keel. Hij rende naar mij toe om me wakker te maken en ik aarzelde geen seconde. Ik haalde de instrumenten, terwijl Omar milady de keuken in droeg. Nadat hij haar op tafel had gelegd, troffen we voorbereidingen om haar te behandelen. Ik vroeg Omar het mes te verhitten in het vuur en toen hij het in het lamplicht glanzende mes aan me gaf, staarde ik naar haar. Hoe vaak had ik haar er weer bovenop geholpen als het leek alsof het leven bijna uit haar was weggegleden? Hoeveel opofferingen had ik me voor haar getroost voordat ik erachter was gekomen dat zij niet bereid was iets voor mij op te offeren? Omar was water aan het koken en legde extra kussens neer in een poging milady's provisorische brancard wat comfortabeler te maken. Hij kon mijn gedachten niet lezen, hij dacht dat ik in de startblokken stond, dat ik alleen maar wachtte tot hij klaar was. Zou hij het merken als ik een te diepe snee maakte, op de verkeerde plek?

Ik schudde deze gedachten van me af. 'Let goed op,' zei ik, 'het kan zijn dat je dit de volgende keer alleen moet doen.' Met vaste hand maakte ik de snee in milady's borst, zoals de dokter het me had voorgedaan, zoals ik het altijd had gedaan. Ik plaatste de hete kom over de wond en wachtte tot die zich met bloed vulde. Omar keek me aan, over de keukentafel heen, over het lichaam van milady heen, die gedurende het hele gebeuren bewusteloos was. Het leek wel of we doktertje speelden en een ontzettend primitieve operatie uitvoerden.

'Het zal zeker helpen,' zei ik, 'het helpt altijd.'

In de daaropvolgende week herstelde milady enigszins. Ik

vroeg Omar of hij haar had verteld dat ik degene was die haar die nacht had behandeld, maar hij zei nee. Hij zei dat hij niet bereid was zich weer haar woede op de hals te halen en haar daarmee te verzwakken.

Hij had gelijk dat hij het haar niet had verteld, denk ik. Maar soms vroeg ik me af of Omar mij had opgegeven.

Er arriveerde een brief – geopend en slordig weer dichtge- plakt, zoals tegenwoordig alle post voor milady – van de prins en prinses van Wales. Ze hadden lady Duff Gordons boek ge- lezen, waren in Egypte en wilden haar graag ontmoeten. Ze voeren de Nijl op en zouden graag willen dat ze hen bezocht op hun dahabiya als ze over een week in Assoean waren.

Milady las Omar de brief hardop voor, glimlachte en sloot haar ogen. 'Zie je, ik heb het je gezegd: ik ben een vaste be- stemming geworden op de route langs de Nijl.'

Omar was een tikje gechoqueerd dat ze grappen kon ma- ken over haar eigen koninklijke familie. 'U voelt zich vast een beetje beter vandaag', zei hij.

'Weet je,' zei ze, 'dat zou best eens kunnen.'

Diezelfde middag verscheen de man van de regering die Omar op zijn boot had uitgenodigd voor een kop koffie, aan de deur van het Franse Huis. Achmed rende de trap op om de onbekende bezoeker aan te kondigen. Toen Omar zag wie het was, schrok hij en zocht onwillekeurig steun bij de muur, vertelde hij me later. De man glimlachte. 'Ik kom even praten met lady Duff Gordon.'

'U mag haar niet …' begon Omar.

'Vertelt u haar alstublieft dat ik er ben.'

'Uw naam is …?'

'Zeg maar dat ik hier ben in opdracht van de kedive.'

Milady stond erop de man in haar eentje te woord te staan. Het huis gonsde: eerst een koninklijke missive en nu dit, een vertegenwoordiger van de regering. Achmed sloop mijn kamer binnen om me met hoge, opgewonden stem alles te vertellen. Omar liet de gezant buiten wachten, terwijl hij milady naar de salon bracht en haar op de divan installeerde. Daarna bleef hij in de keuken heen en weer drentelen. Milady had hem gevraagd thee en koekjes te brengen, zoals ze dat voor iedere gast deed, maar hij stelde zich zo op dat hij ieder woord van hun gesprek kon horen.

'Lady Duff Gordon,' begon de man op neutrale, beleefde toon, 'u hebt een uitnodiging ontvangen van de prins van Wales?'

'Jazeker', antwoordde milady, waarbij Omar geen spoortje angst in haar stem hoorde. 'Ze zijn volgende week in Assoean.'

'De kedive verzoekt u, met alle respect, hun uitnodiging niet te aanvaarden.'

'Waarom zou het de kedive iets kunnen schelen of ik een uitnodiging van de prins en prinses van Wales aanvaard?'

Omar hoorde aan haar stem dat milady het amusant vond en één lang moment was hij bang dat ze de gezant van de pasja zou uitlachen.

'Als u een boot huurt om u naar Assoean te brengen, zal de bemanning worden gearresteerd.'

'Als ik een boot huur ...' Milady zweeg.

In de keuken wachtte Omar af. Hij probeerde zichzelf te dwingen door te gaan met theezetten, met zoetigheden op een schaaltje leggen.

'U bedreigt mij', zei milady kalm. 'Waarom in hemelsnaam? Ik ben een zieke oude vrouw, dat ziet u toch ook wel?'

De man schraapte zijn keel, maar bleef zwijgen.

'Waar is de kedive bang voor?' vroeg milady. 'Dat ik de prins en prinses van Wales vertel wat ik iedere dag vanuit mijn raam zie?'

'Ik heb de boodschap van de kedive aan u doorgegeven,

lady Duff Gordon. Excuseert u mij nu alstublieft. Mas salam. De kedive doet u de hartelijke groeten.'

'Blijft u niet theedrinken?' vroeg milady onverstoorbaar.

De man boog. 'Nee, dank u.'

Nadat de agent was vertrokken, bracht Omar het dienblad met de thee naar de salon. Hij kon niet net doen alsof hij niets had gehoord. 'Dat was dezelfde man die bij mij is geweest', zei hij. 'Hij heeft me proberen om te kopen om u te verdrinken.'

Nu moest milady echt lachen, hardop, maar er klonk geen spoortje pret meer door in haar stem. 'Hoeveel was ik de kedive waard?'

Omar gaf geen antwoord op haar vraag. 'Deze dreigementen, milady, worden niet voor de grap geuit, het zijn geen loze woorden. De kedive ...'

'Denk je niet dat ik genoeg van zijn wreedheid heb gezien om te weten dat ik morgen zou kunnen verdwijnen als hem dat uitkomt?'

Omar gaf een abrupt knikje.

'Schenk me maar een kopje thee in.' Milady greep naar haar zij en begon te hoesten. Ze had pijn, zag Omar. Hij stopte een paar kussens in haar rug en probeerde haar wat verlichting te geven door over haar rug te wrijven. Voordat ik Abdoelah had, zou Omar milady nooit hebben aangeraakt, maar inmiddels was hij eraan gewend, zei hij. Hij was er bijna net zo snel aan gewend haar aan te raken als hij zich had aangewend mijn werk te doen naast het zijne.

Toen milady weer in staat was te praten, zei ze: 'Ik was sowieso van plan de uitnodiging af te slaan. Ik ben te ziek om die tocht te maken. Bij het idee om naar Assoean te moeten reizen, voel ik me nog beroerder; volgens mij haal ik de rand van het dorp niet eens. Ik zal de prins later vandaag terugschrijven.'

Omar was verbaasd over deze beslissing, al liet hij dat niet blijken. Maar later die avond ging milady opeens snel achteruit. Ze verzette zich ertegen, maar niemand kan alleen op wilskracht leven en iedere hoest, iedere bloedspuwing bracht haar dood dichterbij. En ze wist het. Hij zag dat ze het wist. Niets kon zo beangstigend zijn als dat, zelfs de kedive en zijn mannen niet.

Ik merkte dat ik me afvroeg wat er zou gebeuren als milady echt doodging. Omar zou onmiddellijk een nieuwe baan moeten zoeken als we wilden overleven en er was geen enkele garantie dat een andere Frangi-werkgever zich welwillender zou opstellen jegens ons. Dat hij een Europese vrouw en een kind had, kon het voor Omar in feite moeilijker maken om werk te vinden. Waarschijnlijk zouden we gescheiden moeten gaan leven. Maar niemand kon me dwingen het land te verlaten. Ik zou vrij zijn om te blijven. Misschien zou Omars familie me willen opnemen in hun huis, zoals Moestafa Aga had gesuggereerd op de dag dat we trouwden. Misschien ... Maar dit was geen nuttige gedachtegang; het ging niet aan om zo te speculeren. Milady zou er weer bovenop komen, dat gebeurde altijd, ze was onverwoestbaar.

Als ze de kracht kon opbrengen, schreef lady Duff Gordon gewoon verder aan haar brieven naar huis, al waren het soms maar een paar regels per dag. Ze sloeg geen acht op de regeringsgezant en diens waarschuwing en gaf haar brieven alleen mee aan reizigers die ze vertrouwde. Overdag bleef ze in haar kamer en 's nachts sliep ze buiten. Ze wisselde het balkon boven de tuin af met het terras dat uitkeek op de Nijl. 'Het wisselende uitzicht heeft een genezend effect op me', vertelde ze Omar. Haar voortschrijdende ziekte gaf mij een beetje vrijheid, waardoor ik een deel van de dag bij Omar in de keuken kon zijn, al hadden de andere huisgenoten moeten zweren het voor zich te houden. Achmed zelfs twee keer. Ze vonden het niet erg, want nu konden ze de baby soms even vasthouden. Abdoelah was bleker geworden sinds zijn geboorte en zijn lichte huid werd alom bewonderd. Het grootste deel van de tijd sliep hij en als hij niet sliep, werd er met hem gespeeld of werd hij gevoerd, vertroeteld of in bad gedaan door een van zijn bewonderaars.

Al was milady zichzelf niet, ze wist niettemin wat er achter haar rug gaande was, hoewel niemand een kik had gegeven. 'Nog een paar weken', mompelde ze tegen Omar toen hij op een middag met een koele doek haar gezicht depte. 'Nog een paar weken, dan stuur ik de baby naar Caïro en kan Sally vertrekken. Begin mei.'

Ze deed haar ogen open en keek Omar aan, maar hij wendde zijn blik af.

We hoorden over een plotseling oproer in het dorp Qena. De geruchten begonnen 's ochtends door het dorp te gonzen: de dag ervoor was er een Pruisische boot aangevallen en in brand gestoken, iedereen aan boord was vermoord, tien dorpen waren openlijk in opstand gekomen tegen het beleid van de pasja. Omar schudde zijn hoofd tegen de dorpeling die hem dit nieuws vertelde, hij wilde de waarheid, het echte verhaal, niet alleen de geruchten, die telkens als hij en Achmed de deur uit gingen wilder en overdrevener werden. 's Avonds bracht Moestafa Aga ons zelf het nieuws. Omdat milady nog niet voldoende hersteld was om hem te ontvangen, ging hij bij Omar in de keuken zitten, waar hij alles vertelde wat hij had gehoord.

'Een derwisj uit de woestijn heeft zichzelf uitgeroepen tot de Mahdi', zei hij. 'Mag ik nog een taartje?'

'Natuurlijk', zei Omar en hij duwde het blad naar Moestafa Aga toe. De Mahdi is de messias die tegen het einde van de wereld de antichrist zal verslaan en de hele mensheid tot de islam zal bekeren.

'Deze zijn verrukkelijk, Omar, je bent de beste banketbakker in heel Luxor. Als je ooit een nieuwe werkgever zoekt ...' Moestafa zweeg abrupt en beide mannen geneerden zich voor deze onbedoelde verwijzing naar de ernst van milady's ziekte. 'De fellahin in een dorp ten zuiden van Qena hebben hem uitgeroepen tot hun verlosser en zijn in opstand gekomen tegen de kedive. Die mensen sterven van de honger, ze zijn hun land en hun middelen van bestaan kwijt. Geen wonder dat ze er genoeg van hebben.'

'Het is niets voor u, Aga Bey, om op te komen voor de rechten van de fellahin.'

'Ach, ik weet het, maar de kedive is te ver gegaan. Hij heeft het volk tot wanhoop gedreven, het enige wat ze nog hebben, is hun woede.'

'Hoe zit het met dat Pruisische schip?'

'Allemaal geruchten en leugens. Het ging om een koopvaardijschip, Grieks geloof ik, dat door een meute beroofd is, maar er is niemand bij gewond geraakt. Het leger concentreert zich met zijn boten in Qena. Ismail Pasja is er zelf ook, zegt men, op zijn stoomschip.'

'En de derwisj?'

'Dat is een bedrieger. Hij herhaalde drie jaar lang iedere nacht de namen van Allah drieduizend keer, waardoor hij nu onkwetsbaar zou zijn. Hij sloot vriendschap met een djinn, die hem nog wat foefjes leerde. En toen riep hij zichzelf uit tot El-Mahdi.'

'Wat gaat er nu gebeuren?' Omar dacht aan de dorpelingen. Opstand op deze schaal zat er al een tijd aan te komen; er was een fanatieke gek voor nodig om de balans te doen doorslaan.

'De kedive zal zorgen dat de onrust zich niet verder verspreidt. Het oproer zal Luxor niet bereiken, dat verzeker ik je.'

'Maar het is kilometers hiervandaan.' Het was niet bij Omar opgekomen dat de onrust zich over zo'n afstand zou kunnen verspreiden.

'De fellahin lijden honger, Omar. Er kan van alles gebeuren. Maar maak je geen zorgen. We zijn overal op voorbereid, neem dat maar van mij aan.'

Toen Moestafa Aga vertrok, greep Omar Achmed bij zijn kladden en liet hem zweren niets van wat er aan de hand was door te vertellen aan milady. Ik weet zeker dat hij met dat pact met de jongen ook de bedoeling had mij onwetend te houden, maar omdat hij dat er niet expliciet bij vermeldde, voorzag Achmed mij uit eigen beweging van informatie. In ruil daarvoor gaf ik hem snoepjes en toen die opraakten, liet ik hem Abdoelah vasthouden.

Die avond kreeg milady hoge koorts, die Omar urenlang probeerde te bedwingen. Hoewel ze buiten westen was, sponsde hij haar zachtjes af met koel water. Opnieuw waagde ik me buiten mijn kamer om hem te helpen. Ik opende milady's reiskoffer en haalde het fraai ingelegde kistje tevoorschijn waarin de laudanum zat. 'Dit werkt goed', zei ik terwijl ik milady een dosis toediende.

'Deze keer zal ik het haar vertellen, Sally, ik zal haar vertellen dat ik het zonder jou niet gered zou hebben.'

Ik schudde mijn hoofd. 'Je redt het wel, Omar, je weet best hoe je haar moet behandelen. Je bent inmiddels een even goede hakima als zijzelf.'

De laudanum sorteerde snel effect, waardoor milady wat beter kon slapen. We gingen terug naar de keuken om iets koels te drinken. Omar was te onrustig om te gaan zitten, hij bleef maar ijsberen. Toen ik hem vroeg wat hem dwarszat, zei hij dat er niets was.

'Ik weet heus wel wat er gaande is in Qena', zei ik.

Hij keek me geërgerd en verbaasd aan.

'Achmed heeft het me verteld. Hij is mijn eigen geheim agentje.'

'O, die jongen', zei Omar hoofdschuddend.

Ik moest lachen, ik kon er niets aan doen. 'Ik weet het,' zei ik, 'hij is zo serieus, hij zet een lage stem en een hoge borst op en praat tegen me als een volwassen man en dan moet ik echt moeite doen om niet in de lach te schieten.'

Omar viel me in de rede. 'Maar het ís serieus, Sally! Het geweld breidt zich uit. Het wordt ieder moment, iedere dag erger. Er gaan mensen dood.'

'Ik weet het,' zei ik, 'maar ik vind het moeilijk om geruchten en sterke verhalen van de waarheid te onderscheiden, vooral als ik ze van Achmed te horen krijg.'

'Ik heb een plan klaarliggen voor het geval het geweld Luxor bereikt', zei Omar.

Achmed had het niet over de mogelijkheid gehad dat de onrust zich tot Luxor zou uitbreiden.

'Het Franse Huis is een soort fort', zei Omar, 'hoog boven op de tempel. De muren zijn twee keer zo dik en veel steviger dan die van alle andere huizen in Luxor. Er is ruimte voor veel mensen,' vervolgde hij, 'de vrouwen en kinderen kunnen op de begane grond schuilen, de mannen en jongens kunnen op de terrassen en op het dak op de uitkijk staan en zien of er troepenbewegingen zijn in de woestijn en of er uit het zuiden of noorden boten aankomen over de Nijl. Ik heb de oude pistolen van sir Duff Gordon hier en ik weet zeker dat de andere mannen in het dorp ook wapens hebben; Moestafa Aga heeft jachtgeweren.'

Hij had er kennelijk diep over nagedacht. 'Heb je het nog met iemand anders over dit plan gehad? Heb je het milady verteld?' vroeg ik.

'Nog niet. We kunnen absoluut niet voorzien wat er gaat gebeuren. Zullen de fellahin in de greep van de Mahdi Luxor aanvallen of zullen de dorpelingen, die zelf ook boos en moe zijn, zich bij het verzet aansluiten? Als het erop aankomt, zal ik milady moeten dwingen bij jou en Abdoelah te schuilen.'

'Daar zal ze nooit mee instemmen. Ze zal eerder zelf de pistolen van sir Alick grijpen en de barricades op gaan.'

'Dan dwing ik haar. Niemand zal een kind en twee vrouwen kwaad doen. Jullie zullen het veiligst zijn van iedereen.'

'Maar de troepen van de kedive zullen dan toch wel op tijd hier zijn om ons te beschermen?' zei ik. Omar en ik keken elkaar aan en huiverden bij de gedachte dat we op bescherming hoopten van dezelfde kedive die milady had bedreigd.

Moestafa Aga kwam de volgende ochtend terug om te melden dat het oproer naar diverse andere dorpen was overgeslagen en dat honderden fellahin nu openlijk in opstand waren gekomen. 'Als de troepen niet in actie komen, kan het zich nog verder verspreiden', zei hij. 'We moeten op alles voorbereid zijn.'

Omar vertelde hem over zijn idee om het Franse Huis als bastion te gebruiken en Moestafa Aga vond dat een goed plan voor als de nood aan de man kwam.

In Luxor was niets te merken van de commotie in de dorpen stroomopwaarts; af en toe tufte er een toeristenboot over de Nijl, van de moskee klonk de oproep tot gebed en de dorpelingen wijdden zich aan hun normale bezigheden. Maar er hing een stilte in de lucht, het gevoel dat er iets te gebeuren stond, en op de markt en in de nauwe steegjes was men kregelig en kortaf.

Omar bleef het nieuws over de opstand voor milady verzwijgen, waardoor zij zijn stijgende onrust voor iets anders aanzag. Telkens als ze wakker werd – uit de diepe slaap die door de laudanum was opgewekt – was haar eerste gedachte hem te roepen, hem in paniek te roepen, alsof ze ervan overtuigd was dat hij haar in de steek had gelaten. 'Hij is weg!' hoorde ik haar uitroepen en daardoor wist ik dat ze bang was dat Omar samen met mij zou vertrekken, dat ik hem op de een of andere manier had overgehaald met mij en zijn kind weg te gaan en milady achter te laten, om ergens heen te reizen waar zij hem niet kon vinden, om haar hier in Luxor aan haar lot over te laten, alleen, ver weg van haar vrienden, ver weg van haar familie. Ik hoorde het in haar stem, ze dacht dat hij vertrokken was en dat er niemand meer voor haar was, niemand om voor haar te zorgen. En dan riep ze hem zo hard als ze kon en als Omar niet onmiddellijk antwoordde, riep ze hem opnieuw en deed een poging rechtop te gaan zitten, uit bed te stappen, met brandende longen, met bonkend hart, terwijl het bloed naar haar hoofd steeg en …

Er kwam altijd iemand, er reageerde altijd iemand; als het Omar niet was, dan was het Achmed of Mohammed, ze werd nooit alleen thuisgelaten, er bleef altijd iemand in de buurt. En dan kon ze zich weer rustig achterover laten zakken in de kussens, dan kon ze haar paniek vergeten en tegen zichzelf zeggen: natuurlijk is hij er, wat dom van me. Natuurlijk is hij er, hij is trouw en gehoorzaam.

Omar betreurde het dat Achmed mij had verteld wat er gaande was in de dorpen. Maar nadat ik me wekenlang had schuilgehouden in mijn kamer, wachtend, hopend, speculerend over mijn lot, was het voor mij een opluchting om bang te kunnen zijn voor iets wat zo veel concreter en dringender was. Ik dacht steeds dat ik mannen kon horen schreeuwen in de verte en dat het geschreeuw dichterbij kwam, maar dan besefte ik dat het gewoon dorpelingen waren die onder mijn raam stonden te kletsen of de wind die door de palmbomen ruiste. Ik had voortdurend kippenvel en ik schrok van alles, met de arme Abdoelah stevig in mijn armen geklemd, te stevig bij meer dan één gelegenheid.

Op een dag ging Omar na het middageten het dorp in om te proberen wat meer aan de weet te komen en hij liet Achmed achter om op milady te passen. Maar zodra hij vertrokken was, ging Achmed, de deugniet, hem achterna, omdat hij met alle geweld zelf wilde ontdekken wat er gaande was en niets wilde missen. Terwijl ik in mijn kamer op en neer liep en overwoog naar de salon te gaan, waar ik vanaf het balkon beter zicht zou hebben op het dorp en misschien zelfs Omars verrichtingen zou kunnen volgen, hoorde ik opeens milady roepen. Ditmaal kreeg ze geen antwoord, want ook Mohammed was de deur uit, er was dus helemaal niemand die kon antwoorden. Milady riep nogmaals en ik kon de paniek in haar stem horen. Ze is een dwingeland geworden, dacht ik, ze is nooit een dwingeland geweest voordat ik de baby kreeg, dus dat komt door mij, en ik voelde opnieuw een steek van schuld en schaamte. Maar die schuld en schaamte leidden tot boosheid op het moment dat ik aan mijn ellendige lot dacht. De extreme situatie van dit moment – de openlijke opstand op het platteland – gaf me het laatste zetje. Ik legde de slapende Abdoelah in zijn mooie mand en liep resoluut naar milady's kamer.

Ze zat recht overeind, ze had haar benen al over de rand van het bed gezwaaid en haar voeten op de grond gezet, ze wilde net proberen op te staan. Het was een schok om haar te zien. Ze zag er mager en afgetobd uit, er lag een groenig waas over haar huid en het haar op haar kortgeschoren hoofd was al bijna helemaal wit. 'Wat doe jij hier?' vroeg ze met schrille stem. 'Waar is Omar?' Ik kon zien dat ze in paniek was. Heel even kreeg ik sterk de neiging iets wreeds te zeggen, bijvoorbeeld dat Omar ons in de steek had gelaten, dat hij ons beiden hier had achtergelaten om te worden vermoord door de dorpelingen die zich bij de opstand hadden aangesloten.

'Omar is naar het dorp', zei ik en ik wist mezelf ervan te

weerhouden het gebruikelijke, familiaire 'milady' eraan toe te voegen. 'Ik kan u ook helpen. Wat wilt u?'

'Ik wil jouw hulp niet', zei ze. 'Omar verzorgt me wel als hij terug is.' Ze draaide zich om naar de muur en gaf me daarmee als een kind te kennen dat ik weg moest gaan.

Maar ik kon niet weggaan. 'Alstublieft,' begon ik en het voelde alsof ik een hap krijt had genomen toen ik besefte wat ik op het punt stond te zeggen, 'lady Duff Gordon, alstublieft', zei ik. 'Ik smeek u, stuur me alstublieft niet weg.' Ik hapte naar adem. Ze keek me niet aan, waardoor ik kon doorgaan. 'Dwing me niet mijn kind af te staan en terug te gaan naar Engeland. Denk aan uw eigen kinderen – denk aan mejuffrouw Rainey – dring me deze scheiding niet op. Omar en ik zijn getrouwd, we vinden wel een manier …'

'Eruit.' Milady keek me niet aan, ze weigerde me aan te kijken. Haar stem was zacht en kalm. 'Ga onmiddellijk mijn kamer uit, anders stuur ik je vandaag nog weg.'

Nu was ik wanhopig. 'Hij houdt van me. U weet dat hij van me houdt. Waarom haat u me zo na alles wat ik voor u gedaan heb, alle jaren waarin ik me voor u heb ingezet? Wilt u me echt mijn kind afnemen? Wilt u echt dat beetje geluk voor mezelf afnemen? Wilt u …'

Milady pakte een boek van de tafel naast haar bed alsof ze het wilde gaan lezen. Terwijl ik doorging met smeken, waarbij de woorden steeds sneller uit mijn mond kwamen, draaide ze zich abrupt om en wierp het boek met alle kracht die haar nog restte naar mijn hoofd. Het raakte me vol in het gezicht.

Ik wankelde achteruit met mijn handen tegen mijn neus, die was gaan bloeden, voelde ik. Toen rende ik de kamer uit, terug naar mijn baby.

Enkele uren later kwam Omar terug en vulde het huis zich weer met mensen en drukte. Toen Omar een kijkje kwam nemen bij mij, zag hij mijn verwonding; mijn wang was dik en de huid onder mijn oog was blauw aan het worden. Ik vertelde hem dat ik was uitgegleden en gevallen en dat ik daarbij tegen de rand van de tafel terecht was gekomen. Hij merkte wel dat er iets niet helemaal klopte aan mijn verhaal, maar hij had te veel andere dingen aan zijn hoofd, er was te veel gaande en ik verzekerde hem dat er niets met me aan de hand was. Het was hem niet gelukt echt duidelijke informatie te verkrijgen over de gebeurtenissen ten zuiden van Qena en er heerste een uiterst gespannen sfeer in het dorp, alsof er ieder moment een omslag in loyaliteit kon plaatsvinden: of naar de opstand of naar de kedive.

'Misschien is dit het moment om milady over mijn plan te vertellen', zei Omar.

Ik gaf geen antwoord.

'Misschien moet ik Moestafa Aga laten halen en de pistolen klaarleggen.'

Ik gaf geen antwoord. Ik had geen idee wat ik doen moest; ik had nergens enig idee van.

Precies op dat moment kwam Achmed de trap op klepperen. 'Ze komen eraan!' schreeuwde hij. 'Ze zijn er! Ze lopen nu door het dorp!'

Omar rende ervandoor om sir Alicks jachtpistolen te halen, die hij in zijn kamer verborgen hield. Ik rende naar de ramen aan de voorkant van het huis, waar ik stokstijf bleef staan toen ik zag wie het waren.

Het waren niet de dorpelingen, die, meegezogen door de opstand, optrokken om het Franse Huis te bestormen, maar iets wat even bijzonder was: een schitterende stoet bewoog zich op paarden en ezels vanaf twee enorme luxe-dahabiya's die aan de oever lagen afgemeerd, door het dorp in de richting van het Franse Huis. Net toen ik me afvroeg wie dat in vredesnaam zouden kunnen zijn, schoot het me opeens te binnen: het waren de prins en prinses van Wales.

Milady ontving haar koninklijke gasten in de salon; het koninklijk gevolg nam zijn intrek in de keuken en Omar en Achmed renden als gekken van kamer naar kamer om in de behoeften van de eerbiedwaardige gasten te voorzien, terwijl Achmed tussendoor ook nog voortdurend de gang in vloog om minutieus verslag uit te brengen aan mij.

Nadat ze vertrokken waren – ze bleven minder dan een uur, maar het voelde als een paar dagen – kon ik me niet meer inhouden. Er gebeurde te veel om me heen: een koninklijk bezoek terwijl er een opstand dreigde. Ik moest Omar zien, ik moest buiten op het terras staan om de bezoekers te zien vertrekken, om te zien of er in hun kielzog nou wel of geen woedende menigte op het punt stond in opstand te komen. Maar Omar was niet in de keuken; hij was bij milady. Toen deed ik iets wat ik nooit eerder had gedaan in al mijn jaren als huisbediende: ik ging bij milady's deur staan en luisterde hun gesprek af.

'De kedive mag trots op me zijn,' zei milady, 'ik heb geen kwaad woord over hem gesproken. De prins en prinses van Wales zijn tenslotte zijn gasten in Egypte. Ze zouden niet eens met me over politiek hebben willen praten.'

Ik kon horen dat het bezoek haar had vermoeid en dat ze rilde. Omar liep naar haar toe en legde een sjaal over haar knieën en een andere om haar schouders. 'Omar,' zei ze, 'hou op met dat getuttel. Luister naar me.'

Ze klonk opeens heel ernstig. 'Geef me je hand.'

'Ja, milady?'

'Ik heb de prins van Wales om een gunst gevraagd. Als je bij me blijft …' Ze onderbrak zichzelf: 'Omar, luister je?'

'Jazeker, milady.'

'Als je bij me blijft, me niet in de steek laat en me verzorgt tot ik doodga …'

Omar begon te protesteren, maar ze snoerde hem de mond.

'… want dat ik doodga, staat vast, daar kunnen we niet omheen …' Ze aarzelde even. Ik hield mijn adem in. 'Als je tot dan bij me blijft, zal de prins van Wales je een betrekking geven in zijn huishouden, heeft hij me beloofd.'

Omar zei niets.

Ik smoorde mijn eigen kreet in mijn hand. Een betrekking in het huishouden van de prins van Wales.

'Dan benoemt hij je tot dragoman van de prins van Wales.'

Omar antwoordde niet. Hij leek geen woord te kunnen uitbrengen.

'Begrijp je wat ik zeg?'

Na een tweede lange stilte hervond hij eindelijk zijn stem. 'Ja, milady.'

'Als je bij me blijft, zijn jouw toekomst en de toekomst van je familie in Caïro verzekerd.'

Omar haalde diep adem. Hij had geen keus. We zouden nooit samen zijn, dat was geen optie, dat had nooit echt tot de mogelijkheden behoord. Hij had te veel verplichtingen aan te veel mensen: zijn ouders, Mabroeka, milady en nu de prins en prinses van Wales; te veel mensen vertrouwden erop dat hij het juiste levenspad zou kiezen.

'Ik blijf bij u, milady,' zei hij, 'ik zal altijd aan uw zijde blijven.'

Er was geen keus. Ik zou moeten vertrekken.

Ik wachtte Omar buiten milady's kamer op; ik móést hem zien, ik móést hem laten weten dat ik wist wat zich had afgespeeld achter die deur, waar over de loop van mijn verdere leven was beslist. Ik stond zwijgend te wachten achter die deur.

Waarom handelde milady op deze manier? Waarom had mijn liefde voor Omar haar ertoe gebracht mij te haten? In ieder ander huishouden zou deze gebeurtenis – twee trouwe bedienden die in de echt verbonden waren, waardoor er minder kans was dat je er een aan een andere werkgever kwijtraakte – waarschijnlijk reden voor blijdschap zijn geweest. Terwijl ik achter die deur stond, vroeg ik me af of milady Omar altijd al voor zichzelf had willen hebben en mijn zwangerschap had aangegrepen om zich van me te ontdoen. Ik vroeg me af of milady zelf verliefd was op Omar. Maar ik wist dat dat absurd was. Ze zou net zomin verliefd worden op een bediende als op een ezel.

Omar kwam haar kamer uit. Ik keek hem recht in het gezicht en zag dat ik reddeloos verloren was, dat ik Omar was kwijtgeraakt aan milady en dat ik, als ik niet heel voorzichtig was, ook mijn kind zou kwijtraken. Dan zou ik alles kwijt zijn.

Toen schreef ik een brief aan mijn zus in Alexandrië. Het was me nog niet gelukt haar te schrijven, al had ik het al vele malen geprobeerd. Ik vertelde haar wat er was gebeurd en gaf haar mijn mening zo onverbloemd en eenvoudig als ik kon. Ik schreef dat ik hoopte dat ze niet boos op me was. Maar waar ik natuurlijk echt op hoopte, was dat ze me een oplossing kon bieden. We hadden elkaar altijd geholpen in het verleden, ik had haar aan haar betrekking bij de familie Duff Gordon geholpen en ik herinner me nog goed de dag dat ze mejuffrouw Janets dienstmeisje werd: twee kleine meisjes die allebei erg in hun nopjes waren, zowel met zichzelf als met elkaar.

Ellen schreef me terug; ze wist natuurlijk alles al over de situatie. Ze schreef dat zowel mejuffrouw Janet als mevrouw Austen, milady's moeder, en zelfs sir Alick in niet mis te verstane woorden hadden gezegd dat ze vonden dat milady te hardvochtig had gehandeld ten opzichte van mij. Heel even koesterde ik bij het lezen van haar brief weer een sprankje hoop. Maar Ellen kon me geen oplossing bieden – er was geen plan om mij en mijn kind op te nemen in het huishouden van de familie Ross (ik hekelde mezelf erom dat ik ooit zoiets had kunnen bedenken) – alleen vriendelijke woorden en mededogen, gekleurd door verbazing, verwijt en verdriet, omdat ik mezelf in zo'n positie had gemanoeuvreerd. Ik kende het maar al te goed, dat gevoel van spanning en opluchting dat alle ongetrouwde vrouwelijke bedienden om het hart slaat: *dit had mij ook kunnen overkomen, ware het niet dat …* Dat was wat mijn zus voelde, ook al zei ze het niet met zoveel woorden.

Die avond werd Omar, die op zijn mat voor de deur van milady's slaapkamer lag te slapen, gewekt door Moestafa Aga's oudste zoon, de jongen die me, een heel leven geleden leek het wel, een aanzoek had gedaan. Hij bracht nieuws: de troepen van Ismail Pasja hadden honderd mannen doodgeschoten die betrokken waren geweest bij de opstand in Qena en ze hadden de dorpen platgebrand en de akkers rondom verwoest, waardoor de rebellie de kop was ingedrukt voordat deze de kans had gehad zich naar Luxor uit te breiden.

'De derwisj is de bergen in gevlucht', zei de jongeman. 'We zijn veilig.'

VIJFTIEN

Ik ben gepakt en gezakt. Ik heb weinig bezittingen, alles past in één koffer, en ik heb Abdoelah. Veel van wat ik in mijn leven nodig had, werd geleverd door milady en moet bij milady blijven. De baby slaapt in zijn mandje, onwetend van het tumult om hem heen. De stoomboot van het staatsbedrijf heeft vanochtend aangelegd in Luxor en vertrekt vanmiddag, met mij en Abdoelah. Ik vertrek. Na maanden van wachten verlaat ik Luxor.

Ik kleed me langzaam uit. Ik vouw mijn Egyptische kleren zorgvuldig op, de kleren die milady nog maar vorig jaar speciaal voor mij had laten maken. De afgelopen week heb ik me beziggehouden met het verstellen en klaarleggen van mijn Engelse kleren: het dikke ondergoed en de lastige onderrok. Ik haal de baleinen onder uit mijn koffer en pak ze uit. Het is net een extra stel ribben, een compacte buitenste kooi. Ik doe ze om en trek de koorden strak aan; mijn vingers zijn niet vergeten hoe het moet. Vervolgens trek ik de hooggesloten jurk van bruine mousseline aan; ik vind mijn knopenhaak en knoop, meteen al plakkerig van de hitte, de jurk dicht. Mijn leren laarsjes zijn zwaar, alsof er Engelse modder aan kleeft. Ik steek mijn haar op en zet mijn witte muts op; ik kan me niet herinneren wanneer ik hem voor het laatst heb gedragen. Handschoenen. Ik ben volledig ingepakt. Ik ben klaar.

Milady blijft op haar kamer. We hebben geen afscheid genomen. Ze heeft geweigerd me een aanbevelingsbrief mee te geven voor toekomstige werkgevers en ze wilde me evenmin brieven voor de vertegenwoordigers van de consul meegeven om mijn reis over de Nijl te bespoedigen. Via Omar heeft ze me mijn laatste loon doen toekomen plus een som geld om de overtocht naar Engeland te betalen, verder niets.

Ik wil lady Duff Gordons geld niet, maar ik neem het toch aan, ik moet wel. Wat ik echt wil, is dat milady nu, op dit allerlaatste moment, van gedachten verandert. Wat denkt ze eigenlijk dat ik ga doen als ik in Engeland ben, vraag ik me opeens af. Maar ik ben kalm, ik ben uitgeraasd voor vandaag. Ik heb geen referenties, geen eigen geld en geen goede reputatie; iedereen in Londen heeft gehoord wat me is overkomen. Hoe denkt ze dat ik mezelf in leven moet houden?

Omars vrouw, Mabroeka, en zijn ouders verwachten me in Caïro; Omar heeft hun daarover al bericht gestuurd. Milady heeft geregeld dat ik Abdoelah bij hen aflever voordat ik doorreis. Maar ik heb andere plannen, plannen waarover ik niemand heb verteld, zelfs mijn echtgenoot niet. Ik vertrek uit Luxor, jazeker, maar ik vertrek niet uit Egypte.

Omar en Achmed komen mijn kamer binnen. Samen tillen ze de reiskoffer en Abdoelahs mand op en dragen ze naar beneden, waar ze ze op de ezel laden. Achmed doet wat hem wordt opgedragen, maar hij kan niet stoppen met huilen. 'Achmed,' zeg ik, 'je hebt je nut vandaag wel weer bewezen; je vergiet genoeg tranen voor ons tweeën.' Ik bedoel het als een grapje, maar niemand lacht. Ik heb Abdoelah in mijn armen; hij is wakker geworden en slaat blij met zijn handje tegen mijn wang. Ik draag hem de trap af en loop met hem naar buiten en dat is het dan: we zijn uit het Franse Huis vertrokken, we zijn onderweg, we lopen door het dorp. De buren komen naar buiten met allerhande geschenken – dadels, pasteitjes, honing – voor op reis en ik heb de grootste moeite niet te huilen om hun vrijgevigheid. Als we bij de boot arriveren, komt Moestafa Aga aanrijden, hij stijgt af en maakt een buiging voor me. Hij geeft me een grote blauwe scarabee, de scarabee die ik ooit bij hem thuis zo had bewonderd, en hij zegt dat het hem veel pijn doet dat ik vertrek.

Ik sta in de kleine hut op de boot. Omar heeft mijn koffer naar binnen gedragen – hij is met de Reis gaan praten en heeft hem een geldbedrag gegeven om mij een veilige reis te garanderen – dan klinkt de fluit, de bemanning begint naar elkaar te schreeuwen en Omar omhelst me. Hij beeft, ik merk dat hij de juiste woorden niet kan vinden, dat hij niet weet wat hij moet zeggen. Maar het fluiten gaat gestaag door en het is tijd voor hem om van boord te gaan. 'Zorg goed voor mijn zoon', zegt hij ten slotte.

Ik buig het hoofd. 'Insjallah', zeg ik.

En dan rent mijn geliefde de loopplank af naar de huilende Achmed. Ik kijk over het dorp heen naar de tempel met daarop het Franse Huis; er staat iemand op het balkon. Ik tuur tegen de felle gloed van de middagzon in, ik hoop dat het milady is. Maar het is Mohammed, die als een gek staat te zwaaien. Ik zwaai terug en merk dat ik ondanks alles glimlach. De boot vaart weg en nu heb ik Luxor echt verlaten.

DEEL DRIE

Leven na de dood

ZESTIEN

Eenmaal weg uit milady's huis veranderde alles. Ik had het gevoel alsof mijn schande in onuitwisbare inkt op mijn gezicht
geschreven stond. Ik trok in mijn eentje de wereld in, net zoals ik jaren geleden het huis van mijn tante verliet en voor het
eerst bij iemand in dienst kwam. Ik was de status en de positie kwijt die ik had genoten op mijn reizen met lady Duff
Gordon: de diplomatiek vertegenwoordiger in iedere haven,
zowel de Egyptische als de Europese contacten, de vrienden
van vrienden van vrienden van milady overal langs de route.
Ik moest nu voor mezelf en mijn kind opkomen. Ik had nog
nooit alleen gereisd, afgezien van het ritje per trein naar Londen op mijn vrije dag, en ik had het gevoel dat die tijd miljoenen kilometers en miljoenen jaren achter me lag. Ik had nog
nooit met de rijksstoomboot gevaren en was niet gewend aan
de enorme drukte. Het schip, dat hoog boven de feloeka's uittorende, had er tamelijk imposant uitgezien toen het in Luxor
afmeerde, maar eenmaal aan boord zag ik dat het aftands en
smerig was en dat het krioelde van het ongedierte. Het had
nauwelijks moderne voorzieningen; veel van de dahabiya's
waarop we hadden gevaren, hadden die evenmin, maar voor
twee vrouwen met een twaalfkoppige bemanning tot hun be-
schikking is het leven een stuk eenvoudiger dan voor een alleenstaande vrouw met een baby omringd door vreemden.

De eerste nacht durfde ik mijn hut niet uit, zo bevangen was ik door paniek, zo zeker wist ik dat ik omringd was door dieven en schurken die niets liever wilden dan mijn baby weggrissen en hem in de Nijl werpen. Er zat geen slot op de deur en de lijst was zo kromgetrokken en verbogen dat je de deur alleen met grote moeite dicht kreeg. Ik kon niet slapen en deed de hele nacht pogingen om de hut schoon te maken, zodat het er gedurende de reis leefbaar zou zijn, al was het in de raamloze bunker te donker en benauwd om echt op te schieten; hij was net groot genoeg voor een veldbed en mijn reiskoffer, terwijl Abdoelahs mand de overige vloerruimte in beslag nam, al hield ik Abdoelah zelf bij mij op het veldbed, zo bang was ik om hem los te laten.

De volgende ochtend zag ik me gedwongen op zoek te gaan naar water om Abdoelah te wassen. Met de baby in mijn armen geklemd kwam ik de hut uit, ondanks het vroege uur bijna smeltend van de hitte in de hooggesloten dikke jurk. Zodra ik aan dek kwam, verzamelde zich een groepje boerinnen om me heen, waardoor ik meteen de ellendige hut weer in wilde rennen en de koffer voor de deur schuiven. Ze staarden me zwijgend aan en ik staarde terug, niet in staat me te verroeren. Als ik sinds Abdoelahs geboorte niet al voortdurend doodsbang was geweest dat mij en mijn kind iets zou overkomen, zou ik gezegd hebben dat ik nog nooit van mijn leven zo bang was geweest.

Maar toen glimlachte een van de vrouwen naar me.

En toen wist ik het opeens weer. Toen wist ik opeens weer waar ik was en door wie ik omringd was: Egyptenaren. Kon er een vriendelijker, gastvrijer volk bestaan op deze aarde? Ik haalde diep adem, lachte terug en groette de vrouwen eerbiedig: es salam aleikum. Ze begonnen allemaal tegelijk tegen me te praten, blij, vrolijk, vriendelijk en nieuwsgierig, ze gristen de baby uit mijn handen om met hem te tuttelen en hem te knuffelen, ze deelden hun water en hun eten met me, gaven mij het beste, het zoetste en het lekkerste, terwijl ze er absoluut niets voor terug wilden. Ze lieten me in de schaduw op het achterdek van het schip plaatsnemen om te rusten, terwijl zij met Abdoelah speelden, ze stelden me tientallen vragen en stonden versteld van mijn Arabisch en waren nog verbaasder toen ze hoorden dat ik met een Egyptenaar was getrouwd, maar dat hij me in mijn eentje de Nijl liet afvaren, keurden ze af. Het was ongehoord dat een Frangi met de rijksstoomboot reisde, ze zwoeren dat ik de eerste Frangi-vrouw was die dat ooit had gedaan en van de Reis hoorden ze dat ik de eerste Frangi was die hij ooit had gezien.

En zo geschiedde; ik verliet de wereld van lady Duff Gordon, waar we altijd omringd waren geweest door mannen, waar mannen onze metgezellen, bedienden, leraren en vrienden waren geweest, en betrad gedurende deze reis het domein van vrouwen, waar mannen – met uitzondering van onze kinderen, de uiterst geliefde jongens – nauwelijks bestonden. De boot voer met een gestaag gangetje de rivier af, onafhankelijk van wind of windstilte zoals een dahabiya, en mijn dagen aan boord waren een soort aangenaam respijt, al besefte ik dat toen nog niet.

Ik besteedde mijn dagen op de boot aan het maken van plannen. Het duurde een tijdje voordat het tot me doordrong, maar dat er niemand was om me op te vangen betekende ook dat er niemand was die me zei wat ik doen moest. De vragen van de vrouwen over waar ik heen ging en wat ik ging doen, wimpelde ik zo goed mogelijk af; natuurlijk wachtte de familie van mijn man me in Caïro op, natuurlijk wist ik waar ik heen moest en wat ik doen moest. De vrouwen om me heen en de leugentjes om bestwil die ik vertelde, hielpen me de waarheid te zien. Ik weigerde Abdoelah aan Omars vrouw te geven en zelf terug te gaan naar Engeland. Waarom zou ik dat in hemelsnaam doen? Lady Duff Gordon had me eruit gegooid – waar of niet? – en daarmee had ze me verlost van de plicht haar trouw te blijven. Ik weigerde te doen wat lady Duff Gordon van me eiste.

Ik moest natuurlijk wel rekening houden met mijn man en als Omar hier was geweest, zou ik hem om toestemming hebben gevraagd en gehoorzaamd hebben, ik was tenslotte een goede echtgenote. Maar hij was niet hier. Ik was niet van plan alles op te geven waarvan ik ooit had gehouden en gedwee weg te gaan, opdat milady mij nooit meer hoefde te zien. Ik weigerde dat, al reikte lady Duff Gordons invloed nog zo ver; ik zou heus wel een manier vinden om in Caïro te blijven en Abdoelah bij me te houden.

Mijn besluit gaf me moed en die moed sterkte me in mijn besluit. Omar zou me vergeven. Daar was ik absoluut van overtuigd.

In de Boelak-haven in Caïro werd de ernst van mijn hachelijke situatie opnieuw duidelijk. Op de boot was ik beziggehouden, afgeleid en in de watten gelegd door mijn reisgenoten. Zelfs een lichte aanval van dysenterie had mijn reis niet al te nadelig beïnvloed. Maar toen we eenmaal in Caïro lagen afgemeerd, namen de vrouwen die me gezelschap hadden gehouden afscheid met insjallah, alhamdoellilah, waarna ze in de menigte oplosten als water dat van het dek in de rivier loopt. Toen ik over de loopplank liep, voelde ik hoe iedereen op de kade naar me keek en ik betreurde mijn besluit om die dag Europese kleren te dragen. Egyptenaren mogen dan heel vriendelijk zijn, ze staren je zonder scrupules aan en lijken dat in geen enkel opzicht onbeleefd of opdringerig te vinden. En ik was natuurlijk een vreemde verschijning, een vrouw alleen, zeulend met een koffer en een baby. Ik had niet gewild dat Omar iemand zou regelen om me in Boelak op te halen; voor zover hij wist, zou ik linea recta naar zijn ouders gaan om Abdoelah af te geven en van daar naar Alexandrië, waar ik zou wachten op mijn overtocht over de Middellandse Zee. Dit was het moment waarop ik van plan was op te lossen in de menigte. Alleen viel ik veel te veel op om te kunnen oplossen.

Met het geld dat milady had bestemd voor mijn overtocht naar Engeland nam ik mijn intrek in een pension in het centrum van de stad. Ik betaalde Oem Mahmoed, de al wat oudere vrouw van de pensionhouder, een klein bedrag om een paar uur per dag op Abdoelah te passen. Het was een grote vrouw met een brede schoot en een gulle lach; ze rook naar rozenwater en anijs en ze zei dat ze nu al dol was op Abdoelah. Ik ging eropuit om werk te zoeken. Ik begon bij het Shepheard Hotel, vertrouwd terrein, waar ik andere Engelsen, andere Engelse dienstmeisjes zou vinden, wist ik.

In de foyer van het hotel vielen alle gesprekken stil zodra ik binnenkwam. Ik zag mezelf voor het eerst in lange tijd door Engelse ogen: mijn gezicht en handen waren zo bruinverbrand door de zon dat ik wel een boerin leek en mijn jurk was opeens ondraaglijk sjofel, mijn hoed versleten en gekrompen, mijn handschoenen toe aan vervanging. Ik liep met kaarsrechte rug naar de eerste de beste Engelse bediende die ik kon ontdekken.

'Ben jij dienstbode?' vroeg ik met stroeve stem. Ik was het Engels ontwend en ik hoorde wat een eigenaardig accent ik had gekregen.

De vrouw, die niet ouder was dan een jaar of twintig, droeg iets soortgelijks als ik droeg, alleen schoner, frisser, helderder van kleur, zonder vlekken. Ze keek me geschrokken aan. 'Waarom vraagt u dat?' zei ze met een piepstemmetje.

'Werk je hier in Caïro?'

'We vertrekken morgen naar Alexandrië, we gaan terug naar Engeland.' De jonge vrouw vermande zich. 'Waarom wilt u dat weten?'

Ik zag dat de aandacht van de mensen in de foyer – kleine groepjes theedrinkende vrouwen, mannen die in tweetallen stonden te roken – op mij gericht bleef. En toen begreep ik mijn vergissing: het Shepheard Hotel was niet de juiste plek om te zoeken naar in Caïro wonende Engelsen, het Shepheard Hotel zat vol mensen die net aankwamen en mensen die op het punt stonden te vertrekken. Op dat moment kwam er een hotelbediende aanlopen. Hij legde zijn hand op mijn arm en ik schrok er zo van dat een vreemde man mij aanraakte dat ik hem op scherpe toon in het Arabisch terechtwees. Het dienstmeisje dat ik had aangesproken, ging er op een holletje vandoor.

De manager van het hotel wierp me een norse blik toe. 'Je bent hier niet welkom.'

Hij dacht dat ik een prostituee was. Gekwetst vluchtte ik naar buiten.

Daarna werd ik door zo'n diepe wanhoop bevangen dat ik amper in staat was het pension te verlaten. Ik bleef de hele dag op mijn kamer met Abdoelah en verviel in het patroon waaraan ik in het Franse Huis zo gewend was geraakt: me verborgen houden, wachten. Mijn kamer was spartaans, maar gelukkig wel donker en koel en hij had een windvanger, zo'n typisch Caïreense erker van houten latten die boven de smalle straat uitsteekt. Daar zat ik als een goede Egyptische dochter te kijken hoe de wereld onder me voorbijtrok.

Na enkele dagen vermande ik me en met Oem Mahmoed als raadgeefster vond ik op de markt een kleermaker, die ik een aanzienlijk deel van milady's geld betaalde om een kopie te maken van mijn hooggesloten jurk, alleen ditmaal van dunne Egyptische katoen, bedrukt met bloesemtakjes. Ik wist inmiddels waar ik aan toe was: Engelsen zouden mij niet in dienst nemen. Mijn verblijf in Egypte had me veranderd, ik was niet meer dezelfde ideale dienstbode die ik ooit geweest was. Maar ik had een nieuw idee: de Egyptische elite zou het misschien leuk vinden om een echt Engels dienstmeisje in huis te hebben, zelfs een met een beschadigde reputatie. Maar wie zou me in hemelsnaam de benodigde introductiebrieven kunnen verschaffen voor deze mensen? Lady Duff Gordon bewoog zich in een wereld van introductiebrieven; alles wat ze nodig had of wat wij nodig hadden, leek altijd met een of twee introductiebrieven te kunnen worden geregeld. Maar hier in Caïro was er niemand om mijn entree in de maatschappij te vergemakkelijken. Als ik dacht aan wat ik zou moeten doen om in leven te blijven, kreeg ik het spaans benauwd; dan moest ik gaan zitten, met mijn hoofd tussen mijn knieën, als een grande dame die wordt geplaagd door vapeurs, zoals milady op een van haar slechte dagen. Maar ik had geen tijd voor een dergelijke slapte. Steeds opnieuw dwong ik mezelf door te gaan.

De stad onderging een snelle verandering. De oevers van de Nijl waren verstevigd en de vlakte, waar de Nijl voorheen regelmatig buiten zijn oevers trad, was een enorme bouwput geworden doordat Ismail Pasja begonnen was met de uitvoering van zijn grootse plan om van Caïro het Parijs van Afrika te maken. In de bijna twee jaar sinds mijn eerste bezoek aan de stad met milady had ik grote veranderingen gezien: nog meer paleizen erbij, grote brede boulevards die kriskras door de middeleeuwse stad liepen, wegen die waren verhard, parken die waren aangelegd, bestrating. Hoe meer het werk aan het Suezkanaal vorderde, hoe sneller de veranderingen zich voltrokken, terwijl de groten en rijken van Caïro de blik op

Europa richtten om inspiratie op te doen. Het Frangi-kwartier ten westen van de oude stad floreerde, maar ik voelde me nog steeds zo gekwetst door mijn bezoek aan het Shepheard Hotel dat ik had besloten Europeanen te mijden. Ondanks de ruimhartigheid van mijn huisbazin begon mijn geld op te raken. Ik moest werk zien te vinden. Ik had mijn zus Ellen niet geschreven waar ik was en ik hoopte dat het nieuws dat ik de baby niet had afgegeven Omar nog niet had bereikt. In Caïro was het maar een paar uur per dag rustig, net voor zonsopgang en halverwege de hete middag, dan heerste er stilte, die alleen verbroken werd door de roep om klandizie en het koele getinkel van de koperen mokken van de waterverkoper, die ook dropwater, johannesbrood en rozijnensorbet verkocht. In die stille uren, uit mijn slaap gehouden door zorgen, nam ik uiteindelijk een besluit.

Bij het eerste ochtendgloren trok ik mijn Egyptische kleren aan, inclusief de hoofddoek en de sluier waaraan ik in Luxor nooit de behoefte had gevoeld, maar die ik hier in Caïro vaak droeg, omdat ik snel genoeg had gekregen van de nieuwsgierige blikken die mijn verschijning opriep. Ik liet Abdoelah nogmaals bij Oem Mahmoed achter; hij ging zonder tegensputteren bij de oude vrouw op schoot zitten. Ik zocht mijn weg door de straten van Caïro; zoals alle andere voetgangers moest ik me regelmatig tegen de stenen muren van de huizen langs de straat drukken om kamelen en ezels te laten passeren. Ten slotte bereikte ik de rand van de stad en sloeg ik een landweggetje in. Ik had het landhuis van milady's vriend, Hekekyan Bey, verschillende malen per rijtuig bezocht en ik wist de weg nog. Het was een lange wandeling dwars door de katoenvelden; ik had het zo smoorheet onder mijn sluier dat ik af en toe halt moest houden om water te drinken uit de irrigatiegreppel die langs de weg liep. Na enkele uren, net toen ik begon te vrezen dat ik ergens een verkeerde afslag had genomen en was verdwaald, zag ik het door hoge palmbomen omringde huis als een oase schitteren in de verte.

Het huis staat op een ommuurd stuk grond en ik trok aan het schelkoord bij de poort. De ochtend was inmiddels al half voorbij en de temperatuur – het was begin juni – steeg onverbiddelijk. Er kwam een bediende aan de poort, die nogal boos keek toen hij daar een vreemde gesluierde vrouw zag staan, maar ik sprak hem in het Arabisch aan en had de tegenwoordigheid van geest mijn hoofddoek tot op mijn schouders te laten zakken en mijn sluier af te doen. Zijn ogen puilden bijna uit hun kassen toen hij er opeens een Engelse vrouw onder vandaan zag komen, waardoor ik onwillekeurig moest lachen. Hekekyan Bey was niet thuis, liet de bediende weten; hij ging Hekekyan Beys vrouw halen, die ik een paar keer had ontmoet.

Ik besefte dat ik een risico nam door Hekekyan Bey om hulp te vragen; het nieuws van mijn bezoek zou vrijwel zeker zijn weg terug vinden naar milady. Maar nieuws verspreidt zich langzaam in Egypte en ik hoopte dat ik tegen de tijd dat ze mijn list ontdekte een veilige nieuwe betrekking zou hebben, buiten haar bereik.

De vrouw van Hekekyan Bey ontving me in de officiële ontvangstkamer van hun huis, te midden van de antiquiteiten die haar man opkocht en naar het buitenland exporteerde. Terwijl ik op haar wachtte, rustte ik uit op een divan naast een sfinx van zwart graniet, die als een grote, waakzame hond op zijn hurken zat. Aan de overkant van de kamer hield een groene marmeren kat me in de gaten. En in de schaduwen aan het andere eind van de kamer zag ik een mummie in een beschilderde houten kist tegen de muur geleund staan. Na een paar lange minuten, waarin ik mijn kleren telkens opnieuw schikte en bedacht dat ik toch beter mijn Engelse jurk had kunnen aantrekken – Egyptische kleren voor de reis, Frangi bij aankomst – kwam Hekekyan Beys vrouw binnen, gevolgd door een bediende met limonade en koekjes. Ze heette me heel hartelijk welkom in haar huis en we wisselden uitgebreid groeten en zegenwensen uit.

'We hebben gehoord dat je niet meer in dienst bent bij lady Duff Gordon.'

Ik boog mijn hoofd en zei niets.

'Mevrouw Ross heeft de vader van mijn kinderen geschreven dat ze lady Duff Gordon ertoe wil overhalen een nieuw dienstmeisje in dienst te nemen. Ze kan toch in Egypte niet zonder Engels dienstmeisje, vind je niet?'

Ik keek de vrouw van Hekekyan Bey aan en boog opnieuw mijn hoofd. 'Nee,' zei ik instemmend, 'ze kan niet zonder dienstmeisje. Maar Omar Aboe Halaweh' – ik zweeg even – 'de vader van mijn kind, zorgt goed voor haar.'

'Ja. Die man was echt een vondst.'

We keken elkaar aan, maar zeiden niets.

'Waar is je kind? Ik had hem graag willen zien.'

'Ik heb hem vandaag bij een … vriendin in Caïro achtergelaten', zei ik. 'Ik wilde Hekekyan Bey om raad vragen.'

Ze glimlachte. 'De vader van mijn kinderen is heel goed in het geven van raad.'

'Maar hij is er niet.'

'Nee. Vertel me waarvoor je bent gekomen, dan zal ik het bij hem aankaarten als hij terug is.'

'Ik moet een nieuwe betrekking zien te vinden', zei ik.

Ze fronste haar voorhoofd.

'Niet bij Frangi, maar misschien bij een Egyptische familie, dacht ik. Misschien een familie met dochters, die graag Engels willen leren, die behoefte hebben aan de diensten van een Engelse bediende. Ik heb veel ervaring met …'

'Daar twijfel ik niet aan', viel de vrouw van Hekekyan Bey me in de rede, alsof ze opeens genoeg van me had. 'Het is een interessante mogelijkheid. De vader van mijn kinderen is op zakenreis, hij komt eind van de maand terug.'

'Eind van de maand?' zei ik en ik deed mijn uiterste best mijn wanhoop te verbergen; dat duurde nog weken.

'Ik zal een goed woordje voor je doen. Hij zal ongetwijfeld wel enig idee hebben over hoe hij je kan helpen.'

'Dank u. Daar zou ik u heel erkentelijk voor zijn.'

'Vertel me waar je verblijft.'

Ik gaf Hekekyan Beys vrouw de naam van het pension waar ik verbleef. Ik wist dat ik een risico nam door haar deze informatie te geven, maar ik had geen keus, ik nam sowieso een risico door hier te komen. Ik sloeg het aanbod om te blijven lunchen af en stond op, zodat ik terug kon naar Abdoelah. Bij de poort zei Hekekyan Beys vrouw: 'Heb je geen rijtuig gehuurd?' In haar stem hoorde ik verbazing en daarmee de herinschatting van mijn situatie. Ze gaf opdracht een ezel te halen en een jongen om hem te mennen. Terwijl we terugtrippelden naar Caïro, voelde ik het vertrouwen in Hekekyan Bey slinken; het zou veel te lang duren voordat hij terug was in Egypte en dan was het nog maar de vraag of hij mij bij iemand wilde aanbevelen. Ik zou iets anders moeten doen in de tussentijd.

Op advies van Oem Mahmoed toog ik de volgende dag naar een van de pas geopende hotels. Doordat er ieder seizoen een grotere instroom plaatsvond van toeristen, uit een steeds bredere laag van de bevolking, openden overal in de stad nieuwe hotels hun deuren. Ze waren niet allemaal even respectabel als het Shepheard; het hotel waar ik werk vond, was zelfs in het geheel niet respectabel, slechts een paar treetjes hoger in status dan het nederige pensionnetje van Oem Mahmoed. Ik werd aangenomen door de Italiaanse eigenaar, Roberto Magni, een avonturier die op het lumineuze idee was gekomen om toeristen hun geld afhandig te maken door niet al te schone kamers aan hen te verhuren. Hij was blij met zo'n Engelstalige werknemer als ik en vanaf de allereerste dag kreeg ik allerhande taken opgedragen, van het schrobben van de vloer tot aan het te woord staan van de Engelstalige klanten. Meneer Magni wilde dat ik mijn intrek in het hotel zou nemen, zodat ik langere uren kon maken, maar aangezien ik niet van zins was hem over Abdoelah te vertellen, weigerde ik dat. Maar ik was wel zo'n zeldzaam exemplaar met mijn Engels en Arabisch dat hij toch besloot me in dienst te houden.

Het loon was laag en na aftrek van wat ik Oem Mahmoed betaalde om voor Abdoelah te zorgen en de kosten voor de kamer en het eten, hield ik niets over; daarentegen hoefde ik nu niet langer het geld aan te spreken dat lady Duff Gordon me had gegeven voor de bootreis naar Engeland. Ik was niet gewend met geld om te gaan – milady had altijd alles voor me betaald – maar ik leerde snel. Hoewel het eenvoudig werk was, was ik onmetelijk opgelucht door de ontdekking dat ik in sommige kringen nog inzetbaar werd geacht. Daardoor sliep ik 's nachts beter, ik werd alleen soms wakker gehouden door Abdoelah, maar samen met hem wakker worden was heerlijk.

Na een paar dagen in het hotel kwam ik erachter dat de nieuwe toerist heel anders was dan die aan wie ik gewend was, heel anders ook dan die in Luxor, waar, zo leek het, toch een flink brok mensheid langs was gedreven op een van de Nijltochten. Het nieuws van de Egyptische belle époque had zich door Europa verspreid, waardoor de toeristen die nu kwamen dansende meisjes verwachtten en exotische harems vol naakte hoeri's, maar eenmaal ter plekke merkten dat ze zich in een middeleeuwse stad bevonden, waar het laagje Europese beschaving flinterdun was, waar alleen boerenvrouwen niet afgeschermd werden voor andermans blikken. Het hotel had een eigen bar, bevolkt door avonturiers: mannen die al teleurgesteld waren of op het punt stonden teleurgesteld te worden. Ik miste het gezelschap van vrouwen, dat ik aan boord van de stoomboot had gehad, en deed mijn best de mannen te ontlopen, maar omdat ik de enige was die Engels sprak, lukte dat niet helemaal.

Op een avond werd ik door een van de mannen gevolgd. Op de terugweg naar het pension van Oem Mahmoed voelde ik hem achter me lopen en schoten alle waarschuwingen die ik ooit had gekregen met betrekking tot 's nachts alleen over straat gaan in een verlammende flits door mijn hoofd. Bij de ingang van het pension opende ik de deur met de bedoeling naar binnen te glippen en hem achter me snel op slot te doen, maar tot mijn ontzetting greep hij de deur voordat ik hem kon dichtdoen en wurmde hij zich hardhandig naar binnen, waar hij me probeerde te grijpen, wat hem niet lukte. Ik rende langs hem heen de trap op naar mijn kamer, waar Oem Mahmoed Abdoelah te slapen zou hebben gelegd. Als ik alleen mijn kamer maar kan bereiken, dacht ik, en de grendel op de deur kan schuiven. Maar de man haalde me in op het moment dat ik de overloop bereikte en hoewel ik daar even later diep spijt van had, schreeuwde ik het niet uit, omdat ik bang was de oude vrouw en haar man te choqueren. De man duwde me mijn kamer in en sloot de deur.

Ik dacht dat mijn laatste uur had geslagen. Ik dacht dat hij me ging vermoorden. In de duisternis van mijn kamer hoorde ik hem hijgen, rook ik zijn ranzige adem en zijn naar drank en goedkope tabak stinkende kleren. Ik hield stand toen hij op me af kwam. Zijn handen grepen naar mijn keel.

En toen beet ik van me af. In stilte. Zonder de baby wakker te maken, zonder ook maar één geluid te maken, afgezien van de schuifelende voeten, de scheurende stof, mijn dreunende vuisten. Ik was woedend, absoluut witheet van woede, niet alleen op deze man, maar op alles en iedereen, op lady Duff

Gordon, omdat ze me eruit had gegooid, op Omar, omdat hij me had laten vertrekken, op Hekekyan Bey, omdat hij er niet was toen ik hem opzocht, op Roberto Magni en zijn akelige hotel. Ik liet mijn kwaadheid de vrije loop door net zo lang te duwen, te slaan, te krabben en te trekken tot ik de verbaasde, bloedende man de deur uit had gewerkt.

Ik maakte Abdoelah wakker en drukte hem aan mijn borst alsof ik hoopte dat hij mij zou beschermen in plaats van andersom.

De ochtend nadat de man uit Roberto Magni's hotel me had aangevallen, stond ik op van de plek waar ik de hele nacht had gelegen in mijn nieuwe jurk, die nu onder het bloed zat en zo gescheurd was dat hij niet meer te maken viel, en ik ging aan de slag alsof er niets was gebeurd, alsof mijn baby en ik allebei prinsheerlijk hadden geslapen. Heel voorzichtig waste ik me en kleedde me aan, ditmaal dankbaar voor de hoge kraag van mijn bruine katoenen jurk, omdat die goed de blauwe plekken in mijn hals verborg. Terwijl ik me aankleedde, maakte ik koelbloedig de balans van mijn leven op. Ik besefte dat ik tot het moment waarop ik Hekekyan Bey kon spreken over een nieuwe betrekking, voor Roberto Magni moest blijven werken, of de man van gisteravond nu wel of niet in het hotel logeerde. Ik wist dat ik niet van Oem Mahmoed kon verwachten dat ze eindeloos voor Abdoelah zou zorgen, hoe vaak de lieve oude vrouw me ook verzekerde dat ze hem aanbad. Ik wist dat ik voor de noodgevallen die zich gezien mijn omstandigheden zeker zouden voordoen heel zuinig moest zijn met de kleine som geld die ik nog overhad. Ik wist dat ik als Abdoelah iets zou overkomen, dood zou gaan.

En zo kwam ik die ochtend terwijl ik me aankleedde tot mijn besluit.

Er was niets mis mee om plannen te maken, er was niets

mis mee om werk te zoeken en de stad te verkennen, maar het was niet genoeg. Lady Duff Gordon zou me uitlachen als ze zag hoe ik aan de deur bedelde bij Hekekyan Bey, hoe ik belaagd werd door het soort mannen dat ik mijn hele leven had gemeden, hoe ik mezelf en – wat erger was, veel erger – mijn baby in gevaar bracht.

Ik bekeek mezelf in het vlekkerige, gebarsten spiegeltje dat boven mijn bed hing. Ik had niets meer. Ik had geen keus. Ik zou mijn kind overdragen aan de andere echtgenote van mijn man.

ZEVENTIEN

Mabroeka was anders dan ik had verwacht, langer, sterker op de een of andere manier. Ze was ook veel jonger dan ik had gedacht, minstens tien jaar jonger dan ik, ook al was ze al meer dan drie jaar met Omar getrouwd. Toen hij me haar leven had beschreven – eerst opgesloten in haar vaders huis, daarna verloofd met Omar nog voordat ze elkaar ooit hadden ontmoet, en nu in zijn vaders huis, waar ze zo min mogelijk te maken had met de buitenwereld, de mannenwereld – had ik me haar voorgesteld als een kleine, bedeesde vrouw, die zo zacht praatte dat iedereen de grootste moeite had haar te verstaan. Maar zo was ze in het geheel niet.

Omars ouders heetten me overdreven vriendelijk welkom en noemden me 'dochter' zodra ze beseften wie ik was. Ik was er, vond ik, met grote vastberadenheid heen gegaan, ik wist wat me te doen stond en ik wist voor wie ik het deed, voor Abdoelah. Maar doordat ik 'dochter' werd genoemd omdat ik Omars vrouw was, doordat ik zag hoe liefdevol Abdoelah als kleinzoon werd opgenomen en zowel door Omars moeder als zijn vader in het zonnetje werd gezet, besefte ik opnieuw hoe wrang de situatie was waarin ik verkeerde. Vanaf het eerste moment dat ik bij hen was, had ik moeite mezelf in de hand te houden. Ik was bij die mensen om mijn zoon af te staan en zij traden me zo vriendelijk tegemoet. Het kan niet anders dan buitengewoon vreemd voor hen zijn geweest – een vrouw die ze nooit hadden ontmoet, met wie ze geen enkele band hadden, die geen moslim was, die niet Egyptisch was, en opeens bij hen op de stoep stond met de baby van hun zoon – maar ze traden me tegemoet alsof dat allemaal volkomen normaal was, alsof ze altijd hadden geweten dat Omar een tweede vrouw zou nemen en dan ook nog zo'n oude, rare snoeshaan als ik.

'Wanneer vertrek je uit Egypte?' vroeg Omars moeder.

'O', zei ik, zoekend naar woorden.

'In Omars bericht stond dat je naar Engeland terug moest.'

'Ja, maar ik …' Ik aarzelde. 'Dat hoeft niet meer.'

'Blijf je in Caïro?' vroeg Omars vader.

'Ja,' zei ik, 'ik heb een nieuwe betrekking.'

'Dat is fijn!' verklaarde hij met een brede glimlach. Daarop werd ons gesprek onderbroken doordat de bediende binnenkwam met thee.

Het huis van Omars vader was koel en ordentelijk en het rook er heerlijk; de kamers die ze mij lieten zien, waren knus en heel schoon, met lage banken en grote kussens langs de muren, goedgeklopte kleden op de vloer, spiegels, kaarsen, wierook en bloemen, de luiken dicht tegen de zon, een centrale binnenplaats met een blauwbetegelde waterput en een kleine fontein. Het duurde een poosje voordat Mabroeka verscheen. Doordat ik er zo veel plezier in schepte om Omars vader en moeder – die er voortdurend op aandrongen dat ik hen 'moeder', *oem*, en 'vader', *ab*, zou noemen – met Abdoelah te zien spelen, was ik haar bijna vergeten. Ze kwam stilletjes binnen, waarna Omars moeder opstond om ons aan elkaar voor te stellen. 'Welkom', zei Mabroeka. Ze droeg haar dochtertje, Yasmina, op de arm en ik kon mijn ogen niet van het kind afhouden, zó leek ze op Abdoelah, mijn zoon Abdoelah, en op Omar, hun beider vader. Het kind kwam als een schok voor me, de hele familie kwam eigenlijk als een schok voor me, iedere gedachte aan hen was in de kiem gesmoord door de omstandigheden waarin ik sinds Abdoelahs geboorte had verkeerd. Maar hier waren ze dan, hier waren we dan, en ik gaf Abdoelah aan hen, precies zoals lady Duff Gordon had verordonneerd.

Afgezien van de begroeting zei Mabroeka niets tegen me, daarin voldeed ze aan mijn verwachtingen, maar de blik die ze me toewierp, was zo direct en zo doordringend dat hij me van mijn stuk bracht, al had ik werkelijk geen idee wat haar blik zou kunnen betekenen. Wat vond ze van me? Zag ze me als een rivale? Trouwen met een tweede vrouw komt steeds minder voor in Egypte, ook al is het nog steeds wettelijk toegestaan, maar tot nog toe had ik aan vrijwel geen van de gebruiken rond het huwelijk voldaan. Aangezien ik me niet kon permitteren hier lang bij stil te staan, begon ik over Abdoelah te praten – zijn vaste gewoonten, zijn behoeften, wat voor trucjes ik gebruikte om hem tevreden te houden – en daarmee smolt mijn vastberadenheid nog verder weg, omdat ik daardoor ook het moment voelde naderen waarop ik mijn baby zou moeten afgeven. Ik stond op, niet meer in staat tot de finesses van het afscheid nemen op zijn Egyptisch.

'Ik moet weg', zei ik bot.

Omars familieleden keken me aan, maar ik had alweer geen idee wat ze dachten. 'Blijf toch nog even', zei Omars moeder. 'Je moet iets eten.'

Ik schudde snel mijn hoofd, ik realiseerde me dat ik onbeleefd was, maar voor ik er iets tegen kon doen, begonnen de tranen over mijn wangen te stromen. 'Mag ik hem af en toe komen opzoeken?' vroeg ik.

'Maar natuurlijk', zei Omars vader en hij keek even verbijsterd en wanhopig als ik me voelde. 'Je bent nu onze dochter. Dit is ook jouw huis.'

Ik keek hem aan en ik keek nog één keer naar Abdoelah,

die geheel in de ban was van een speeltje dat zijn oma hem had gegeven. Wat zou ik graag zijn gebleven in dat huis en als een goede Egyptische echtgenote bij Omars familie zijn gaan wonen, wat zou ik graag een manier vinden om deze vreemde situatie in ons aller voordeel te beslechten. Maar ik had lady Duff Gordons decreet al genegeerd en mijn echtgenoot om de tuin geleid door niet naar Engeland terug te keren en ik wist dat de gevolgen voor Omar heel vervelend konden zijn als milady de waarheid ontdekte. Daarom overhandigde ik Abdoelah, na hem nog een kus en een knuffel te hebben gegeven, aan Mabroeka, de andere echtgenote van mijn man. En toen ging ik weg.

Ik ging die dag terug naar het hotel van Roberto Magni, die blij was dat ik toestemde toen hij me vroeg extra uren te werken. De man van de vorige avond was in geen velden of wegen meer te bekennen. Toen ik 's avonds laat terugkwam in mijn pension, was Oem Mahmoed al naar bed; ze was 's ochtends erg van streek geweest toen ik haar had verteld dat Abdoelah ergens anders zou gaan wonen. En nu moest ik haar vertellen dat ikzelf ook ergens anders ging wonen. Ik had te weinig geld om in het ene goedkope hotel te blijven, terwijl ik in het andere werkte. Ik ging in mijn kamer op bed liggen, mijn murw gebeukte lijf deed pijn, niet van de blauwe plekken die ik had opgelopen, maar omdat ik mijn kind kwijt was. 'Hij is veilig,' fluisterde ik, 'hij is veilig en er wordt goed voor hem gezorgd, hij is bij zijn familie, die hem met liefde zal omringen. Hij is veilig. Hij is veilig.' Maar deze woorden kalmeerden me niet. Deze woorden verzachtten mijn verdriet geenszins.

Zo nu en dan, op momenten waarop ik aan Roberto Magni's blik kon ontsnappen, ging ik bij het huis van Omars vader posten. Dan stond ik op een hoek, waar ik zeker wist dat niemand me vanuit het huis kon zien, en bleef staan luisteren, kijken en wachten. Ik had geen idee van wat ik dacht te horen of zien, waarop ik wachtte; een teken van mijn baby en hoe het met hem ging. Eén keer zag ik de bediende met een lege tas naar buiten komen op weg naar de markt. Eén keer zag ik Omars vader naar buiten komen. Ik verstijfde van schrik – ik wilde niet gezien worden en hoopte tegelijk vurig dat hij mij zou zien – maar hij ging de andere kant op. Ik zag dat hij kromliep, alsof hij moe was en last van zijn rug had, en alleen daarom al moest ik huilen. Ik huilde voortdurend, dag en nacht, mijn ogen lekten tranen, Abdoelahs melk lekte uit mijn borsten. Ik was week van verdriet en zelfmedelijden, maar ik wist dat het het enige was wat ik had kunnen doen. Ik moest werken, Abdoelah had een gezin nodig.

Het kostte me geen moeite lady Duff Gordon te haten. Het kostte me geen moeite haar de schuld te geven van wat mij was overkomen. Ik haatte haar vol overgave, ik koesterde mijn haat; mijn haat was hard en gloedvol en eerlijk gezegd putte ik er soms kracht uit. Soms vroeg ik me af waar ze was. Had ze Luxor al verlaten, was ze op weg naar Caïro om vandaar volgens plan door te reizen naar Europa? Hoe was het met haar gezondheid? Het reizen verzwakte haar altijd, maakte haar vatbaar voor infecties en ziekte. Zorgde Omar goed voor haar?

En Omar, waar was hij? 's Avonds laat onderzocht ik mijn liefde voor hem alsof ik een wond onderzocht, zoals je op een wond drukt om te zien of hij nog pijn doet. De wond zat er nog, deed nog evenveel pijn als voorheen en leek niet te genezen. Ik troostte mezelf met een reeks onwaarschijnlijke scenario's: Omar, Abdoelah en ik gedrieën gelukkig in ons eigen huis in Caïro; Omar, Abdoelah en ik met honderd feddans land in de rijke, vruchtbare Nijldelta; Omar, Abdoelah en ik op een schitterende, zachtjes stroomopwaarts varende dahabiya. Deze tafereeltjes stonden me enkele momenten helder en duidelijk voor ogen en vergingen vervolgens tot stof op de vloer van mijn kamer in Roberto Magni's hotel. Het kostte moeite ze op te roepen, ze levend te houden. Lady Duff Gordon kwam in deze verhalen nooit voor.

Zij spookte daarentegen rond in mijn dromen. De ene nacht na de andere, altijd dezelfde droom: milady en ik zitten samen in het Franse Huis, het warme lentelicht stroomt door de luiken naar binnen, ik hang lui achterover op de berg kussens op de vloer, terwijl milady lachend en roddelend mijn haar borstelt en Omar glimlachend toekijkt en muntthee voor ons inschenkt. Het uiltje zit met knipperende ogen op de vensterbank.

Dan word ik wakker en treur ik om het verlies van die loomheid, dat welbehagen. Ik treur om het verlies van dat leven, dat nu zelf een onbereikbare droom is geworden. Maar het meest treur ik om het verlies van mijn kind, dat – en daar ben ik heilig van overtuigd – het vanzelfsprekende gevolg is van dat tafereel.

Ik wachtte vier weken voordat ik terugging naar het huis van Omars vader om mijn baby te bezoeken. Vier lange, afschuwelijke weken. Ik weerstond de sterkste drang die ik ooit heb gevoeld – een drang die sterker was dan de aantrekkingskracht die Omar aanvankelijk voor mij had – en bezocht Abdoelah gedurende die tijd niet één keer. Ik wilde dat hij zou wennen aan zijn nieuwe huis en ik wilde Mabroeka en Omars ouders de tijd geven hem op hun eigen manier te leren kennen. Ik wilde wachten tot mijn lichamelijke band met hem, mijn verlangen om mijn baby te voeden, weg zou zijn. Ik wilde dat ze van Abdoelah zouden houden, ik wilde dat hij gelukkig was.

Nadat er vier weken waren verstreken, stond ik mezelf toe de tocht naar het huis van Omars vader te maken. Ik ging 's ochtends vroeg weg, omdat ik er fris wilde uitzien en de indruk wilde wekken dat ik alles in de hand had. Ik had niet veel tijd, want Roberto Magni en zijn hotel namen vrijwel mijn hele dag en avond in beslag, maar ik hoopte op zijn minst Abdoelah even te kunnen zien. Ik trok aan het schelkoord. De bediende die de deur opendeed, herkende me meteen.

Deze keer was het Omars moeder die me begroette. Ze nam mijn beide handen in de hare en begroette me met een glimlach.

'U zult me wel erg onbeleefd vinden, maar mag ik alstublieft Abdoelah even zien? Alstublieft?'

'Ja, natuurlijk,' zei ze, 'je zult hem wel vreselijk gemist hebben. We gingen er zonder meer van uit dat je zou terugkomen.'

'Ik wilde hem en u genoeg tijd geven om ...'

Ze viel me in de rede. 'Dat begrijp ik, daar heb je goed aan gedaan.'

Ze bracht me direct naar Mabroeka's eigen kamers en klopte zacht op de openstaande deur.

'Kom binnen', zei Mabroeka.

We liepen de kamer in. Aan een lage tafel zat Omars vrouw, met Yasmina aan de ene kant en Abdoelah aan de andere kant, te ontbijten. Hij zat zonder hulp rechtop, alleen gesteund door twee kussens, met kleverige handjes van een fruitpapje. Ik kon mijn ogen niet geloven. Hij lachte voluit naar zijn oma en toen keek hij naar mij.

Ik stond als aan de grond genageld. Ik wist niet wat ik doen moest.

'Vrede zij met je', zei Mabroeka.

'Alhamdoellilah', antwoordde ik.

'Kom, ga gerust bij je kindje zitten. Laat me een kopje koffie voor je inschenken. Moeder,' zei ze luchtig maar vormelijk, 'wilt u er ook bij komen zitten?'

En dus ging ik bij hen zitten en dronk koffie en toen ik

na een paar minuten Abdoelah op schoot nam, draaide hij zich om, keek me lachend aan en klopte met zijn handje op mijn wang. Nog nooit had ik me zo gelukkig gevoeld, het was alsof ik in de gevangenis had gezeten en op deze dag was vrijgekomen.

'Waar woon je?' vroeg Omars moeder. 'Dat heb je niet verteld de vorige keer dat je hier was. We konden je geen bericht sturen.'

Ik vertelde hun waar ik woonde en werkte.

'Ik zal Omar je adres geven als we hem zien', zei Omars moeder.

'Is Omar in Caïro?' vroeg ik geschrokken. Mijn gezicht zal ongetwijfeld boekdelen hebben gesproken.

Omars moeder en Mabroeka wisselden een blik. 'Jazeker', antwoordde Omars moeder. 'In Boelak. Hij heeft bericht gestuurd, maar hij is nog niet langs geweest; lady Duff Gordon is al een tijd heel ziek. De dokter komt twee keer per dag bij haar.'

Omar in Caïro. Omar in Caïro. Ik werd vervuld van hoop, die ik meteen de kop in drukte. Ik kon me niet veroorloven aan Omar te denken en aan wat zijn aanwezigheid in de stad voor mij zou kunnen betekenen. Ik moest me nu op Abdoelah richten, op de paar momenten die ik met mijn kindje kon doorbrengen. 'Vertel eens hoe het met hem gaat', zei ik met een blik op mijn kind. 'Hoe slaapt hij?'

'Het gaat uitstekend met hem,' zei Mabroeka, 'het is een heel blij en vrolijk kindje.' Ze schonk me een warme, open glimlach.

De tijd vloog voorbij. Voordat we afscheid namen, zei Mabroeka: 'Je mag zo vaak komen als je wilt.'

'Dat zal ik doen,' zei ik, 'als jullie het goedvinden.'

'Natuurlijk,' zei Omars moeder, 'je moet iedere dag komen. Je bent op ieder uur welkom.'

Ik had geen idee of ze het alleen maar uit beleefdheid zeiden, maar ik was vast van plan op hun aanbod in te gaan. Vanaf nu zou ik mijn kind iedere dag bezoeken, soms misschien maar een paar minuten, maar ik zou Abdoelah iedere dag bezoeken.

Een week later, toen ik op handen en knieën de trap van Roberto Magni's hotel aan het schrobben was, hoorde ik opeens Omars stem.

'Sally?'

Ik hoorde hem mijn naam zeggen. En toen nog eens: 'Sally.'

Ik ging zitten, midden in een plas water, en keek op. Ik hallucineerde niet. Mijn echtgenoot stond voor me.

'Werk je hier?' vroeg Omar op ruwe, boze toon.

'Omar', antwoordde ik. 'Omar!' Ik stond op; mijn rok droop van het water. 'Je hebt me gevonden.' Ik kon het niet geloven. Kijk naar me, wilde ik zeggen, alles is veranderd sinds ik uit Luxor ben weggegaan. Hou je nog van me?

'Waarom ben je in Caïro gebleven?' vroeg Omar. Zijn stem klonk schor; hij schraapte zijn keel. 'Milady heeft je toch geld gegeven om weg te gaan.'

Ik stond in het zwakke licht van het trapportaal en streek mijn jurk glad; ik zag hoe ontzet hij was door mijn uiterlijk. Ik was ouder geworden in de afgelopen weken; ik zag er afgetobd uit en had lijnen in mijn gezicht van vermoeidheid. Ik was mager en pezig geworden, als een leren riem. 'Ik ben bij Hekekyan Bey geweest', zei ik, alsof dat een passende verklaring was. 'Ik hoop dat hij een geschiktere betrekking voor me kan vinden. Heb je iets gehoord? Is hij al terug in Egypte?'

Omar schudde zijn hoofd. 'Je zou beter moeten weten, Sally. Hekekyan Bey zal jou zijn invloed niet aanbieden.'

Ik fronste mijn voorhoofd. Toen begreep ik de uitdrukking op Omars gezicht en sloot mijn ogen. 'Ik kon het niet,' zei ik, 'weggaan. Ook al was ik alleen. Ik kon ons kind toch niet achterlaten? Het is erg genoeg dat ik niet zelf voor hem kan zorgen. Hoe heb je ooit kunnen denken dat ik weg zou gaan? Natuurlijk wil ik niet in zo'n hotel als dit werken, maar hoe moet ik mezelf anders in leven houden, Omar?' zei ik. 'Ik moet in de buurt van ons kind blijven.'

'Sally', zei Omar, en ik zag hoe alle spijt die hij ooit had gevoeld zich op zijn gezicht aftekende. 'Hier', zei hij en hij gaf me de hele inhoud van zijn portemonnee, een klein bedrag aan geld, alles wat hij bij zich had. En voordat een van ons nog een woord kon zeggen, nam hij me in zijn armen en hield me vast; de herinnering aan al onze lange nachten in Luxor en Caïro kwam terug en hij trok me steeds dichter tegen zich aan.

Ik wilde in zijn armen wonen, slapen, dromen, wakker worden en het leek alsof ik mezelf ter plekke weer warm, zacht en sensueel voelde worden, ook al stonden we samen in dat armoedige halletje met onze voeten in een vieze plas water.

Toen kwam Roberto Magni de hoek om en zag hoe ik, zijn kribbige, onvriendelijke werkneemster, een vreemde man wellustig omhelsde. Hij kuchte luid, waarop Omar en ik elkaar loslieten, en toen zag hij het geld dat ik in mijn hand had. 'Sally,' zei hij in zijn gebrekkige Engels, 'wie dit?' Toen ik geen antwoord gaf, vervolgde hij: 'Boven is kamer die jij moet schoonmaken.' Daarna trakteerde hij Omar op een veelbetekenende knipoog en sprak hem in al even gebrekkig Arabisch aan. 'Jij hebt kamer nodig?'

Boos om de insinuatie van de man draaide Omar zich snel om. 'Ik kom terug', zei hij tegen me.

Toen ik die avond klaar was met mijn werk, gaf Roberto Magni me te kennen dat hij een deel van mijn loon inhield, omdat ik het hotel gebruikte om bij te verdienen. 'Ik zag jou met Egyptische man', zei hij en hij tikte met een smerige vinger tegen zijn smerige neus. 'Ik verbaasd dat jij met Arabier gaat. Ik dacht jij gaat alleen met Frangi.'

Ik gaf geen antwoord. Roberto Magni mocht denken wat hij wou. Mijn kind was veilig. En ik had mijn echtgenoot gezien en ik wist nu dat hij nog steeds van me hield.

ACHTTIEN

En zo zette mijn leven zich voort: iedere ochtend ging ik heel vroeg naar het huis van Omars ouders om een paar minuten bij mijn kind te zijn. De familie verwachtte me, mijn komst was niet langer een verrassing. Nadat Oem Yasin, de bediende die al vele jaren bij de familie was, de deur voor me had opengedaan, liep ik via de binnenhof, langs de prachtige oude jasmijn, die Omars moeder zo nauwgezet verzorgde, door naar Mabroeka's kamers. Er was altijd voor me gedekt aan de ontbijttafel, met een kopje sterke zoete koffie, een vers broodje uit de ovenkamer, een rijpe vijg. Ik ging deel uitmaken van hun routine en geen enkele routine is me ooit zo dierbaar geweest. Abdoelah zat blij bij me op schoot en we leerden hem 'mama' te zeggen in het Engels. Als ik binnenkwam, keek hij op en zei 'mama' en dan dacht ik dat ik van blijdschap uit elkaar zou springen.

Omars moeder gaf het nieuws van Omar aan mij door. 'Lady Duff Gordons gezondheid gaat vooruit.'

'Dat is mooi', zei ik.

'Omar denkt dat ze binnenkort zo ver zijn dat ze naar Europa kunnen reizen.'

Ik aarzelde. 'Het zal milady goed doen met haar familie herenigd te zijn.'

'Voorlopig kan Omar ons nog bijna alle middagen komen opzoeken.'

Ik keek Mabroeka aan en zij keek met vaste blik terug. 'Hij zal wel blij zijn dat hij Abdoelah en Yasmina iedere dag kan zien', zei ik.

'Zeker', antwoordde Mabroeka.

Ik kon haar niet doorgronden, ik had werkelijk geen flauw idee van wat ze dacht.

'Vertel eens iets over waar je werkt', zei ze.

'Het is een hotel', antwoordde ik. 'Een pension.'

'Is het een heel mooi hotel?'

'Nee, het is … nou ja, het is vrij klein. Maar een paar kamers. Het is geen …' Ik wist niet goed wat ik moest zeggen; ik begreep niet waarom ze naar Roberto Magni's hotel vroeg. 'Het is een fatsoenlijke baan', zei ik. 'Ik moet nu eenmaal werken.' Verontrust wendde ik me tot Omars moeder; had ik de situatie misschien al die tijd verkeerd ingeschat? 'Ik kan zonodig bijdragen aan Abdoelahs onderhoudskosten. Het spijt me dat ik dat niet eerder heb aangekaart, het kwam gewoonweg niet bij me op.'

Omars moeder keek me geschrokken aan, alsof ik haar een klap in het gezicht had gegeven. 'Nee, dochter,' zei ze, 'dat is niet wat Mabroeka bedoelt!'

'Het spijt me', zei ik beschaamder dan ooit. 'Wat vraag je precies?'

Mabroeka keek me weer met die ondoorgrondelijke blik aan. Toen begon ze te lachen. 'Sally,' zei ze, 'ik ben gewoon nieuwsgierig! Je werkt in een Caïreens hotel. Ik wil gewoon weten hoe dat is.'

Omars moeder moest ook lachen en ik ook, van opluchting.

'Kom, vertel eens wat je daar doet', zei Mabroeka.

En dus vertelde ik het haar en hoewel het voor mij saai en eentonig werk was, maakte ik uit haar reactie op dat het wat Mabroeka betrof evengoed een beschrijving van het leven in een andere eeuw kon zijn, zo ver stond het af van haar eigen ervaring. Vanaf toen stond ik mezelf toe tijdens mijn ochtend-bezoeken wat meer te praten en zorgde ik er altijd voor een of twee anekdotes paraat te hebben, een verhaal over een gast die zijn rekening niet kon betalen en hoe die door Roberto Magni werd gedwongen zijn trouwring af te geven of over het raadsel van de twee niet bij elkaar passende schoenen die in een van de kamers waren achtergebleven. Mabroeka beloonde mijn verhalen met die van haar, roddels over buren die 's nachts te veel lawaai maakten, het schandaal waarin de dochter van de buren was verwikkeld, de plannen van de familie voor de vol-gende feestdag en altijd uiterst fascinerende verhalen over Ab-doelah, ieder nieuw kunstje dat hij had geleerd, iedere zucht die hij had geslaakt.

Mijn bezoeken vielen nooit samen met die van Omar. Als hij weg kon, kwam hij 's middags, als milady rustte, dan doorkruiste hij op het heetste moment van de dag de stad, te voet. Ik kreeg nooit veel te horen over deze bezoeken, afgezien van het nieuws dat hij meebracht: milady's dochter, mevrouw Ross, was op bezoek geweest, ze ging zonder milady naar Eu-ropa. 'Zonder milady naar Europa?' zei Mabroeka. 'Wat is dat voor dochter?'

'Mabroeka!' zei Omars moeder.

'Nou, het is toch zo. Haar moeder is ziek en ze kan haar vertrek niet een paar weken uitstellen?' Ze keken mij aan om te zien wat ik ervan vond.

'Zo is mejuffrouw Janet', zei ik. 'Mejuffrouw Janet veran-dert nooit van gedachten, die trekt haar eigen plan.'

Ze waren verbijsterd en ik kon het met geen mogelijkheid uitleggen.

'Vertel eens iets over waar je woont', vroeg Mabroeka bij een andere gelegenheid.

'Ik woon in Roberto Magni's Hotel. Ik heb er een klein kamertje', zei ik. 'Er staat een Europees bed. Er hangt een plank aan de muur, waar ik mijn spulletjes op kan zetten.' Ik zei niet: het is net een cel, er zit geen raam in en 's nachts, met de deur op slot, is het er snikheet.

'Bevalt het je om daar te wonen?'

'Ik heb geen keus.'

'Ben je van plan daar altijd te blijven?'

Ik wist niet goed wat ik moest zeggen. Omars moeder pakte Abdoelah op, die over de kussens naar haar toe kroop. 'Kijk nou toch eens,' zei ze, 'kijk eens hoe dit heerlijke kereltje groeit.' Mabroeka's vragen verdwenen naar de achtergrond.

Toen ik die dag het huis van Omars familie verliet, dacht ik aan de woorden van Mabroeka en Omars moeder. Zag ik iets over het hoofd? Wachtten ze tot ik zou vragen of ik bij hen zou kunnen wonen? Dachten ze misschien dat het weer zo'n ondoorgrondelijke Frangi-gewoonte was om hardnekkig in het hotel te blijven wonen waar je werkte? Waren ze te beleefd om te vragen of ik dat echt prefereerde? Hoe kwam ik erachter hoe het werkelijk zat? Ik moest eerst met Omar praten. Ik had Omar nodig om dit alles op te lossen. Ik zou uiteraard voor Roberto Magni blijven werken; ik zou een bijdrage leveren aan het gezinsinkomen, waardoor Omars vader misschien iets minder zou hoeven te werken. Ik hoefde geen eigen kamer, ik kon bij Abdoelah slapen, het zou me zo gelukkig maken om weer bij Abdoelah te slapen dat het allerkleinste kamertje zou voldoen. Ik zou de bediende van de familie kunnen worden, daar zou ik me ook goed in kunnen vinden, hoewel ik natuurlijk niet de oude dienstbode van haar troon zou willen stoten, dat zou niet eerlijk zijn, maar ik zou haar taken in de ovenkamer en de bijkeuken kunnen verlichten. Ik zou ...

Ik riep deze gedachten een halt toe voordat ze met me aan de haal gingen. Ik moest eerst met Omar over mijn situatie praten. Maar hoe? Het had geen zin te proberen mijn bezoek aan Abdoelah samen te laten vallen met het zijne; ik kon 's middags niet weg uit het hotel en bovendien wilde ik hem onder vier ogen spreken. Naar Boelak gaan was veel te riskant. Ik wilde niet dat lady Duff Gordon erachter zou komen dat ik nog steeds in Egypte was, dat zou ze ongetwijfeld snel genoeg aan de weet komen, al was ik er tamelijk zeker van dat Omar haar niet verteld had dat ik haar bevel om naar Engeland terug te keren, had genegeerd. Er was weinig tijd: Omar zou binnenkort met milady naar Europa vertrekken en ik kon niet op eigen houtje, zonder zijn toestemming, beslissen bij zijn familie in te trekken. 's Nachts maalde dit alles steeds weer door mijn hoofd.

Maar op een ochtend, toen ik bij Mabroeka aan tafel schoof om te ontbijten, voelde ik een omslag in de sfeer; er was iets veranderd. Het was heet en stil buiten; de nacht had niet veel verlichting gebracht na de hitte van de vorige dag. Er was sinds mijn laatste bezoek iets gebeurd, er had een gesprek plaatsgevonden. Mabroeka keek me nadenkend aan. Abdoelah begon te jengelen; Omars moeder tilde hem op en zei dat ze een lekker koud glaasje limonade voor hem ging halen, waarna ze met hem wegliep. Ondanks de hitte had ik het koud. Had ik iets verkeerds gedaan? Zouden ze van plan zijn een halt toe te roepen aan mijn bezoeken?

'Ik heb tegen hem gezegd dat je van je kind houdt', zei Mabroeka. 'Dat kan iedere idioot zien.'

Ik wist niet wat ik moest zeggen.

'Ik heb tegen hem gezegd dat het leven dat je leidt te hard is, veel te hard voor een vrouw, of ze nu Egyptisch is of Frangi.'

Ik was niet in staat te antwoorden.

'Hij zegt dat het niet aan mij is om over dit soort dingen

te praten, maar ik heb tegen hem gezegd dat ik me schaam dat zijn vrouw, een dochter van deze familie, op deze manier moet leven.'

Overvallen door schaamte boog ik mijn hoofd en staarde naar mijn handen.

'En weet je wat hij zei?'

Ik keek Mabroeka aan. Ik koesterde geen hoop. Ik had het gevoel alsof mijn hoofd op het punt stond in brand te vliegen.

'"Sally komt niet hier in mijn vaders huis wonen"', zei ze, waarbij ze een goede imitatie gaf van Omars stem. '"Dat zal niet gebeuren." En toen ik hem vroeg waarom niet, zei hij dat dat zijn beslissing was. Daarna zei hij dat ik niet meer over je mocht praten, dat ik geen vragen meer moest stellen, dat jouw lot mij niet aanging. Hij zei dat ik mijn mond erover moest houden.'

Ik bleef nog even zitten. Mabroeka legde haar hand op de mijne. 'Het spijt me', zei ze zacht. Ik sloot mijn ogen en bleef nog even zitten in dat rustige, stille huis te midden van de familie die nooit de mijne zou worden.

Daarna stond ik op en ging terug de stad in. Ik liep linea recta naar Boelak, in een flink tempo dwars door Caïro, alsof het een tocht was die ik iedere dag maakte. In de haven informeerde ik waar de dahabiya van lady Duff Gordon lag en toen ik hem had gevonden, klom ik ongezien aan boord en liep direct door naar de kombuis, waar Omar, zoals ik min of meer had verwacht, de lunch voor milady aan het klaarmaken was.

'Toen ik je vorige week zag ...' begon ik.

'Ik weet het,' antwoordde hij, 'maar ...'

'... besefte ik hoe ik je heb gemist.' Ik observeerde hem nauwlettend.

'Net zoals ik jou heb gemist, Sally, maar als milady erachter komt dat je hier bent ...'

Ik stak mijn hand op om hem tot zwijgen te brengen; we

praatten beiden heel zachtjes, omdat we ons er goed van bewust waren dat milady vlakbij was.

Omar pakte mijn hand, hij trok me tegen zich aan en begon me te kussen. De maanden van scheiding brandden onder mijn huid. We wankelden van de kombuis naar Omars hut, waar we ons achter de gesloten deur nog hartstochtelijker tegen elkaar aandrukten. Ik liet mijn echtgenoot begaan toen hij me kuste, toen hij me uitkleedde.

Na afloop, toen we in elkaars armen lagen, moest ik lachen, glimlachen, ik kon het niet helpen.

Omar was in alle opzichten ernstiger, bezorgder. 'Waarom ben je hierheen gekomen?'

'Ik kom je iets vragen', zei ik, nog steeds glimlachend.

Hij ging iets verliggen, waardoor er een kier ontstond tussen onze lichamen. We waren plakkerig van hartstocht en het drong tot ons door hoe vreselijk benauwd het in de hut was geworden. 'Wat?' zei hij.

'Laat me bij je ouders en Mabroeka wonen. Zij willen het ook, Mabroeka wil dat ik bij hen intrek en ik weet zo langzamerhand niet meer waarom ik eigenlijk niét met Abdoelah bij hen woon. Ik heb jouw toestemming nodig om bij hen in te trekken. Ik vind wel een andere baan ...'

'Ik kan je wel helpen een andere baan te vinden', zei hij snel.

'Ik moet een fatsoenlijke plek vinden om te wonen en ik wil dicht bij ons kind zijn. Omar, ik moet ons kind meer dan een paar minuten per dag kunnen zien. Alsjeblieft.' Nu ik het zo lang ingehouden verzoek eenmaal had uitgesproken, voelde ik me opeens uitgeput.

Omar ging weer iets verliggen. Hij schraapte zijn keel. 'Nee', zei hij. 'Dat is uitgesloten. Dat sta ik niet toe.'

Ik ging rechtop zitten. Mijn stem rees een octaaf, voordat ik eraan dacht hem weer te laten dalen. 'Niet? Je onthoudt mij, je echtgenote, de veiligheid van je vaders huis?'

Omar schraapte opnieuw zijn keel. Hij ging rechtop zitten en trok zijn hemd weer aan. 'Het is onmogelijk. Je mag niet in het huis van mijn ouders wonen. Punt uit!'

'Punt uit?' Ik keek hem aan, maar hij weigerde mijn blik te beantwoorden. Hij draaide zich om. Opeens besefte ik hoe de vork in de steel zat. Ik legde mijn hand op zijn rug. 'Het is niet jouw beslissing, hè?' zei ik terwijl ik naar de deur keek en wat erachter lag, dwars door de wanden van de dahabiya naar waar milady lag te slapen. 'Het mag niet van haar, hè? En jij kunt haar niet tegenspreken.'

Omar gaf geen antwoord. Hij hield zijn vuisten krampachtig gebald, ik zag de nagels in zijn huid staan.

Ik stond op en kleedde me aan alsof ik op het punt stond weg te gaan. Ik zag dat hij opgelucht was.

'Ik vind wel een baan voor je, een betere betrekking, dat beloof ik …' begon hij, maar ik wierp hem zo'n woeste blik toe dat hij zijn mond hield. Ik kon zijn gedachten raden: ze gaat weg, ze is boos, maar ik zoek wel een goede betrekking voor haar, ik zoek wel een betere plek voor haar om te wonen en dan kan ik haar helpen en dan kan ze Abdoelah bezoeken in mijn vaders huis wanneer ze wil en dan kunnen we elkaar ontmoeten zoals we elkaar vandaag hebben ontmoet.

Ik liep Omars hut uit, door de kombuis en de zitkamer. Ik deed de deur van lady Duff Gordons hut open en liep naar binnen.

Ze lag met een slaperige blik languit op haar divan; ze had theegedronken en de nargileh gerookt, ik zag de bekende attributen op haar tafel liggen. Ze keek op en zag me voor zich staan en heel even leek het alsof we teruggereisd waren in de tijd naar een plaats waar ik nog steeds haar trouwe en onverschrokken metgezel was. Maar dat moment ging snel voorbij.

'Ik kom u om geld vragen', zei ik.

'Je komt wat …?' zei ze terwijl ze zich uit de berg kussens omhoogdrukte tot ze rechtop zat, waarbij ze bijna het tafeltje naast haar divan omgooide.

'Ja', zei ik. 'Ik heb Abdoelah aan Mabroeka gegeven, zoals u had bevolen. Ik heb al die tijd in Caïro gewerkt.'

'Ik heb je geld gegeven voor je overtocht naar Engeland', zei ze.

'Dat geld kwam goed van pas toen ik hier net was, toen ik mijn weg nog moest vinden in de stad. Ik heb geprobeerd Abdoelah bij me te houden, maar u had gelijk, hij is beter af in het huis van Omars vader. Ik heb gedaan wat u van me gevraagd hebt. Maar ik ga niet weg uit Caïro.'

'Je gaat wel', siste ze. 'Ik zal je overtocht ditmaal zelf boeken.'

'Lady Duff Gordon,' zei ik en ik zette me schrap, 'ik ben jaren uw dienstbode geweest. In die tijd stond ik dag en nacht voor u klaar. Ik werkte al voor u in Esher toen u een druk huishouden voerde. Ik heb u geholpen bij de bevalling van mejuffrouw Rainey. Ik heb u verpleegd toen uw ziekte verergerde; eenmaal weg uit Engeland was ik zowel uw dokter als uw dienstmeisje. Ik heb met u in Luxor gewoond, honderden kilometers langs de Nijl naar het zuiden, waar we vaak de enige Europeanen waren. Mijn inkomen was mager, soms kon u me helemaal niet betalen, maar dat maakte me niets uit, mijn leven in uw huis was veilig, sterker nog, mijn leven in uw huis was de moeite waard en ik heb nooit ergens gebrek aan gehad.'

Omar, die dacht dat ik was weggegaan, moest onze stemmen gehoord hebben. Hij kwam achter mij het vertrek binnen, al had ik dat in eerste instantie niet in de gaten.

'Toen ik uit Luxor vertrok, had ik niets. Over al die jaren … geen cent spaargeld. U hebt me de deur uit gezet zonder u te bekommeren om mijn veiligheid. Ik vraag alleen wat me toekomt.'

Er viel een stilte; de sfeer was beladen. Het was heet, misschien wel de heetste dag van de zomer tot dan toe.

Ik had Engels gesproken tegen milady, maar zij antwoordde in het Arabisch, zodat Omar ieder woord zou verstaan. 'Maak dat je van mijn boot af komt. Als je niet onmiddellijk vertrekt, laat ik je arresteren.' Ze wendde zich tot haar dragoman. 'Omar?'

Ik draaide me vliegensvlug om en zag Omar daar staan. 'Het spijt me', zei ik zachtjes tegen hem.

Hij keek me woedend aan. 'Ja, milady?' zei hij.

'Heb jij haar hiertoe aangezet?'

'Nee!' zeiden we gelijktijdig.

'Ik dacht dat ik van je af was. Maak dat je van mijn boot af komt. Je krijgt geen cent van me.' Ze hield haar toon effen, zakelijk, alsof ze iedere dag vroegere intimi de laan uit stuurde.

Daarop draaide ik me vastberaden om. Toen ik langs mijn man liep, zei ik: 'Ze vergeeft het je wel. Dat doet ze altijd.' En toen liep ik de dahabiya af.

Op dat moment stond Omar roerloos in de deuropening van milady's hut zonder te weten wat hij nu doen moest. Ik kende hem zo goed dat ik hem in mijn verbeelding kon zien staan. Mijn verzoek om geld was dubbel vernederend, want kon hij soms zijn eigen echtgenote niet onderhouden? En de naakte waarheid was dat hij dat inderdaad niet kon; hij verdiende niet genoeg om zowel Mabroeka als mij te onderhouden zolang we gescheiden huishoudens hadden, zolang ik niet in zijn vaders huis woonde, niet in zijn vaders huis mócht wonen.

Ik stelde me voor dat milady zou zeggen: 'Goed, Omar, ik ben nu wel toe aan de lunch', alsof er niets akeligs was voorgevallen. 'Ik wil graag alleen eten. Dank je.'

Maar in plaats van terug te gaan naar de kombuis ging Omar achter mij aan.

Ik was nog niet ver gekomen en was met mijn lengte makkelijk te vinden in de menigte Egyptenaren. Hij haalde me in en greep me ruw bij mijn arm.

'Omar! Laat me los.'

'Hoe haal je het in je hoofd om achter mijn rug om naar milady toe te gaan?' zei hij. 'Hoe haal je het in je hoofd om alles waarvoor ik heb gewerkt in gevaar te brengen?'

'Ik heb jóú in gevaar gebracht?'

'Om naar haar toe te gaan als een of andere bedelares van de straat. Hoe haal je het in je hoofd om me zo te verraden, Sally?'

'Jóú te verraden?!' schreeuwde ik nu. 'Ik heb jóú verraden?! Jij hebt al haar bevelen keurig opgevolgd. Jij hebt in alle opzichten gefaald in je plicht om mij te steunen. Jij hebt mij in mijn eentje laten ploeteren in de stad.' Ik ging steeds harder praten en ik voelde hete tranen opwellen achter mijn oogleden. 'Jij hebt mij een plek in je gezin ontzegd!'

'Alles valt of staat met de vraag of ik mijn betrekking bij lady Duff Gordon kan behouden, dat weet je! Wil je dat ik ook alles kwijtraak, alleen omdat jij alles …' Hij zweeg.

'Zeg het maar, zeg het maar, Omar. Alleen omdat ik alles ben kwijtgeraakt.' Ik begon te huilen, ik kon me niet meer inhouden. 'Nee, dat is niet wat ik wil. Ik ben gestraft, ik ben genoeg gestraft voor ons beiden, daar ben ik van overtuigd. Maar jij bent akkoord gegaan met alles wat zij …'

'Ik ben met je getrouwd! Je bent mijn vrouw!'

Ik zweeg. Ik liet mijn stem dalen. 'Maar dat heeft niets opgeleverd, wel? Je bent niet in staat om ook maar iets van een echtgenoot voor me te zijn. Wat er nu net gebeurd is tussen ons, dat betekent helemaal niets. Zolang je haar huishouden blijft doen …' Omar probeerde me in de rede te vallen, maar ik stak mijn hand op om hem het spreken te beletten. '… en ik weet dat je haar huishouden moet blijven doen, dat weet ik maar al te goed, maar zolang je voor haar werkt, zul je nooit mijn echtgenoot kunnen zijn.' En daarmee draaide ik me om en liep weg.

NEGENTIEN

Uiteindelijk ging Omar niet mee naar Europa. Een week voordat ze zouden vertrekken, ontving milady een brief van sir Alick waarin hij haar opdracht gaf Omar niet mee te brengen naar Europa. Mabroeka vertelde me dat sir Alick het niet gepast vond dat milady alleen met een mannelijke bediende zou reizen. Hoewel ze het jammer vond – ze wist dat haar familie dol zou zijn op Omars Egyptische manieren en op zijn gebakjes – was milady zo opgetogen over de aanstaande hereniging dat ze de eisen van haar echtgenoot zonder te klagen accepteerde. Mabroeka zei dat ze kon zien dat Omar teleurgesteld was, al weigerde hij dat toe te geven. Maar nadat milady uit Alexandrië was vertrokken, zou hij in Caïro blijven om toezicht te houden op de verhuur van de dahabiya voor de zomer. En hij zou terugverhuizen naar zijn vaders woning.

Terugverhuizen naar zijn vaders woning. Ik keek Mabroeka aan, maar ze was met Abdoelah in de weer, die zijn glas had omgegooid. Terugverhuizen naar zijn vaders woning, dacht ik, en zijn rol als echtgenoot, vader en zoon weer oppakken. Echtgenoot van Mabroeka. Hoe was het om getrouwd te zijn met een man met wie je zo weinig tijd had doorgebracht? Ze hadden een kind gekregen, de lieve kleine Yasmina, aan wie ik inmiddels bijna net zo gehecht was als aan Abdoelah. Misschien zouden ze nog een kind krijgen, dacht ik.

Begin juli namen milady en Omar de trein naar Alexandrië, waar ze logeerden bij Henry Ross, die de vorige maand niet met mejuffrouw Janet naar Engeland was meegereisd. Het bleek niet eenvoudig te zijn om passage te boeken op een schip naar Europa; hoewel we er in Caïro niets over hadden gehoord, werd Alexandrië geteisterd door een cholera-epidemie, waardoor iedereen die het zich kon veroorloven over elkaar heen buitelde om uit de stad weg te komen. Ismail Pasja was al naar het buitenland gevlucht. Omar had geen geluk op de kade en pas toen Henry Ross zijn eigen netwerk van havenconnecties aanboorde, wist milady een hut op een schip te bemachtigen. Omar stuurde Mabroeka bericht dat hij gauw terug zou zijn in Caïro. Milady had Hekekyan Bey gevraagd een nieuwe betrekking voor hem te zoeken zolang zij weg was.

'Ik heb Hekekyan Bey laten weten dat deze nieuwe baan tijdelijk dient te zijn. Ik wil niet dat iemand je van me afpakt', had milady gezegd. Hij had beloofd op de kade te staan om haar af te halen als ze terugkwam.

Na zijn terugkeer in Caïro trok Omar weer bij zijn vader in. Het was half juli en Caïro lag vrijwel roerloos in de zinderende hitte. De luiken voor de ramen bleven de hele dag dicht en bij zonsopgang sjorden Omars moeder en haar bediende, Oem Yasin, aan touwen en katrollen om boven de binnenplaats van dakrand tot dakrand een groot zeil te spannen. Iedereen bewoog zich traag door het halfduistere huis. Als de withete ijzeren staven van de smid aan de overkant van de straat boorden de zonnestralen zich door ieder spleetje in de luiken. De baby en zijn zusje waren sloom en hadden amper fut om te eten of te spelen.

Ik liet me niet door Omars aanwezigheid in het huis weerhouden van mijn ochtendbezoekjes aan Abdoelah. Als ik kwam, was Omar meestal al weg, zodat ik bijna kon geloven dat er niets was veranderd. Bij het ontbijt zaten we allemaal te kieskauwen en waaierden we elkaar om beurten koelte toe. 'Dat kan hij nog niet eten', zei Mabroeka toen Yasmina probeerde een stukje cake in Abdoelahs mond te proppen. 'Jawel', hield het meisje vol en inderdaad nam Abdoelah het stukje cake van haar aan en bleef er met zijn ene tand geruime tijd op kauwen. Mabroeka leek zich niet anders dan anders te gedragen; ze wilde even graag roddelen en de nieuwtjes van de vorige dag horen als voorheen, ze liet niets blijken van het simpele feit dat haar echtgenoot bij haar terug was. Mij kwam dat goed uit, want daardoor kon ik ook net doen alsof alles was zoals het moest zijn. Doordat ze zo openhartig en char- mant was en geen valse trekjes had, was ik in staat door te gaan met mijn leven.

Midden in de zomer ging de banketbakkerij 's ochtends vroeg een paar uur open en daarna pas 's avonds weer. De keuken was er een hel. Omar werkte voor zijn vader zolang hij op nieuws van Hekekyan Bey wachtte. Omars moeder bereid- de samen met Oem Yasin de maaltijd en Mabroeka vertelde me dat ze na zonsondergang bijeenkwamen om te eten. Hun maaltijden waren eenvoudiger geworden; het vereiste een spe- ciaal soort discipline om meer dan een of twee keer per dag de ovenkamer in te gaan, al maakten de vrouwen nog steeds brood en bonenschotels, stoofpotten en salades en natuurlijk thee. Na het avondeten ging Omar naar het dak om in de hangmat te liggen, de sterren te bestuderen en over de stad uit te kijken. Ik wist dat het langgeleden was dat hij een hele dag zonder milady had doorgebracht en ik stelde me voor dat hij een onverwacht gevoel van vrijheid ervoer in zijn eigen huis, in zijn eigen stad.

Mabroeka vertelde me dat Omar opgelucht was dat hij uit Luxor weg was. Het nieuws dat via vrienden en andere reizi- gers de Nijl afzakte naar Boelak was niet goed; de jaarlijkse overstromingen waren dit jaar veel heviger dan anders en hadden al enorme schade aangericht. Verschillende dorpjes in de regio waren weggespoeld en hadden een modderige woestenij achtergelaten. Daarnaast was door de rekrutering van dwang- arbeiders meer dan eenderde van de mannelijke bevolking van Luxor weggekaapt en veel van deze mannen, die Omar goed had leren kennen, zouden nooit terugkomen. Ze zouden sterven voor de grootse projecten van de pasja. Ziektes tier- den welig onder de ploegen die waren ingezet op de publieke werken. Iedere dag werd er wel weer een nieuwe belasting in- gevoerd. Op alle dieren, van kamelen tot koeien en schapen, werd een flink bedrag aan belasting geheven, dat de meeste fellahin niet konden betalen. In Caïro stond Omar nog mach- telozer dan in Luxor, waar de dagelijkse goede daden die hij samen met milady had verricht een miniem verschil hadden gemaakt voor het leven van de achterblijvers, goede daden die meervoudig waren beantwoord. In de stad lag het tempo van de veranderingen zo hoog en waren de bouwplannen van de pasja zo geavanceerd dat je er onmogelijk iets tegen kon doen, alleen rustig toekijken en je afvragen waar het allemaal toe zou leiden. Het zou roekeloos zijn om iets anders te doen. In Caïro had Omar in ieder geval het idee dat lady Duff Gordon minder de aandacht trok van de pasja en diens trawanten en dat ze hier gewoon een van de vele Frangi was die opgingen in het stadsgedruis.

Ik stelde me voor dat Omar zich zorgen om me maakte. Ik was een probleem geworden dat moest worden opgelost: wat te doen met Sally? Hij kon me helpen een betere baan te vin- den, waardoor ik hopelijk een beter woonadres kon betalen. Maar het simpele feit dat ik bestond en dat mijn aanwezigheid in Caïro heel gênant voor hem was, daar kon hij niet omheen. Als hij bereid was geweest lady Duff Gordon te weerstaan en mij in zijn vaders huis te laten wonen, zouden daar veel pro- blemen mee zijn opgelost. Hij had dat op de een of andere manier mogelijk kunnen maken. Maar kennelijk was dat geen optie geweest. En nu zat hij met deze situatie opgescheept, een vrouw thuis en een vrouw die vrij rondliep alsof ze zijn maîtresse was, niet de moeder van zijn zoon. Ik wist dat hij zich schaamde voor wat er die dag op de dahabiya gebeurd was; mijn confrontatie met milady uiteraard, maar ook de manier waarop hij zich had laten gaan, zich had laten verleiden door het moment, zijn waakzaamheid had laten verslappen. Hij had geen twee echtgenotes gewild. Hij was met Mabroeka getrouwd. En toen was hij verliefd geworden op mij. Maar hij was een plichtsgetrouw man, plichtsgetrouw aan milady, aan Mabroeka, aan zijn familie. Hij zou een oplossing vinden. Hij moest een oplossing vinden.

In mijn verbeelding zag ik hem in zijn hangmat op het dak liggen. Nadat de oproep tot gebed hem uit zijn dagdromen had gewekt, ging hij naar beneden, naar de binnenplaats, om te bidden met zijn vader, die speciaal daarvoor van zijn divan was opgestaan. Daarna ging hij naar zijn privévertrekken. Abdoelah en Yasmina lagen beiden te slapen op hun mat; Abdoelah was tot ieders spijt zijn mandje ontgroeid. In de kamer ernaast had Mabroeka het gordijn om het slaapgedeelte dichtgetrokken. Hij stak zijn hoofd door een kier en probeerde door het duister naar zijn vrouw te kijken; haar regelmatige ademhaling leek erop te duiden dat ze sliep, maar Omar kende haar goed genoeg om te weten dat ze wakker was en op hem wachtte. Hij kleedde zich uit en trok zijn te warme nachthemd aan. Daarna stapte hij bij zijn vrouw in bed.

Zoals hij had verwacht, sliep ze niet, al bleef ze nog enige tijd doodstil liggen. Omar lag op zijn rug en probeerde uit alle macht zijn gedachten uit te schakelen.

Mabroeka begon te praten. 'Ik was bang dat je van me zou scheiden. Dat je van me zou scheiden en Yasmina zou houden, dat je me zou wegsturen uit je vaders huis en die andere vrouw, de moeder van Abdoelah, als echtgenote zou nemen.'

'Dat zou ik nooit gedaan hebben. Mabroeka,' – hij ging op zijn zij liggen met zijn gezicht naar haar toe – 'je had moeten weten dat ik niet van je zou scheiden.'

'Ik weet het. Je vader en moeder hebben me dat iedere dag voorgehouden vanaf dat we hoorden … nadat we het nieuws hadden gehoord. Maar Sally … ze is een Frangi.'

Omar legde zijn hand op haar buik. Haar nachtkleding was klam van de hitte, net als de zijne. 'Ik ga niet van je scheiden. Je bent de moeder van mijn kind.'

Ik wist van dit gesprek, omdat Mabroeka me erover had verteld. Ze had niet beschreven wat er die avond nog meer was gebeurd, maar ik was niet naïef. Ik zag het in mijn verbeelding gebeuren. Mabroeka schoof dichter naar Omar toe. Zijn adem stokte in zijn keel en hij schoof dichter naar haar toe. Het was langgeleden dat ze het bed hadden gedeeld en nog langer geleden dat Mabroeka naar hem had verlangd. Hij streelde haar zwarte haren. Ze rook zo anders dan ik, ze voelde zo anders dan ik, het was zo anders dan met mij toen ze hem haar gezicht, haar lippen aanbood. Hij dwong zichzelf op te houden met dit soort vergelijkingen: ja, dacht hij, ja, dwong hij zichzelf te denken, dit ken ik, dit gevoel ken ik. 'Ik ben een gelukkig man', zei hij na een tijdje met een stem die hees was van verlangen. In het donker was hij zich bewust van Mabroeka's glimlach.

Ik weet natuurlijk niet zeker of het zo is gegaan. Maar ik weet voldoende om te beseffen dat het waarschijnlijk zo is gegaan. Ze waren tenslotte man en vrouw.

Hekekyan Bey vond inderdaad een nieuwe betrekking voor Omar, bij een Engelsman, ene meneer Smith, die in Caïro was om dr. Mariette te helpen met zijn werk voor de Egyptische Oudheidkundige Dienst en die had besloten gedurende de lange zomermaanden in Caïro te blijven, wat heel ongebruikelijk was. Meneer Smith, die in een nieuw huis in de Frangi-wijk aan de Nijl woonde, wilde Omar wel als lijfknecht en manusje-van-alles in dienst nemen. Omar moest er overdag zijn en 's avonds alleen als meneer Smith gasten had, wat niet vaak voorkwam. Meneer Smith vond het prima dat Omar bij zijn eigen familie bleef wonen. Er was geen mevrouw Smith en Mabroeka vertelde me dat ze het vreemd vond dat zo veel Frangi niet trouwden.

Vanaf de eerste dag was het een van Omars taken om te voet kriskras door de stad boodschappen rond te brengen en deze tochtjes brachten hem in alle nieuwe hotels die overal in de stad hun deuren openden. Omar begon te informeren of ik daar kans maakte op werk. Ik werkte nog steeds bij Roberto Magni, maar de omstandigheden daar verslechterden gestaag. De klantenkring leek met de maand lomper te worden en Roberto Magni zelf was regelmatig zo dronken dat hij nergens meer toe in staat was. Zijn avances werden steeds agressiever en op een avond verkondigde hij dat het voor ons allebei beter zou zijn als we getrouwd waren. 'Dat zou een stuk goedkoper zijn, want dan hoef ik je niet te betalen', zei hij. Eerlijk gezegd kon ik alleen maar lachen om dit hoogst onromantische aanzoek en ook Roberto Magni zelf zag er de humor wel van in. Maar ik moest daar weg. Ik was op bezoek geweest bij Oem Mahmoed, die had aangeboden me een kamer te geven en mij als schoonmaakster in dienst te nemen in plaats van huur te vragen, maar ik wist dat deze regeling niet haalbaar was, aangezien het oude echtpaar zich het verlies aan inkomsten eigenlijk niet kon permitteren. Als ze een betalende gast kregen, zou ik uit mijn kamer moeten en in het hete keukentje op de grond moeten slapen, precies zoals toen ik begon als keukenhulpje in Esher.

Ik ging nog steeds iedere ochtend langs bij Abdoelah zonder

dat mijn bezoekjes samenvielen met de tijden waarop Omar thuis was. Ik vond het niet erg om hem niet te zien, althans op die momenten. Er was geen enkele kans op privacy, zelfs niet om met hem te praten en bovendien hadden we geen privacy meer nodig. Dat ik Abdoelah iedere dag zag, was voor mij genoeg en ik keek ook uit naar de bezoeken aan Mabroeka, die de taak op zich scheen te hebben genomen mij een Caïreense opvoeding te geven.

'Omar zegt dat hij een nieuwe baan voor je kan regelen, Sally', zei ze op een dag. 'De nieuwe hotels zijn op zoek naar mensen zoals jij, zegt hij.'

Ik glimlachte, omdat ik tegenover haar niet wilde laten blijken hoe wanhopig ik was, maar ik wist dat ze inmiddels zo vertrouwd was met mijn situatie dat ze mijn bravoure doorzag. Toen ik haar vertelde over Roberto Magni's aanzoek was ze daar plaatsvervangend verontwaardigd over geweest. 'O,' zei ze, 'hoe durft hij!' Ze keek daarbij zo gekwetst en beledigd dat ik in de lach schoot. 'Dat is niet om te lachen!' zei ze, maar toen schoot ze zelf ook in de lach en daarop konden we geen van tweeën onze hysterische lachbui om het idee bedwingen. Omars moeder kwam aansnellen om te zien waarom we zo'n herrie maakten, maar geen van ons beiden wilde het haar vertellen.

Dat Mabroeka dagelijks getuige was van de zware wissel die mijn precaire omstandigheden op mij trokken, was een bron van spanning geworden tussen haar en Omar. Nu ze er eenmaal aan gewend waren weer samen te wonen, durfde Mabroeka bepaalde onderwerpen aan te snijden als ze alleen waren, in hun privévertrekken. 'Ik ga net zo lang door tot hij er niet meer onderuit kan, Sally', zei Mabroeka tegen me. 'Jij komt bij ons wonen, let maar op. Wij vrouwen weten hoe we onze zin moeten krijgen.' De verwijzing naar haar huwelijksleven deed haar blozen en ze keek snel de andere kant op.

Maar op een dag praatte Mabroeka niet meer over haar pogingen om Omar op andere gedachten te brengen. Ze hield er gewoon mee op, het onderwerp was niet langer bespreekbaar. Ik vroeg me af wat er gebeurd was, wat de reden was dat het onderwerp voor Mabroeka onbespreekbaar was geworden. Ik kon me wel een voorstelling maken van hun gesprek, dacht ik: 's avonds laat, nadat ze samen waren geweest en in elkaars armen hadden gelegen, had ze het onderwerp aangesneden, vlak voordat Omar in slaap viel. Haar toon was misschien scherper dan ze had gewild. 'Ik vraag je nogmaals, Omar Aboe Halaweh, waarom vraag je de moeder van je zoon niet om in je vaders huis te komen wonen?'

Omar had geen zin om erover te praten, wat hij duidelijk maakte door te doen alsof hij sliep.

'Omar!' siste Mabroeka.

Hij draaide zich naar haar toe. Maar hij wilde haar ook niet boos maken. 'Dat is nu eenmaal mijn besluit, Mabroeka. Daar heb ik mijn redenen voor.'

'Welke? Welke redenen? Jij staat toe dat je vrouw in haar eentje in de stad woont? Wat voor echtgenoot ben jij?'

'Veel vrouwen in jouw positie' – hij zweeg even om zijn woorden extra gewicht te geven – 'zouden blij zijn met mijn besluit, opgelucht zelfs.'

'Nou, ik niet. Ik zie haar en ik zie hoe ze uit haar ogen kijkt en het verbaast me dat de vader van mijn kind zo'n kil hart heeft en in staat is tot zulk wreed gedrag. Het bezoedelt zowel mijn eer als de hare.'

Nu werd hij boos. Hij ging rechtop zitten.

Mabroeka zag dat ze te ver was gegaan. 'Omar, ik …'

'Lady Duff Gordon heeft besloten dat Sally Naldrett niet bij mijn familie mag wonen. Als ik mijn betrekking bij haar wil behouden, moet ik haar gehoorzamen. Zo. Nu heb ik het gezegd. Ik heb geen keus.'

Mabroeka was geschokt. 'Vader van mijn kind ...' begon ze zich te verontschuldigen, maar Omar onderbrak haar.

'Sally is Engels, Mabroeka, en wij zijn Egyptenaren. Heb je liever dat ik met haar het bed deel in plaats van met jou?' Hij stond op, verliet de kamer en ging op een mat naast Abdoelah liggen slapen.

En daarmee was dat gesprek ten einde.

Toen ik een paar dagen later op bezoek ging, kwam Mabroeka me haastig tegemoet op de binnenplaats. Omar had de dag ervoor navraag gedaan naar werk bij een van de schitterendste nieuwe etablissementen, het Nijlhotel, en daarop had de hoofdportier enthousiast gereageerd. 'Een Engelse?' had hij gezegd. 'En ze spreekt vloeiend Arabisch? Goed opgeleid? Stuur haar alstublieft hierheen, meneer Aboe Halaweh!'

'Sally,' zei Mabroeka, 'je moet morgenochtend om tien uur in het Nijlhotel zijn!' Ze was opgewonden alsof ze mee moest.

En dus begaf ik me de volgende dag, uitgedost in zo fatsoenlijk mogelijke Engelse kledij, laarsjes en onderrok, korset, handschoenen en hoed, alles versteld en netjes gestreken (en vol vlekken en rafels), de stad in, waar ik het enorme glimmende marmeren bordes van het Nijlhotel op liep. In de grote foyer, waar potten met palmen stonden en dikke tapijten lagen, werd ik voorgesteld aan meneer Gillespie, de Schotse manager van het hotel, dat een Engelse eigenaar had.

'Jij spreekt Arabisch?' vroeg meneer Gillespie.

'Ja, meneer.'

'Waarom is dat? Je lijkt me een doodgewoon Engels meisje.'

'Dat ben ik ook, meneer. Maar ik heb de afgelopen jaren hier in Egypte gewoond, in dienst van lady Duff Gordon.'

'Duff Gordon, zeg je? En waar is de beroemde lady nu dan?'

'Ze is naar Engeland teruggegaan, meneer.'

'En ze heeft jou hier in je eentje achtergelaten?' Meneer

Gillespie leek zich daar boos om te maken en keek me tegelijkertijd wantrouwig aan.

Ik was ervan overtuigd dat hij mijn verhaal kende, maar dat hij wilde horen wat ik er zelf over te zeggen had. 'Ja, ik … ik wilde hier blijven. In Caïro. Ik vind het hier prettiger.'

'Werkelijk? Vreemd. Laat maar eens wat Arabisch horen dan.'

Ik aarzelde, omdat ik niet goed wist wat ik moest zeggen.

'Toe dan. Ammehoela of wat ze ook roepen de hele tijd.'

'Alhamdoellilah?'

'Dat is het. Zo iemand als jij kan ik goed gebruiken. Laat je aanbevelingsbrief maar zien.'

Ik gooide nog wat meer halve waarheden in de strijd. 'Jammer genoeg is lady Duff Gordon vergeten die te geven voordat ze vertrok. Maar ik heb haar geschreven en ik denk dat ik hem over niet al te lange tijd wel zal hebben.'

'Hm', bromde meneer Gillespie in zijn snor. 'Goed. Je begint morgen. Aan de achterkant hebben we woonruimte voor ons Europese personeel, ik zal mevrouw Gillespie roepen – dat is mijn vrouw, tevens hoofd van de huishouding – om je je kamer te wijzen. En let op, we hebben ook regels: geen drank, geen mannen, al heb je dat inmiddels wel achter je, zo te zien.'

Ik verwerkte deze opmerking zwijgend.

'En breng me die aanbevelingsbrief zodra je hem hebt.' Hij stond op en brulde zonder enige waarschuwing vooraf: 'Mevrouw G.'

En zo verstreek de zomer, een zomer waarin Omar 's nachts thuis en overdag in het koele huis van meneer Smith vertoefde, waar hij voordat hij naar huis ging, de kleren klaarlegde die meneer Smith de volgende dag zou dragen; een zomer waarin ik in het Nijlhotel werkte, waar ik doordat ik vloeiend Arabisch sprak de belangrijkste tussenpersoon werd voor de

Britse en Egyptische personeelsleden, tussen wie ik eerlijk gezegd bijna voortdurend moest bemiddelen, en Abdoelah thuis was bij Mabroeka en Yasmina. Ik ging nog steeds iedere dag op bezoek bij mijn zoon. Mabroeka wilde alles horen over het nieuwe, veel luxere hotel en mijn leven daar met mijn collega's. Ik had al snel een goed beeld van de verschillende types in het hotel en vermaakte me op het werk door anekdotes te verzamelen die ik kon vertellen als ik bij Mabroeka op bezoek was. Tot mijn verbazing begon ik ook verhalen te vertellen over de tijd dat ik in Esher in het huishouden had gewerkt, een leven dat inmiddels even onwerkelijk leek als een droom, en ik schepte er plezier in om de groeiende verbazing op Mabroeka's gezicht te zien als ik haar vertelde hoe ik soms de trein naar Londen had genomen – in mijn eentje – om de Egyptische oudheden te gaan bekijken in het British Museum. Mabroeka kon zich nauwelijks voorstellen hoe het was om je zoals ik in de buitenwereld te bewegen, zonder bescherming, zonder zekerheden – zij had in haar hele leven nog nooit zelfs maar alleen op straat gelopen – om tussen mannen te werken en te leven. Als tegenprestatie kreeg ik alles te horen over Mabroeka's dag thuis met Abdoelah en ik was het gelukkigst als ik een prachtig verhaal over de baby en zijn buitengewone prestaties kreeg opgedist. 'Hij bleef zonder hulp rechtop zitten! Hij trok zichzelf op aan de tafel en bleef staan! Hij heeft alle druiven opgegeten!'

's Nachts, in de kamer die ik deelde met twee andere vrouwen – een veel betere kamer dan ik bij Roberto Magni had gehad (die zo'n driftbui kreeg dat hij een stoel brak toen ik hem vertelde dat ik de volgende dag wegging) – probeerde ik mezelf in Mabroeka's leven te verplaatsen, een Egyptische echtgenote en dochter, die zich strikt hield aan de vaste rituelen van het dagelijkse leven, trouw aan Allah, veilig, zo ver mogelijk weggehouden van de buitenwereld. Vanaf de dag waarop ik het huis van Omars vader voor het eerst had bezocht, had ik me gerealiseerd dat ik gelukkig zou kunnen zijn met een leven als dat van Mabroeka, dat ik zo met haar van plaats zou willen ruilen, dat ik genoeg in onzekerheid had verkeerd voor een heel leven en dat ik nu alleen maar wat pais en vree wilde voor mezelf en mijn kind. Maar het zat er niet in. Ik had mijn gat gebrand en nu moest ik tot in lengte van dagen op de blaren zitten.

Maar ik voelde me oprecht welkom in het huis van Omars vader en dat stemde me dankbaar. Ik zag Omar zelden alleen; hij was een keer langsgekomen in het Nijlhotel om te zien hoe het ging, maar doordat we zo veel bekijks trokken, beseften we algauw dat dit geen goed idee was. Onze situatie viel niet uit te leggen. Hij is mijn Egyptische echtgenoot, maar we wonen niet samen. Niemand zou me geloven. Ik kon het me niet veroorloven mijn reputatie opnieuw te grabbel te gooien. Maar meneer en mevrouw Gillespie waren goed voor me en soms kreeg ik 's avonds vrij en dan ging ik naar het huis van mijn man.

De eerste keer dat ik een avond bij de familie doorbracht, zat ik tegenover Omar en Mabroeka en zag ik hoe Mabroeka, die iets wilde verduidelijken in het gesprek, haar hand even op Omars knie legde. Nadat Mabroeka haar hand had weggehaald, streek Omar over de stof van zijn broek alsof hij een vuiltje wilde wegwrijven en keek mij met een rode kop aan. Ik had dus gelijk, dacht ik, ze is weer zijn vrouw. En wat ben ik? Ik nam Abdoelah, die met de dag zwaarder werd, bij me op schoot en trachtte net als Omar die gedachte opzij te zetten.

Die avond sprak ik Omar voor het eerst weer onder vier ogen. Mabroeka was de kinderen naar bed aan het brengen en Omars ouders waren elders in huis bezig.

'Ik heb je zus gezien', zei Omar. 'Ik had nog geen kans gezien je dat te vertellen.'

'Echt?'

'Ja, toen mejuffrouw Janet milady kwam vertellen dat ze zonder haar naar Europa zou gaan.'

'Ja.'

'Ellen zou samen met mejuffrouw Janet reizen natuurlijk. En ik dacht toen eigenlijk nog dat jij al naar Engeland was vertrokken.'

Ik knikte. 'Hoe was het met haar?'

'Ze was heel boos. Op mij. Ik dacht echt dat ze me zou gaan slaan.'

Ik glimlachte. 'Wat zei ze?'

'Ze zei dat ik een walgelijke man was. Ik deed alsof mijn Engels niet goed genoeg was om te begrijpen wat ze zei. Daar werd ze nog bozer om.'

Nu moest ik echt lachen.

'Ze zei dat ik je leven had verwoest. Dat ik munt had geslagen uit het feit dat jij je betrekking was kwijtgeraakt. Dat ik daar mijn voordeel mee had gedaan door op jouw schouders te klimmen, zodat jij kopje-onder zou gaan. Ze zei dat je in Londen in de goot zou belanden en dat dat helemaal mijn schuld was.'

Ik glimlachte en nam een slokje thee. 'Dat is natuurlijk allemaal waar', zei ik op milde toon. 'Op die Londense goot na.'

'Maar nu gaat het toch goed met je?' zei hij. 'Het gaat je nu beter.'

Ik keek hem aan. Verdiende hij het om uit zijn lijden verlost te worden? Wie zal het zeggen? Ik ben misschien niet degene die dat het beste kan beoordelen. 'Het gaat nu goed met me,' zei ik tegen mijn man, 'denk ik.'

Milady schreef Omar eenmaal een brief tijdens haar afwezigheid en de inhoud van die brief werd door Mabroeka aan mij doorverteld; Omar had iemand naar het huis laten komen die kon lezen en schrijven. De zeereis naar Marseille had, zoals Omar al had voorspeld, een zware wissel op haar gezondheid getrokken en hoewel de overtocht over de Middellandse Zee maar een week had geduurd, was ze bij aankomst te ziek om door te reizen naar Parijs. Ze had een telegram gestuurd naar sir Alick, die daarop naar Zuid-Frankrijk was gereisd om haar op te halen, waarna de hele familie via verschillende routes naar Soden was gereisd, waar ze begin augustus hun intrek namen in een huurappartement. Het zal wel een tijdje geduurd hebben, denk ik, voordat ze gewend waren aan elkaar en aan het feit dat ze allemaal een heel stuk ouder waren. Rainey was inmiddels zeven en vrij groot voor haar leeftijd, maar ook al zag ze er heel anders uit dan het kind dat milady voor het laatst had gezien, ze herinnerde zich haar moeder wel, en milady liet Omar weten dat ze in de wolken was nu ze haar weer bij zich had. Maurice was al volwassen, een jongeman, en milady's moeder, Sarah Austin, was heel erg grijs en liep krom van de jicht. Dat stemde me verdrietig, want ik was dol op mevrouw Austin, die altijd goed voor me was geweest. Het had ook een tijdje geduurd voordat milady haar Europese manieren had hervonden en ze schreef dat haar Engelse kleren onprettig aanvoelden, maar ik denk dat ze het ook heerlijk vond om haar Duits op te halen en te pronken met haar Arabisch tegenover iedereen die het horen wilde.

De vakantie zou een maand duren, een fantastische maand waarin de hele familie bijeen was. Hoewel milady daar niets over had geschreven aan Omar, ben ik ervan overtuigd dat niet alles rozengeur en maneschijn was tussen sir Alick en milady, net als vorig jaar herfst, toen hij Egypte bezocht. Hij zou nog steeds ontstemd zijn over het feit dat ze geen dienstmeisje had en ze zouden beslist geruzied hebben over de vraag of ze überhaupt wel naar Egypte terug kon zonder nieuw dienstmeisje. Hij had in feite al een nieuw meisje aangenomen zonder milady daarover te raadplegen en tegen het einde van hun verblijf had hij milady voor een voldongen feit geplaatst door de jonge vrouw, een Belgische die Marie heette, aan haar voor te stellen. Op dat moment was milady al niet meer in staat bezwaar te maken, omdat ze een kou had opgelopen en opnieuw zo ziek was geworden dat ze bij iedere hoestbui bloed opgaf. Het werd zo erg, schreef milady aan Omar, dat sir Alick een eigen kamer betrok en een fluitje bij milady achterliet waarop ze moest blazen als ze hulp nodig had. Het was inderdaad een keer voorgekomen dat ze 's avonds laat met haar laatste krachten op het fluitje moest blazen en dat sir Alick, toen hij de kamer binnenstoof, haar liggend in een plas bloed aantrof.

De Duitse arts schreef een kuur voor en raadde zijn patiënt dringend aan niet op reis te gaan voordat ze volledig hersteld was, maar zoals altijd trok milady zich daar niets van aan. Zodra haar longen zich met vocht vulden en ze de bekende pijn in haar zij voelde opkomen, wilde ze terug naar Egypte, terug naar Luxor, waar ze vrijer zou kunnen ademhalen. Als ze naar haar Arabische leven kon terugkeren, schreef ze Omar, zou ze in de droge woestijnlucht verlichting vinden. Bovendien was het tijd voor de kinderen en sir Alick om te vertrekken, terug naar banen en scholen in Engeland, en ze wilde niet in haar eentje achterblijven in Duitsland. Het Belgische dienstmeisje bleek bij nader inzien toch wel handig te zijn, omdat ze met haar hulp veel eerder kon vertrekken dan de dokter had geadviseerd. Ze zou begin oktober terug zijn in Egypte.

Meneer Gillespie vergat steeds te vragen om mijn aanbevelingsbrief tot het te laat was en ik me even onmisbaar had gemaakt voor het hotel als ik ooit voor lady Duff Gordon was geweest. Het Nijlhotel was een uitstekende werkplek en gezien mijn omstandigheden misschien wel de beste. Ik klom snel op in de huishoudelijke rangen en verwierf een soort onverwachte vrijheid, de vrijheid om te doen wat ik wilde. Mijn baan gaf me meer macht en aanzien dan ik ooit had gehad, meer dan toen milady en ik veilig verschanst zaten in The Gordon Arms, het drukke gezellige huis in Esher.

En toen was Omar opeens vertrokken, terug naar Luxor met lady Duff Gordon, en was ook Mabroeka hem weer kwijt. Ik vond het makkelijker zo en miste hem niet al te erg nu ik wist dat Mabroeka hem ook miste.

TWINTIG

Caïro, 15 juli 1869: vier jaar later.

Ik ben er, ik kijk.

Ik houd afstand. In de Stad der Doden wil ik door niemand worden gezien.

Maar ik zie wat er gebeurt. Ik zie hoe de bemanningsleden haar lichaam laten zakken; ze is gewikkeld in een linnen doodskleed, als een moslima. De bemanningsleden hoeven zich niet in te spannen; door haar ziekte woog ze steeds minder en nu ze dood is nog minder. De dokter – dezelfde die ik enkele dagen voor mijn bevalling had gezien en die niet had gemerkt dat ik zwanger was – zegt iets, maar ik kan hem niet verstaan. Er is een imam bij en een christelijke priester. Omar staat er zwijgend bij, het hoofd gebogen. Misschien huilt hij. Als ik aan Omar denk, herinner ik me onze tijd samen in Luxor na de geboorte van Abdoelah en voel ik zijn tranen op mijn buik: warm, zilt, snel afkoelend.

Als milady in Engeland was gebleven, als we nooit naar Egypte waren gereisd, zou ze eerder zijn doodgegaan; in Egypte kreeg ze er zeven jaar bij, zeven extra levensjaren. Maar tegen welke prijs? Het was alsof ze doodging toen ze voor het eerst de Middellandse Zee overstak; haar verblijf in Egypte was een soort leven na de dood. Ze koos voor Egypte en daarmee hield ze de dood op afstand, voor een tijdje.

En milady won haar strijd ook in andere opzichten: ze joeg mij weg, ze joeg Omar van mij weg en hield hem voor zichzelf, tot op heden aan toe. Ik had alle reden om haar te haten, zelfs nu nog. Maar dat doe ik niet. Zonder haar zou ik niet hier in Caïro zijn, de stad van mijn dromen. Ik zou Omar niet hebben ontmoet, ik zou mijn baby niet hebben gekregen. Maar aangezien dat nooit haar bedoeling was, is het niet haar overwinning. Het is míjn overwinning, alleen de mijne.

Mijn tante Clara kon of wilde – ik weet niet wat dichter bij de waarheid ligt – mijn zus Ellen en mij niet houden nadat onze ouders bij die treinramp in Clapham waren omgekomen. Hoe vreemd het ook klinkt, ik heb dat tante Clara indertijd niet kwalijk genomen. Onze ouders waren er niet meer, het leven zoals we het kenden, was van de ene op de andere dag weggevaagd en het verbaasde me niet dat niemand de verantwoordelijkheid voor onze opvoeding op zich kon nemen. Ik was nog maar een kind, voor wie het leven bestond uit wat zich aandiende, niets meer en niets minder. Ik wist niet beter.

Maar inmiddels weet ik dat wel en als ik terugdenk aan milady's gedrag en aan dat van tante Clara, neem ik het haar wel kwalijk. Hoe heeft ze het ooit over haar hart kunnen verkrijgen om mij zo snel na de dood van mijn ouders weg te sturen uit haar huis, om mij uit werken te sturen? Mij, het oudste kind van haar enige zus? Waarom is de wereld vol mensen die er geen been in zien anderen af te danken zodra het hun uitkomt? Maar ik belet mezelf dit soort gedachten te koesteren, dit soort dingen te denken en ik ga door met dat waarmee ik bezig ben. Daar ben ik heel goed in: doorgaan met dat waarmee ik bezig ben. Daar voel ik me goed bij.

Doordat ik zo kijk, let ik niet goed op, ben ik me er niet van bewust dat ik steeds dichter naar het graf sluip, waar een kleine groep rouwenden omheen staat. Iemand draait zich naar me om, een jonge Engelse vrouw, gekleed alsof ze net uit de trein uit Londen is gestapt, met een bleke teint ondanks de zon. Onze blikken ontmoeten elkaar. Weer een nieuw dienstmeisje? Ik trek mijn tarhah voor mijn gezicht en verwijder me. Ze draait zich terug naar het graf.

Ik heb genoeg gezien. Lady Duff Gordon – milady – is dood. En ik, Sally Naldrett, leef. Ik ga door met leven.

Ik sluip weg. De stad weer in. Maar als ik de enorme begraafplaats met de duizenden doden verlaat, zie ik Omars vader tussen de graven door lopen. En naast hem loopt Abdoelah. Voordat ik kan roepen, ziet mijn zoon me. En rent hij lachend en met open armen op me af.

NAWOORD VAN DE AUTEUR

Terwijl het verhaal van Lucie Duff Gordon bekend en geroemd is, vooral vanwege haar schitterende boek, *Brieven uit Egypte*, dat sinds het eerste verschijnen in 1865 vrijwel onafgebroken leverbaar is gebleven, is er vrijwel niets bekend over het leven van haar dragoman, Omar Aboe Halaweh, en nog minder over haar dienstmeisje, Sally Naldrett.

Het verhaal van Sally en Omar kwam mij voor het eerst onder ogen toen ik in 1995 Katherine Franks uitmuntende biografie las: *Lucie Duff Gordon: een reis naar Egypte*. Via een wederzijdse vriend ontmoette ik Katherine Frank, die mijn pogingen een roman over Sally Naldrett te schrijven ruimhartig steunde, veel van mijn vragen beantwoordde en mij haar exemplaar leende van het ietwat notoire *Gedrag en gebruiken van de moderne Egyptenaren* van Edward Lane, dat ik nog steeds heb en zeker van plan ben terug te geven. Ik ben haar zeer erkentelijk.

Het heeft me jaren gekost deze roman te schrijven. In 1998 gaf de Auteursstichting mij een beurs om onderzoek te doen in Egypte. Van 2001 tot 2007 verleende het Koninklijk Literair Fonds mij een aantal studietoelagen, waardoor ik de financiële steun kreeg die onmisbaar was voor mijn overleven als schrijver. Mijn literaire agenten, Rachel Calder en Anne McDermid, zijn me altijd trouw gebleven, door dik en vaker nog door dun. Mijn dank gaat ook uit naar Simon Mellor en Sue Thomas en naar mijn uitstekende proeflezers, Aamer Hussein,

Marilee Sigal en Lesley Bryce, en naar Ruthie Petrie voor haar scherpe redactionele blik. Tevens dank aan Yoessif Omar, die geprobeerd heeft me een beetje Arabisch bij te brengen.

Hoewel *Een liefde in Luxor* gebaseerd is op een waargebeurd verhaal, ben ik losjes omgesprongen met de feiten. Ik heb de tijdsspanne veranderd omdat dat mij beter uitkwam, ik heb twee jaren, van 1863 tot 1865, in elkaar geschoven tot één jaar en de twee reizen naar huis die Lucie Duff Gordon maakte, gereduceerd tot één, terwijl Omar Aboe Halaweh met zijn familie in Alexandrië woonde, niet in Caïro. Alle andere onwaarheden, verzinsels en fouten in deze roman zijn eveneens van mijn hand. De citaten uit de brieven van Lucie Duff Gordon komen uit *Brieven uit Egypte*.